刑事の枷

堂場瞬一

角川文庫
24027

目次

第一章　孤立した男

1

「村上《むらかみ》、行くな！」

鋭く怒鳴られ、村上翼《つばさ》は思わず足を止めた。ダッシュした勢いで急停止したので転びそうになり、急いで姿勢を立て直す。後ろから肩を叩《たた》かれて振り返ると、先輩刑事の室《むろ》谷《たに》が険しい表情を浮かべていた。

「このままじゃまずいですよ」村上は反論した。

「分かってる。だけど、奴を焦らせるとろくなことにならない」

まさかこんな場所で、と村上は息を呑《の》んだ。鼓動は激しく、吐きそうなくらい緊張しているのを自覚する。子どもの泣き声が耳に突き刺さると、緊張感はさらに高まった。

村上が勤務する川崎《かわさき》中央署からもほど近い、区立の公園。第一京浜《けいひん》沿いで、向かいは川崎区役所という街の中心部だ。「ホームレスがたむろしている」という通報が時々あり、村上も交番勤務時代に何度か駆けつけたことがある。今回も同じような通報だったのだが、事態は村上が予想していたのとまったく違う方向に進んでしまった。最初は交番勤務の制服組が出動したのだが、制服警官を見たホームレスが、何を考えたのか突然、公園にいた親子連れを襲い、子どもを人質に公園のトイレに立て籠《こ》もってしまったのだ。その連絡を受けて村上たちが到着した時には、犯人はトイレの前にいて、五歳ぐらいの女の子の首に左腕を回し、右手に持った刃物を頭に突きつけていた。意味不明の言葉でわめき散らしている。

警察の態勢はまだ整っていない。最初に駆けつけた制服警官二人は、五メートルほどの距離を置いてホームレスと対峙《たいじ》している。村上たちはその後ろ。続々と応援の警官が到着しているが、今のところ手は出せない。顔を蒼《あお》くした子どもが泣きわめくと、近くにいた母親が呼応するように叫び声を上げる。少し遅れて到着した女性刑事の浅野《あさの》裕香《ゆうか》がすかさず母親につき添ったが、パニックは抑えられない。

「どうするんですか」村上は思わず室谷に訊《たず》ねた。

「時間をかけるしかない。焦って手を出すと、向こうは何をするか分からないからな」室谷が低い声で言った。「時間をかければ、向こうも落ち着く」

「でも、刃物を持ってるんですよ」

二人が話している間にも、制服警官たちが「壁」を作り始めた。四人……六人……半円形に散開し、ホームレスと対峙する。誰の指示でもなく、本能的な動きのようだった。

「翼君」

後ろから呼びかけられ、村上は振り向いた。

「山田《やまだ》さん」

この公園でよく見かけるホームレスの一人で、村上は制服時代に何度か話したことがあった。「ここでたむろしないで下さい」と指示すると、いつも素直に従う男で、しかも妙に話し好きだった。一度じっくり話したことがあるのだが——二月の寒い夜だった——元々普通に会社員をしていたのに、酒で失敗して職を失い、家族とも別れ、六十歳ぐらいから路上暮らしを始めたのだという。ホームレスにしては清潔感があり、しかも話が面白い。聞けば大学出で、元々の仕事はプログラマー……インターネット草創期に苦労した話には、何度も大笑いさせられたものだった。

「奴は、相当ヤバイぞ」山田が低い声で言った。

「知ってるんですか？」

「ああ。ここではよく見る男なんだ」それからさらに声を低くする。「たぶん、ヤクをやってる」

「マジですか」

「村上、この人は？」室谷は険しい視線を向けてきた。

「知り合いです」

「あなた、あの子が人質になった場面、見てましたか？」

室谷が厳しい調子で迫ったので、山田が一歩引く。小柄で、基本的には気も弱い男なのだ。村上は思わず彼を庇《かば》った。

「俺が話を聴きます。犯人を知ってるそうなので」

「分かった。ただし、ここを離れるなよ」

「離れませんよ」村上は山田の肩を押して、少しだけ室谷から距離を置いた。「名前は分かりますか？」

「鶴川《つるかわ》としか聞いてないな。去年ぐらいから、この公園でよく見るようになった」

「マジでヤクをやってるんですか？」

「そうじゃなければ、あんな無茶はしないだろう」山田が肩をすくめる。

「ヤクを使ってるところを見たりしたんですか？」

「錠剤」山田が掌《てのひら》を口元に持っていく真似をした。

村上はうなずいた。ホームレスの生活では、注射やあぶりは難しいだろう。しかし今は、錠剤の形で体に入れられる危険なドラッグがいくらでもある。

「今日は何があったんですか？」

「俺もその瞬間は直接見てないんだ」山田が首を横に振った。「ただ、今日のあいつは何だかいつもより危ないと思ってたんだが……」

「おい！」

突然、街の喧騒《けんそう》を切り裂くような声が響き渡り、村上は首をすくめた。恐る恐る振り向くと、鶴川が必死の形相で周囲を見回している。

「サツ官は失《う》せろ！　失せないとこの子を殺す！」

母親の悲鳴。子どものところへ駆け寄ろうとするのを、裕香が必死に止める。

「落ち着け！」室谷が声を張り上げる。「子どもを傷つけても何にもならないぞ。包丁を放せ！」

「うるせえ！」鶴川が怒鳴る。「目障りなんだよ！　さっさと消えろ」

「まあ、待てよ」室谷が懇願するように言った。「あんたの言うことはちゃんと聞く。だから、女の子を解放しろ！」

「さっさと失せろ！」鶴川は繰り返すばかりだった。

「山田さんは、この公園から出て下さい」村上は言った。「何が起きるか分かりません。危ないですから」

「言われなくても出て行くよ」山田が肩をすくめた。次の瞬間、突然目を大きく見開く。

「おい、あれ……」

山田が顎《あご》をしゃくった方を見ると、トイレの屋根の上で、一人の男がしゃがみこんでいる。村上は思わず走り出したが、室谷が上げた左腕が遮断機のようになって胸にぶつかり、ストップせざるを得なかった。

「室谷さん、ヤバイですよ。あの人……」いったい何者だ？

「分かってる。黙ってろ!」室谷が押し殺した声で命じる。「これ以上トイレの上を見るなよ。犯人に気づかれるとまずい」

「誰なんですか? 一般人だったら大事《おおごと》ですよ」村上は、こめかみを汗が伝うのを感じた。一月、午後四時。気温はぐんと下がっているのに、全身が熱くなっていた。

「一般人じゃない」

「え?」

「うちの刑事だ」

「マジですか」

「黙ってろ!」

村上は口をつぐみ、顔を上げないように気をつけながら男を観察した。男はしゃがみこんだまま、着ていたコートをゆっくりと脱いだ。背広姿になると、コートを持ったまま、ゆっくりと前進する。トイレの高さは三メートルほど。屋根は公園内に向かって上向きに緩く傾斜しており、トイレの入り口の方へ近づくには、少しずつ登って行く感じになる。

しゃがんだ状態なので体格は分からないが、トイレの前方に向かってアプローチしていく様を見た限り、身のこなしは軽そうだ。

しかし、刑事と言われても……村上は年が明けてから、川崎中央署の交番勤務から刑事課に上がったばかりなのだが、一週間で刑事課の同僚の顔と名前は既に全員覚えた。

しかしトイレの上にいるのは、まったく見覚えのない男だった。年齢は三十代後半――あるいは四十歳ぐらいか。

それにしても、いつの間にトイレの屋根に登ったのだろう。見ると、背後には歩道橋が迫っている。もしかしたら、あそこから飛び乗った？　それならかなり大きな音がしそうなものだが、村上はまったく気づかなかった。

男が屋根の先端に達した。ゆっくりと身を乗り出し、下の様子を窺《うかが》う。それから右手を突き出して、おもむろにコートを下に落とした。コートは風に吹かれてふわりと広がり、ちょうど鶴川の頭の上に落ちる。突然視界を奪われた鶴川が暴れ始めた。危ない――本能的に村上はダッシュした。あんな風に腕を振り回していたら、刃物が女の子に刺さってしまうかもしれない。

村上が到着するより早く、屋根の上にいた男が飛び降りた。正確に鶴川の上に――そのまま二人でもつれあうように、地面を覆うタイルの上に転がり、いち早く立ち上がった男は、コートに視界を塞《ふさ》がれたままの鶴川に強烈な膝蹴《ひざげ》りを喰《く》らわせた。悲鳴を上げながら転がった鶴川を、男がさらに追撃する。突然、コートの生地を突き破って包丁が飛び出した。男はそれをあっさり見切り、包丁を蹴飛ばす。すぐに鶴川を強引に立たせ、もう一度膝蹴り。的確に急所を捉《とら》えたようで、鶴川が大きな悲鳴を上げてまた転がった。

「確保！」室谷が叫ぶと、刑事と制服警官が殺到し、鶴川の上に人の山ができた。

女の子は……村上は、激しく泣いている女の子に駆け寄った。

「大丈夫？」しゃがみこみ、目線を同じ高さにして、できるだけ柔らかく声をかけたつもりだったが、女の子の泣き声は止まらない。急いで全身を観察する。見たところ、出血はなし。どうやら大きな怪我はなさそうだとほっとして、鶴川から距離をとる。

「陽菜《はるな》！」

母親が女の子を抱きしめ、二人で泣き始める。裕香が、しゃがんでいる村上に「怪我は？」と声をかける。

「取り敢《あ》えず大丈夫そうですけど、救急車は呼びます」

「そうして」

二人を裕香に任せて立ち上がった村上は、スマートフォンを取り出したが、手が震えて上手《うま》く操作できない。

「貸せ」声をかけられ、慌てて顔を上げる。先ほど屋根の上から飛び降りた刑事が、右手を伸ばしていた。

「あなたは……」

「いいから貸せ、新人。これぐらいで手が震えてるようじゃ、刑事なんかやめた方がいい」

「自分の携帯を使えばいいじゃないですか」村上は思わず反論した。

「この通りだ」

男が、左手に持っていたスマートフォンを掲げて見せた。画面が派手に割れている。

先ほど飛び降りた時に壊れたらしい。仕方なくスマートフォンを差し出すと、男がテキパキと救急車の出動を要請した。話し終えると、スマートフォンを村上に投げて寄越《よこ》す。

慌てて取り落としそうになり、むっとして男を睨《にら》んだ。

「あなた、うちの刑事ですよね」

「そうだよ」

「それは——」

「お前、先輩に対する礼儀を知らないようだな」

「こんな現場で、礼儀もクソもないでしょう」

「なかなか元気だな」男が唇をねじ曲げるように笑った。「最近の二十代にしては珍しい。生意気言って、先輩たちに潰《つぶ》されないように気をつけろよ」

男が吐き捨て、さっさと現場に戻った。自分のコートを回収すると、室谷と話し始める。特に親しい様子ではなく、室谷はむしろ迷惑そうだった。かなり頭にきたまま、村上は二人が話しているところへ近づいた。何とか二人のやりとりが聞こえる距離をキープして様子を見守る。

「——勝手なことをするな！」室谷が低い声で怒鳴りつける。

「のろのろやってたら、あの子は今頃死んでましたよ」男が平然と反論する。

「お前みたいな奴がいたら、警察の規律は滅茶苦茶《めちゃくちゃ》になるんだよ」室谷が詰め寄る。

「規律と人の命とどっちが大事ですか」

この議論は室谷の負けだ、と村上は思った。人命と規律を天秤《てんびん》にかけられるものではない。室谷が顔を真っ赤にして男の胸ぐらを掴《つか》んだが、男はその手首を掴んで軽く捻《ひね》った。バランスを失った室谷がよろめいた隙に、男がさっさと歩き出す。

「おい、影山《かげやま》！　後始末があるぞ！」

「そんなの、あんたたちで勝手にやって下さい」一瞬だけ振り向いた男——影山が顔を歪《ゆが》めて言った。それから自分のコートをパッと広げて改める。コートに腕を通したが、背中のちょうど真ん中辺りが大きく裂けていた。先ほど、鶴川が包丁で突き刺したところだろう。

室谷は両手を腰に当てたまま、苛《いら》ついた表情で影山の背中を見送っている。いったい何なんだ……女の子は無事に確保、犯人も逮捕されたのに、現場では大きな失敗があったかのような緊張感が漂っている。村上は裕香のところへ戻った。女の子はまだ泣いていて、母親に抱きしめられていたが、やはり怪我はないようだ。この二人に落ち度は一つもない。おそらく、まったく突然事件に巻きこまれただけなのだ。そう考えると、ふつふつと怒りがこみ上げてくる。

遠くから救急車のサイレンの音が聞こえてきたので、ほっとして裕香に話しかけた。

「あの、さっきの人、誰なんですか？　うちの刑事ですよね」

「ああ、影山さん。影山康平《こうへい》さん」

「初めて見る人ですけど……」何もなければ、刑事課は毎日独自に朝礼を行い、その日の仕事の打ち合わせをする。そこには全員が顔を出す決まりだと言われていたが、村上は影山という刑事の顔を見たことがなかった。

「滅多に刑事課に顔を出さないから」裕香がさらりと言った。

「何ですか、それ」

「翼君」裕香が急に真顔になった。

「はい？」

「忠告しておくけど、あの人には関わらない方がいいわよ」

「関わらないって……同じ刑事課の仲間じゃないですか」

「同じ警察官だって、全員が仲間というわけじゃないから」裕香の言葉が、冷たく村上の胸を刺した。


川崎中央署は、第一京浜から少し外れた旧東海道《とうかいどう》沿いにある。神奈川県警の中では最大規模、「S」級署の一つだ。管轄はJR川崎駅の南側で、川崎区の西側半分にあたる。最寄駅は京急《けいきゅう》線・JR南武《なんぶ》線の八丁畷《はっちょうなわて》。川崎駅周辺という、神奈川県内でも有数の繁華街を抱えているが、署の周囲は住宅街で、古い小さなマンションなどが多い。

村上が署に戻った時には、すっかり夜になっていた。病院へ向かった子どもにつき添い、怪我がないことを確認して、母親から事件発生当時の状況を聴いていたのである。

「――つまり、まったく突然襲われたということでいいんだな？」

刑事課長の関《せき》にドスの利いた声で確認され、村上は思わず直立不動の姿勢をとって「はい」と甲高い声を上げてしまった。関は百八十センチを超える長身、がっしりした体格で、髪を短く刈り上げているせいで異常な迫力がある。暴力団対策の仕事をしていた時期が長く、村上の感覚では本人が暴力団員そのものだった。

「はい。母娘《おやこ》は毎日、保育園の帰りにあの公園に立ち寄って、三十分ほど遊んでいくそうです」

「あの公園はホームレスが多くて、子どもは近寄りにくいんじゃないか」

「夕方には、ホームレスはいないことが多いそうです」ようやく緊張が解《ほぐ》れてきて、村上は発生当時の状況を詳しく説明した。

「分かった。今日は仕方ないが、明日、母親からもう一度事情聴取して調書をまとめろ。娘の方は……難しいか」

「難しいです。まだ四歳ですし、ショックも残っているみたいです」

「娘の方は、無理しないでいい。そもそも四歳児の証言は当てにならないから、ここは母親の証言を頼りにしよう」

関が顎をしゃくった。お役御免、さっさと失せろ、か。村上は一礼して、自席に戻った。隣の席に座る室谷が、ワイシャツの首元に指を突っこんでネクタイを緩める。

「今日は危ねえところだったな」

「はい」もしも陽菜が殺されていたら——いや、怪我しただけでも最悪の事態になっていただろう。それを考えると、こめかみに汗が滲《にじ》んでくる。

「あれはやっぱり、薬物中毒だな」

「もう検査結果が出たんですか？」村上は目を見開いた。

「いやいや、でも、言動を見れば明らかだよ。しかし、金も持ってないはずなのに、どこでヤクを調達してくるのかね」室谷が首を傾げる。

「ですね」

「お疲れっす」調子のいい声。村上の前の席に、一年先輩の速水《はやみ》が腰を下ろすところだった。速水は常にネクタイを締めないタイプで、村上が見た限り、いつもワイシャツのボタンを二つ外している。

「おう、どうだった」室谷が声をかける。

「まともに話もできませんよ」速水がうんざりした声で答える。速水は他の刑事と一緒に、犯人の取り調べを担当しているのだ。

「人定は？」

「保険証を持ってたんですけど、本人は顎を怪我しているせいもあって、何も喋《しゃべ》らないんです。喋らないっていうか、何を言ってるのか意味不明で。あれは間違いなく薬物中毒ですね。見てるだけで気持ち悪いですよ」両手を軽く広げ、次は村上に話を振ってきた。「翼君、女の子はどうだった？」

「怪我はなかったです」

「ああ、よかったね。トラウマにならないといいんだけど」

「本人は、何が起きたか分かってない様子でしたよ」

「覚えてないなら、その方がいいよ。三歳だっけ？」

「四歳です」

「三歳でも四歳でも、ショックに変わりはない。あの子は可愛いし、そういうショックは背負《しょ》いこんで欲しくないな」

「お前は、女なら四歳でもいいのか」室谷がからかうように言った。

「あの子は有望ですよ。将来、絶対可愛くなります。賭《か》けてもいいですよ」

「阿呆《あほう》、刑事が賭けなんかしたら、洒落《しゃれ》にならねえぞ」室谷が怒鳴りつける。

速水がニヤニヤ笑いながら肩をすくめる。この二人は、よく無駄なお喋りをしているのだが、村上はどうにも馴染《なじ》めなかった。速水は軽いし、室谷はオッサン臭い。室谷は確かまだ四十歳なのだが、風貌《ふうぼう》から話し方から、全てが昭和の刑事という感じなのだ。もちろん村上は、昭和の刑事の実態を知らないが、古い刑事ドラマに出てくるのは、だいたいこういうタイプだった。乱暴で、常に怒っていて、後輩と話す時は必ず上から目線——そう、村上は昔から、刑事ドラマを見るのが趣味だった。古い作品も、ビデオやCSの再放送などで食い入るように見てきた。そして『太陽にほえろ！』でも『特捜最前線』でも、室谷のような刑事は一つの典型として必ず存在していた。

「あの……」村上は遠慮がちに手を上げて訊ねた。「影山さんって、ここの刑事なんですよね？」

「そうだよ」室谷が答えたが、村上と目を合わせようとしない。

「会ったことがないんですけど、何か特別な捜査でもしてるんですか？」

「いや」

「だったら、どうして刑事課へ来ないんですか？」

「あいつのことは放っておけ」嫌そうに言って、室谷が速水に話を振った。「お前、村上がここへ来た時に、何も説明しなかったのか」

「あ」速水がぽかんと口を開けた。「すみません、忘れてました」

「馬鹿野郎」室谷が小声で厳しく言った。「大事なことを忘れるな」

「何なんですか、いったい」村上は不安になって、思わず声を潜めた。

「忠告しておく」室谷が人差し指を立てた。「あいつには関わるな。話をする必要もない」

「でも、同じ刑事課の人なんですよね」

「そうだよ」

「だったら――」

「忠告だ」室谷が繰り返した。「影山には近づくな。話もするな。お前が無事にここで仕事をしていくためには、気をつけておいた方がいい」

「はあ」もしかしたら、潜入捜査でもしているのだろうか、と村上は想像した。それなら確かに、同僚と話すのもまずいだろうが……。

「おっと」室谷が目を伏せる。「噂をすれば何とやら、だ」

刑事課の空気がはっきりと変わった。出入り口の方を見ると、まさに影山が入って来たところ――影山は課長席に近づくと、関に向かって何か文句を言い出した。関は聞き流していた様子だったが、何かが逆鱗《げきりん》に触れたようで、急に激昂《げきこう》して声を張り上げる。

「そんなものは補償できない！」

「冗談じゃない。業務ですよ」影山が、手にしていたコートを関の顔に突きつけた。その勢いで、デスク上の湯呑みを弾《はじ》き飛ばしてしまう。湯呑みが床に落ちて割れ、お茶が床を広く濡《ぬ》らした。

「影山！」

「はいはい、どうもすみません」

影山があっさり課長席を離れ、村上たちの席に近づいて来た。ということは、彼も刑事課の中では強行犯係なのか……刑事課は、殺人や傷害事件を扱う強行犯係、泥棒を担当する盗犯係、詐欺などの事件を調べる知能犯係に分かれている。

影山の顔を見て、村上はにわかに緊張した。先程の現場での雰囲気を思い出すと、どうしても自然に振る舞えない。取り敢えずパソコンの画面に視線を向け、作業している振りをする。影山がデスクの脇にあるゴミ箱に、自分のコートを丸めて突っこんだ。裏地つきの冬用のコートなのでそれなりに大きく、半分ほどが外に出てしまう。影山は足を上げ、コートを乱暴にゴミ箱に押しこんだ。村上たちを見もせず、さっさと刑事課を出ていく。

課長の関が立ち上がり、こちらに近づいて来た。顔は真っ赤になっている。

「何なんだ、あいつは」

「何の話だったんですか？」室谷が遠慮がちに訊ねる。

「コートの代金、経費で落ちないかって言って来たんだよ。何があったんだ」

「ああ」室谷が立ち上がり、ゴミ箱からコートを出して広げた。背中の真ん中が、三十センチほど裂けている。「犯人の包丁が刺さったんです」

自分のコートを犯人逮捕に利用したからと言って、それを経費で落とせというのは、あまりにも虫が良過ぎる。

「あいつ、バーバリーなんか着てるのか。生意気だな……おい、村上」関が低い声で呼びかける。

「あ、はい」村上は慌てて立ち上がった。

「一つ、教えておく。服は安いものにしておけよ」

「はあ」

「こういうこともあるからな。犯人と格闘になって破れたり、張り込みしている時に汚れたり……高い服が駄目になると、精神的なダメージが大きいぞ」

「分かりました」

「室谷、あいつは何とかならないのか」関が話の矛先を室谷に向けた。「俺が去年の秋にここへ来てから、ずっとあんな感じじゃないか」

「俺が何か言っても無駄ですよ」室谷はすっかり諦《あきら》めている様子だった。「あいつは、どうしようもない奴だから」

「こういうのは、前の課長がさっさと処理しておくべきだったんだ。何で俺が背負いこまなけりゃいけないんだよ。だいたい、奴がやり過ぎたせいで、犯人にろくに事情聴取もできないんだぞ。速水、奴の具合はどうなんだ？」

「顎を亀裂骨折です。入院するまでじゃないですけどね」速水が報告する。

「クソ、こんな事件はさっさと片づけてしまいたいんだが……時間がかかってしょうがない」

「このまま喋れなかったらどうしますかね」速水が真剣な表情で訊ねた。

「そんなことぐらい、自分で考えろ！」関が吠《ほ》える。

村上は思わずびくりとしたが、他の刑事たちは動じる様子がない。こういうのが、関の「普通」のようで、室谷たちは何事もなかったかのように振る舞っている。

何だかとんでもないところへ来てしまった、と村上は内心溜息《ためいき》をついた。制服を着てパトロールしていた交番勤務の頃が、早くも懐かしくなってくる。

2

「翼君も、事件の神様に好かれてるのかもしれないね」速水がビールのグラスを置いて言った。

「そんなこと、あるんですか?」村上は烏龍茶《ウーロン》。酒はろくに呑めない。警察学校を卒業して川崎中央署に赴任して来た時に、「呑めないキャラ」でいこうと決めていた。警察は何かと宴席が多いのだが、村上は酒を勧められるのが嫌いなのだ。家で、自分のペースで少しだけ呑む方がいい。

一応犯人確保で事件は解決しているので、今夜は速水に誘われていた。一年だけ先輩なので、無茶なことにはならないだろうと予想してきたのだが、それは当たった。速水は村上に、無理に酒を勧めてこない。

「行く先々で、面倒な事件に巻きこまれる刑事がいるんだよ。君なんか、まさにそういうタイプかもしれない」

「何か、あまり嬉《うれ》しくないですね。一人で治安を乱してるみたいで」

「翼君が乱してるわけじゃないだろう」速水が軽く笑った。

あまり洒落にならないけどな、と思いながら村上はお通しの茄子《なす》の味噌《みそ》炒《いた》めを口に運んだ。味がしっかりしていて、これならビールも美味《うま》いだろう。

「この店、室谷さんたちには教えないでくれよ」速水が言った。八丁畷駅の近く、旧東海道沿いにあるこの居酒屋は、彼の行きつけだという。

「速水さんの秘密の店なんですか？」

「そう。先輩たちと一緒だと、いろいろうるさいからさ。八丁畷駅の近くには、一人でゆっくり呑める店があまりないんだけどね」

「先輩たちの巣は、この辺りじゃないんですか？」

「それはやっぱり、川崎駅の方だよ。銀柳街《ぎんりゅうがい》にはいくらでも安くていい店があるからね」

「じゃあ、そっちへは近づかないようにします」あの辺りは、交番勤務時代に散々歩き回った。

「それがいいよ。室谷さんとか、呑むと特に煩《うるさ》いから。浅野さんもすげえ呑むし」

「浅野さんが？　そんな風には見えませんけど」

「浅野さん、去年彼氏と別れたんだよ」速水が声をひそめる。「それからちょっと荒れてさ」

「浅野さんって、何歳でしたっけ？」

「三十」速水がグラスに手酌でビールを注いだ。「本部に上がってもおかしくない年齢なんだけど、人事は個人の希望だけじゃ上手くいかないからね。そういう焦りがある上に彼氏と別れたとなると、いろいろ思うところもあるんじゃない？」

「女性は大変ですよね」

「警察は未《いま》だに男社会だからねえ」速水がうなずく。

「室谷さんはどうですか？　何か、昭和の刑事みたいな感じで怖いんですけど」

「室谷さんは、基本的におだてておけば大丈夫」速水がニヤリと笑った。「よくいる、先輩風を吹かせたがるタイプだから。まあ、そんなに優秀な人でもないし、適当に持ち上げてあしらっておけばいいよ。俺はそうしてる」

「何か……速水さん、ずいぶんはっきり言いますね」どんな職場でも先輩の悪口は飛び交うものだろうが、速水はあまりにも口が悪い。

「だってさ、室谷さん、もう四十だぜ？　それで巡査長、しかも本部に上がったのは一回だけで、あとは二年周期で所轄を回ってる。優秀な人なら、本部に上がった時点で所轄への異動はなくなるよ。昇進すれば別だけど」

「じゃあ、室谷さんは所轄をたらい回し、という感じなんですか」

「そうだね」速水があっさり認める。

「影山さんは？」

「ああ……」速水が、舐《な》めるようにビールを呑んだ。「マジで、あの人には近づかない方がいいよ」

「それは聞きましたけど、どうしてですか？　何か、危なそうなのは分かりますけど」

「あの人、川崎中央署――うちの刑事課には、去年の春からいるんだ」

「去年から……普通の異動ですよね」

「本人が希望したらしい」

「何歳なんですか？」

「三十七。ここへ来る前は、本部の捜査一課にいた」

「じゃあ、本筋の人なんですね」捜査一課勤務に憧《あこが》れる警察官は少なくない。殺人事件の捜査は、やはり警察の仕事の中でも花形なのだ。見事に事件を解決すれば、被害者家族にも感謝されるだろうし、社会の役に立っていると実感できるに違いない。

「希望して所轄に異動してくるのも、何か変ですよね。せっかく本部の捜査一課にいたのに」

「うーん……」速水が顎を撫《な》でた。「実は、俺も詳しいことは知らないんだ」

「そうなんですか？」

「俺は、影山さんが異動してきた直後に刑事課に来たんだけど、その時にやっぱり『関わるな』って言われて、それきりなんだ。確かにヤバイ感じがするし、関わり合いにならないのが正解だと思うよ」

「確かにきついというか乱暴というか、ヤバそうな感じですけど、本当はどうなんですかね？　知ってるなら教えて下さいよ」

「知らない」速水が首を横に振った。「俺は、ヤバイ物には近づかない主義なんでね。怪我したくないし。興味があるなら、自分で調べてみたら？　上の人とかは、事情を知ってると思うよ」

「いやあ……何だかそれも怖いですね」

「だったら、君子危うきに近寄らず、でいいんじゃないかな。早く本部に上がるためには、余計なリスクは冒さない方がいい」

村上ももちろん、本部での勤務を希望している。ずっと所轄を回って交番で勤務し、「街のお巡りさん」として地域の人の頼りにされるのを生き甲斐《がい》にしている警察官もいるが、村上はやはり、本部の捜査一課で重大事件の捜査を担当したかった。それこそ、子どもの頃から観てきた刑事ドラマの主人公たちのように。もちろん、実際に自分が警察官になってみると、ドラマがいかにご都合主義の作り物であるかは分かったのだが。

二人はそれからしばらく、本部勤務について話し合った。村上にとって、本部の仕事の実態は、警察学校時代に教官たちから教わっていたことが全てだったが、速水は独自の伝《つて》で、本部の刑事たちともつながりがあるようだった。まだ自分と同じ立場——本部で仕事をしていない速水の話がどこまで本当かは分からなかったが、やはり引きつけられる。もちろん、所轄の仕事は大事だ。発生した事件に真っ先に対応し、初動捜査を担当する。しかしそこへ本部の刑事が乗りこんでくると「本命登場」という感じになるのだという。所轄はしょせん、露払いということか。

速水は呑み会を長々と引っ張らず、一時間半ほどでお開きにした。速水は鶴見川《つるみがわ》を越えた先、京急鶴見駅の近くに住んでいるので、八丁畷駅で別れる。村上のマンションは今日の現場のすぐ近くで、署まで歩いて二十分ぐらいなので、通勤は徒歩だった。

自宅マンションは富士見《ふじみ》公園の真向かいにあり、富士通スタジアム川崎の中がかすかに覗《のぞ》ける五階にある。二十五歳の村上は、ここが「川崎球場」だった時代はまったく知らない。プロ野球で数々のドラマが繰り広げられた伝説を聞いたことがあるだけで、今はアメフトの競技場としてのイメージしかなかった。

その隣にある軟式の富士見球場の前には、奇妙なオブジェがある。真っ黒な金属の円筒が、地面に斜めに突っこんだ感じ――巨大な砲塔か、あるいは蒸気機関車のような感じで、初めて見た時には抽象的なオブジェかと思ったのだが、説明用の看板を見ると「防火水槽」だった。この巨大な筒全体が水槽なのか、それとも水槽が下に埋まっているのかは分からなかったが。毎朝このオブジェを見て出勤するのが習慣になりつつある。

そこまで来て、ふと現場をもう一度見ていこうと思った。ここからだと歩いて十分もかからないし、時間もまだ午後十時と遅くない。どうせ家に帰ってもやることはないのだし……。

第一京浜の上にかかった巨大な歩道橋を渡って公園に近づく。影山は、ここから公衆トイレの上に飛び降りたのではないかと思ったが、実際にはかなりの距離と高低差がある。上手くバランスが取れれば何とか着地できるかもしれないが、それでも相当大きな音がするのは間違いない。いくら交通量が多い夕方だったとはいえ、気づいた犯人が予想もしない行動に出た可能性もあった。

歩道橋を降りて調べてみると、金網のフェンスをよじ登れば、そのままエレベーターの一階部分の「天井」に上がれることが分かった。そこがトイレの屋根とほぼ同じ高さになっている。「天井」と屋根の間は一メートルほど開いているが、十分飛び移れるだろう。影山は、このルートでトイレの屋根にリーチしたのかもしれない。

無茶だ。無茶だが、とにかく早く事件を解決しようと思ったら、悪い手ではないと思う。自分たちは犯人と正面から対峙しているだけで、後ろの方まではまったく気にしていなかった。時間があればこの方法に気づいたかもしれないが、影山はいち早く、たった一人で作戦を決行したわけだ。

何だか釈然としない。

「翼君」

声をかけられ、はっと顔を上げる。笑みを浮かべた山田が立っていた。

「山田さん」

「これ」山田が缶コーヒーを差し出す。「あなたの顔が見えたから。奢《おご》り」

「どうも」ひょいと頭を下げて缶を受け取る。山田は普通に持っていたのだが、村上の感覚では、素手では持てないほど熱い。

「被害者の女の子、どうだった？」

「無事でした。怪我もなかったです」

「それはよかった。トラウマにならないといいけどね」

「それは、時間が経ってみないと分からないですね」

「座らない？　立ち話も何だから」

ホームレスとコーヒーで乾杯か、と苦笑してしまう。もっとも山田は、この公園を根城にしている割には小綺麗《こぎれい》な恰好《かっこう》で、髪もいつも短く刈り揃えている。暇な時間に公園にたむろしているだけで、実際にはどこかに家があるのでは、と村上は想像していた。こういう人たちは、自分のことを何でも正直に話すわけでもないだろう。

この公園にはベンチがないので、二人は木の植え込みの周りにあるブロックに腰を下ろした。ひんやりとした風が吹き抜けて、コーヒーの熱さがありがたくなる。山田が自分の分のコーヒーのタブを持ち上げ、ぐっと一口飲んだ。

「山田さん、酒はもう完全にやめたんですか？」

「ああ、頑張ったんだよ。大きな失敗をして、完全に転落してしまう人もいるけど、俺は何とか踏み止《とど》まった」

「偉いですよねえ。途中で踏み止まるのって、相当大変だと思います」実際には転落してしまったのだが。

「偉かったら、そもそも酒で失敗しないよ。まあ、思い出したくもないことだけどね。病院にもだいぶお世話になった」

「大変でしたね」村上は繰り返した。

「あなたも大変でしょう。こんな時間に、一人でまだ仕事してるんだから」

「別に今は、仕事じゃないんですけどね」村上は頬を指先で掻《か》いた。「帰る途中なんで、ちょっと寄ってみたんです」

「普通の警察官は、そこまで熱心にやらないよ」

「いやあ……新人なんで。頑張らないと、先輩から評価されませんから」

「単独で仕事してても、先輩の耳には入らないじゃないか」

「そうでした」村上は頭を掻いた。「まあ、ちょっと気になったんです」

「犯人の鶴川、やっぱり薬物中毒じゃない？」

「今調べてますけど、その可能性もあると思いますよ」村上は慎重に言葉を選んだ。山田は悪い人間ではないが、あくまで一般人である。捜査の情報を気軽に漏らすわけにはいかない。

「まあ、ここにはいろいろな人間が集まってくるからね」山田がうなずく。

「鶴川は今まで、何かトラブルを起こしたことはあったんですか？」

「俺は直接迷惑を被ったことはないけど、いつも一人でぶつぶつ言ってるから、ここに来る人間は皆、気味悪がってたよ。俺も、あいつはいつかはヤバイことをするんじゃないかって思ってた」

「警察的には対処が難しいところですね」

「俺たちを追い出すのが一番簡単なんだろうね。ただ、ヤバイ人間があちこちに散らばってしまうと、それはそれで問題になる」

「山田さんみたいに穏やかな人ばかりだったらいいんですけど」

「いやいや」山田が苦笑する。

村上も缶コーヒーのタブを引き上げた。食事をして体は内側から温まったのだが、歩いてくる途中でまたすっかり冷えてしまった。口を火傷《やけど》しそうなほどのコーヒーの熱さがありがたい。

「あの刑事さん、影山さんでしょう？　無茶するね」

「知ってるんですか？」

「話したことはあるよ」

「何の話ですか？　事件の関係で？」

「まあ……昔の事件のことだから」山田が急に口を濁した。「しかし、無茶な性格だね。あの人、ずっとここにいるの？」

「川崎中央署には、去年の春からだそうです」先ほど聞いたばかりの情報を開陳した。

「ふうん」

「自分で希望して所轄に異動してくるのは、結構異例みたいですけど」

「何かあったのかね」

「何かあったのかもしれませんけど、先輩たちから、関わらないようにしろって忠告されてるんです」

「同僚なのに？」山田が目を見開く。

「うーん……事情がよく分からないんですよ」

「刑事さんなんだから、分からなければ調べればいいのに」

「そうすると、関わることになってしまうので」

「そんなに怖がること、ないんじゃない？　同じ刑事なんだし」

「そうですかねえ」

山田が影山と話したことがあると言っても、あくまで事情聴取を受けただけだろう。それで、相手の人間性まで分かるとは思えない。

「俺もよく知らないんですけど、影山さんって、無茶な人なんですか？」

「市内の公園なんかでたむろしている人間は、結構痛い目に遭ってるよ」

「山田さんもですか？」

「俺はそうでもないけど……いや、なかなかきつかったね。その件に関しては、あまり言いたくない。俺らはこういう立場だから文句は言えないけど、普通の人にあんな風に乱暴に話を聴いたら、問題になるんじゃないかな。今は、警察だっていろいろ気を遣って、丁寧にやらなくちゃいけないでしょう」

「それは先輩たちから言われてます」

「俺たちは存在しないも同然の人間だから、声も上げられないけどね」山田が皮肉っぽく言った。

「そんなこと、ないですよ」

「いやいや」山田が力なく首を横に振った。「税金も払っていない、社会保障も受けられない。俺たちは本当に、日本の人口統計の中に入っているのかね」

「山田さん、今からでもやり直すことはできないんですか？」

「おやおや」山田が面白そうな表情を浮かべた。「あなたのように若い人に説教を受けるとはね」

「すみません」村上は慌てて頭を下げた。「生意気言うつもりはないんですけど」

「大したもんだ」山田がどこか満足気にうなずいた。「世の中には、俺たちなんか存在してないみたいにしている人がほとんどなんだよ。汚いものを見るような目を向けられるし、露骨に避けていく人もいる。しかしあなたは、ちゃんと話してくれる。同じ目線でね」

「だって、人生の先輩じゃないですか」

「そう言われると面映《おもは》ゆいねえ」山田が頬を撫でた。

面映い、などという言葉がさらりと出てくるあたり、さすが大学出という感じだ。こういう人でも、些細《ささい》なきっかけで道を踏み外し、家と家族を失い、路上で生活するようになってしまう――いや、実際に彼が公園や路上を根城にしている確証はないのだが。

「まあ、あなたはまだ、人生の第一歩を踏み出したばかりだ」

「はい」要するに駆け出し、ということか。

「だからこそ、つまずかないようにね」山田が忠告した。「人生、どこに石があるか分からないんだから。足元をよく見て、とにかく用心することだよ。あまり用心し過ぎると、今度は前へ進めなくなるけど」

翌日、事件の後始末、そして捜査が本格的に始まった。午前八時過ぎ、刑事たちが全員揃って——いや、やはり影山の姿はない。遅刻、あるいは登庁拒否なわけで、彼が何故処分を受けないのか、村上は首を捻るばかりだった。警察というのは、とにかく時間に厳しい組織で、遅刻や無断欠勤などはご法度なのだ。警察学校でも、まずそれを叩きこまれる。

気にはなったが、「関わるな」と言われていたので、何とか意識の外に追い出し、指示を聞くのに集中する。村上は、逮捕された鶴川敬太《けいた》の身辺調査をするように命じられた。事件の本筋とは関係ない捜査だが、犯人の人となりを知ることは、動機の解明にもつながるはずだ。

会議が終わると、裕香と一緒に署を出る。まず、健康保険証に記載されていた住所を訪ねてみることにした。川崎から離れ、横浜《よこはま》市南《みなみ》区——最寄駅は、地下鉄ブルーラインの蒔田《まいた》駅だった。横浜の懐とでもいうべきか、観光や行政の中心地から離れた住宅街である。

「南区ね」覆面パトカーの助手席に乗りこむなり、裕香が言った。

「あの辺、詳しいんですか？」

「実家が昔、南区——京急《けいきゅう》の弘明寺《ぐみょうじ》駅の近くにあったわ」

「じゃあ、馴染みですよね」

「そうでもないけど」裕香の口調は素っ気なかった。「京急とブルーラインは、路線として近いようで遠いのよ」

「あ、そうなんですね」同じ神奈川出身と言っても、村上の生まれは相模原《さがみはら》市で、横浜の地理的事情はあまりよく分からない。遊びに行く時も、横浜ではなく、小田急《おだきゅう》で乗り換えなしで行ける町田《まちだ》や新宿《しんじゅく》が主だった。

この捜査は早くも行き詰まった。保険証に書いてあった住所のアパートを訪ねたのだが、今は別の人が住んでおり、鶴川のことはまったく知らないという。アパートの他の住人に聞き込みしてみても、鶴川を知っている人は誰もいなかった。仕方なく、蒔田駅近くの不動産屋を訪ねて事情を聞くと、鶴川は家賃滞納で三年前にアパートを追い出されたことが分かった。

「当時、仕事は何をしていたんですか？」裕香がリードして訊ねる。

「阪東橋《ばんどうばし》の方で、工場に勤務していたという話ですね」六十絡みの不動産屋の主人は、この件をあまり話したくないようだった。「家賃をしばしば滞納するようになって、聞いてみたら、工場は倒産したという話だったけど」

「勤務先の記録、あります？」

「ええと」主人がパソコンを操作した。「ああ、これこれ。野口《のぐち》工業だ」

「どんな会社か、ご存じですか？」

「精密機械の下請けじゃないかな。詳しいことは知らないけど」

「地元で有名なんですか？」

「いや、私はこの時に初めて聞いた名前です。あの辺には小さな工場も多いですけどね」

この情報を得て、二人は阪東橋に転進した。駅の近くのコイン式駐車場に車を停めて降り立つと、ざわついた空気を感じる。川崎駅の近くにも似た賑やかさだったが、もう少し気安い感じもある。

「子どもの頃は、この辺に近づいちゃいけないって言われてたわ」

「ああ……黄金町《こがねちょう》が近いんですよね」

大岡川《おおおかがわ》を渡れば、京急の黄金町駅はすぐ近くだ。警察学校時代、座学で県内の繁華街の歴史と現場についても学ぶことになったのだが、その中でも黄金町の話は印象深かった。今はそれほどでもないが、かつてここは売春と麻薬で荒れた街で、終戦直後には警察官の巡回すら危ないと言われていたらしい。その後は、外国人女性による売春が目立つようになり、二十一世紀初頭までは警察にとっても「要注意」の時代が続いたという。二十一世紀に入ってから環境改善運動が行われ、警察も徹底した摘発作戦を展開した結果、売春宿は一掃され、普通の店が入るようになって、環境はぐっとよくなった。もっとも、今でもかすかに危うい雰囲気があり、「担当する際には要注意」と警察学校で教わっていた。

「水の匂いがするわね。警察官は、街の近代史も学ばないと仕事にならない。

「そうですか？」横浜のソウルリバーとも言われる大岡川は、この辺りではちょうど京急と地下鉄の間を走っている。今は、そこから遠ざかるように、首都高方面に歩いているところだった。

「昔は、大岡川はずっと汚くて、臭いがすごかったのよ。その頃の記憶がまだ残ってるのかもしれないわ」

「確かに、あまり綺麗じゃないですよね」

ふと、警察学校時代のことを思い出す。栄区《さかえ》、JR根岸《ねぎし》線の本郷台《ほんごうだい》駅近くにあった警察学校の前にも川が流れていた。川の名前は忘れてしまったが、近くにかかっている橋の名前は「泪橋《なみだばし》」……何だかでき過ぎの名前だと思っていた。実際、村上が在学している時にも、夜逃げするように警察学校を辞めていく人間が何人かいた。警察学校の初任科は、警察官を育てるのが目的ではなく、警察官に向かない人間をふるい落とすのが狙いだと言われているぐらいなのだ。実際、全寮制で厳しい集団生活を経験しながら、実技や座学で警察の仕事の基本を学ぶのは、かなりきつい毎日だった。

「次は、あなたがやってみて」

「自分ですか？」村上は思わず訊ねた。

「実地研修。聞き込みは刑事の基本の基本だから」

「はあ」

「何よ、情けない声を出して。制服時代にも、人から話を聴くことはあったでしょう？」

「それはそうですけど……分かりました」

「何で緊張してるの？」

「制服がないせいですかね……」

「制服じゃないと何もできないようじゃ、刑事失格よ」

裕香が言っているのはごく当たり前のことだが、言い方がきつい。もしかしたら恋人と別れたのも、こういうきつい物言いが原因なのかもしれない。あるいは、それが原因できつくなってしまったのか。いずれにせよ村上の中では、裕香も「要注意人物」の一人になりつつあった。

不動産屋が教えてくれた住所は、空き家になっていた。確かに元々は工場のようで、雨に打たれて文字がかすれた看板がかかっている。道路に面した間口は広いが、シャッターが降りていた。そのシャッターも、かなり錆《さ》びついている。

シャッターの横にあるドアをノックしたが、返事はない。

「いないみたいですね」

「だったら、近所の聞き込みね。社長、近くに住んでるかもしれないわよ」

「分かりました」

裕香は予《あらかじ》め何か知っていたのではないかと思えるほど、聞き込みはスムーズに進んだ。何軒かの家で話を聴いた後、すぐに工場の元社長の家が見つかったのだ。何だか聞き込みも上手くいきそうな感じがする。村上は率先して、古い一軒家のインタフォンを鳴らした。

すぐに、面倒臭そうな声で「はい」と返事があった。

「警察です。川崎中央署の村上と言います」

「ああ？」インタフォンから流れる声がひび割れる。何だか酔っ払っているようにも聞こえた。

「野口さんですね？　昔、野口工業を経営されていた？」

「工場は潰れたよ」野口が嫌そうに言った。

「以前、工場に勤めていた鶴川敬太さんのことで伺いたいんです」

「鶴川？　ああ……」一瞬、名前を忘れていたようだった。「鶴川がどうかしたのか？」

「事件を起こしまして」

「……やっぱりやりやがったか」野口が嫌そうに吐き捨てる。

「やっぱり？」

「早くドアを開けさせて」後ろに控える裕香がせっついた。

そんなことは分かってるよ、とむっとしながら、村上は「外へ出て来ていただけますか？」と頼みこんだ。

「ちょっと待って」

一分ほどしてドアが開く。野口は下はジャージ、上は毛玉の目立つカーディガンという恰好で、ひどく年老いて見えた。七十歳ぐらいだろうか、顔は皺《しわ》だらけで、残り少なくなった髪は真っ白。腰も少し曲がっていた。

村上がバッジを示すと、眼鏡を額に跳ね上げて顔を近づけ、凝視する。眼鏡をかけ直して村上の顔を見て、もう一度バッジを確認する。疑《うたぐ》り深いのか、目が悪いのか、村上には分からなかった。

「鶴川がどうしたんだ？」

「実は昨日、川崎市の公園で子どもを人質に取りまして……」

「何だって？」急に野口の背筋がピンと伸びた。「人質って、誘拐か何か？」

「いえ、公園で遊んでいた女の子にいきなり刃物を突きつけたんです」

「ああ、あの野郎……やっぱりやりやがったか」野口がうんざりした口調で繰り返した。

「やっぱりって、何か思い当たる節でもあるんですか？」

「おかしな薬のせいだろう。昔から、あいつはいずれ何かやると思ってたんだ」

「野口さんのところで働いていた時から、何か薬を使っていたんですか？」

「確かめたことはないけどな」野口が嫌そうに言った。「ただ、明らかにおかしかった。うちでは十年ぐらい働いてたんだが、最後の一年ぐらいは遅刻や無断欠勤が多くなったし、仕事でもミスばかりだった。ぼうっとしているかと思えば、妙に興奮してベラベラ喋りだすこともあって、明らかに普通の様子じゃなかったんだよ」

「工場が倒産して、仕事がなくなったと聞きましたが」

「違う、違う」野口がきつい口調で否定した。「工場を閉めたのは、あいつを辞めさせてからだ」

「失礼しました」村上はさっと頭を下げた。「馘《くび》にしたんですよね」

「ああ」

「辞める時は問題なかったんですか？」

「えらく気を遣ったがね。『お前、変な薬をやってるだろう』とは言えない。下手したら名誉毀損《きそん》になるからな。遅刻と欠勤が多かったから、それを理由に辞めてもらったんだ」

「抵抗しませんでしたか？」

「まずいことは、自分でも分かってたみたいだから」野口がうなずく。「少し文句を言ったけど、一応問題なく辞めたよ。退職金も少しは出してやったから。普通、勤務態度不良で馘になる時は、退職金なんか出ないもんだ。しかし、あいつがねえ……おかしなことをしそうな感じはしていたが」

「そうですか？」

「やっぱり、何かの薬のせいなのか？」野口が逆に質問した。

「それは今調べています」

「正気の人間だったら絶対やらないようなことじゃないか」

「まあ、そうですね」村上は認めた。

ぶつぶつ文句を言いながらだったが、野口は当時の事情を教えてくれた。それで、鶴川という男の前半生——会社を辞めるまでの人生は明らかになった。後は裏を取っていけばいい。

車へ戻る道すがら、村上は恐る恐る裕香に訊ねた。

「どんな感じでした、俺？」

「問題なし」

「ああ」

ほっと息を吐いたが、裕香がすかさずそれを見咎《みとが》める。

「そんな、安心されても困るわ。あれぐらいはできて当たり前だから。普通に会話ができる能力があれば、問題なく聞き出せるわよ」

「……すみません」

「謝ることでもないけどね」

これではパワハラではないかと思ったが、何とか文句を呑みこむ。裕香は精神的に不安定なのだから、と自分に言い聞かせた。そんな先輩をさらに追いこむようなことになったら、こちらも厄介な羽目になる。

「これからどうしますか？」村上は話題を変えた。「この辺で聞き込みしますか？」

「その前に、家族に連絡を取らないと」

三十八歳の鶴川は、高知県出身だった。地元の高校を卒業して上京、東京で様々な仕事をした後、横浜に引っ越して来て、野口工業で職を得たようだ。上京以来、一番長続きしたのが、この野口工業での仕事らしい。薬物に手を出さなければ、今も細々とここで働いていたかもしれない。いや、結局野口工業は倒産してしまったのだから、やはり路頭に迷っていた可能性が高いが。

「家族に連絡を入れるのは、刑事課長に任せましょう」裕香が提案した。

「いいんですか？」

「こういう話は、腰を落ち着けてやらないといけないから。立ったまま、携帯電話で話すわけにはいかないのよ」

「そんなに気を遣う必要、あります？　相手は犯人の家族ですよ」

裕香が目を剝《む》いた。急に真顔になって「犯人の家族にも人権はあるし、犯行に直接関係ない場合は、なるべく迷惑をかけないようにするのが筋よ」

「そんなものですか？」

「そんなもの」

裕香が立ち止まって、スマートフォンを取り出す。「医大通り共栄会」というささやかな商店街。人通りは多いのだが、気にする様子もなく、淡々と電話している。村上はふと、空腹を覚えた。目の前にはカフェ。すぐ近くには蕎麦屋《そばや》もある。左腕を持ち上げて腕時計を見ると、間もなく十二時だった。

通話を終えると、裕香が「ご飯にする？」と言い出した。

「いいですね」ほっとして周囲を見回す。カフェと蕎麦屋以外にも、食事ができる店は何軒もありそうだった。

「そこの蕎麦屋でどう？」

「いいですよ」蕎麦はあまり好きではないのだが、こういう街場の蕎麦屋にはだいたい丼物があるから、それを食べればいいだろう。昼前なので、店内はまだがらがらだった。

裕香は鴨南蛮を、村上はカツ丼を頼む。

「昼からよく食べるわね」裕香が呆《あき》れたように言った。

「何だか緊張して腹が減りました」

「丼物を食べる機会は増えるから、体重のコントロールには気をつけないと」裕香が村上の腹の辺りを凝視した。

「そうですね」気にされるほどではないのだが……村上は身長百七十八センチ、体重は七十二キロで、体重は警察学校にいた頃からまったく変わっていない。実際に所轄に配属されてからは運動する時間もあまりなくなったのだが、毎日腹筋と腕立て伏せを自分に課している。本当はジョギングをした方が、刑事の仕事には何かと役立つのだが、走るのはあまり好きではない。

腹が減っていたので、丼を抱えてかきこむようにカツ丼を平らげてしまった。確かにこれから丼物を食べる機会は増えそうだ。街を歩いて捜査をしている時には、蕎麦屋や牛丼屋に頼らざるを得ないだろう。時間を気にして、大量の炭水化物とタンパク質で空腹を満たしていたら、太る心配もしなければならない。

「この件は、すぐ終わるわね」意外なほど早く蕎麦を食べ終えた裕香が、あっさり言った。

「そうですか？　薬物の影響があったら、処置が大変だと思いますけど」

「それを心配するのは検察。私たちは、事実を集めるだけだから。あれだけ警察官がたくさんいた場所での犯行なんだから、事実関係には疑いようはないわ」

「そんなものですか？」

「事件をどう仕上げるか、最終的に判断するのは検察だから。ややこしい事件になればなるほど、判断は向こうに任せることになるのよ」

警察と検察との関係は、村上には未だによく分からない。一応、検察は警察の捜査を指揮する立場にあるのだが、実際の捜査は警察の判断で進むものだとばかり思っていた。実際には、一々うるさく口出ししてくるのだろうか。それだったら刑事は、本当にただの手足になってしまう。そういうものだと言われれば、そう考えておくべきかもしれないが。

席が混み合ってきたので、もう事件の話はできない。このことだけは、刑事課に上がってからすぐ、課長から指示されていた。「人目のあるところでは、事件の話はするな」。食事をしている時、酒を呑んでいる時、つい気が緩んで捜査中の事件の話をしてしまうことがある。その情報が漏れたら、最悪捜査が潰れてしまうこともあるのだ。特に今は、SNSなどで情報があっという間に拡散してしまうから、とにかく余計なことは言わずに口をつぐんでおくように。

　しかし、影山の話をする分には問題ないだろう。

「影山さん、本当に何者なんですか？　今朝も朝礼にいなかったですよね」

「さあ」裕香がとぼけた。目を合わせようとはしない。

「俺が刑事課に上がってから、一度も見てなかったんですよ」

「私はあの人のお守りをしているわけじゃないから」

「でも、普通、これだけ遅刻が続いたら問題になりますよね。本当にいつもあんな感じなんですか？」まさに鶴川は、遅刻や無断欠勤が続いて馘になったわけだし。警察官と民間人を一緒にしてはいけないかもしれないが、仕事に取り組む姿勢は一緒だと思う。いや、公務員の方が、勤務態度は厳しく評定されるだろう。

「私は、処分とかする立場じゃないから。あなたも、人のことは気にしない方がいいわよ。新人なんだから、まず自分の仕事をちゃんとやることが大事」裕香がぴしりと言った。

「はあ」何だか逃げられている感じがして、村上は食いついた。「でも、そんな人がいると、課全体の士気が緩むじゃないですか」

「皆、そんなこと気にしないでちゃんと仕事してるわよ。うちの課は、県警の所轄全体の中でも常にS評価だから。それも三年連続よ」

「その評価の話、本当なんですか？」村上も噂では聞いたことがあった。所轄の課は、摘発数や捜査本部事件の解決率などで、「課全体」としての極秘の査定を受けている。それは個人の査定にも反映され、成績がよければ異動の際などに有利になるというのだ。

「本当よ。表には出ないけど」

「やっぱり、S級署となると実績もすごいですね」

「S級署だからすごいわけじゃなくて、皆が頑張ってるからいい成績が残せてるの」

「でも、頑張っていない人もいるじゃないですか」

「あなた、影山さんに対して何か特別な気持ちでもあるわけ?」

「まさか」村上は即座に否定した。「昨日初めて会ったんですよ。いい加減な人が普通に給料をもらっているのが納得できないだけです」

「他人のことは気にしない」裕香がぴしゃりと釘《くぎ》を刺した。「あなたは今、早く一人前になることだけ考えていればいいんだから」

納得できない……しかし、これ以上ここで話しているわけにもいかない。

もやもやが深くなるばかりだった。

3

「ちょっと顔を貸せ」

突然声をかけられ、村上はびくりと身を震わせた。立ち止まって振り返ると、影山が廊下の壁に背を預けて立っている。今日は腰まであるダウンジャケット姿だった。

「何ですか」村上は思わず一歩引いた。

「仕事だ」

「仕事？」

「捜査だよ」

「何も聞いてませんけど」

「これから話す」

影山が壁から背中を引き剝《は》がし、大股《おおまた》で歩き出した。いったい何の話だ……村上は黙って彼の背中を見ていた。影山が歩きながら振り向き「さっさと来い！」とドスの利いた低い声で命じる。村上は無意識のうちに歩き出し、彼の背中を追っていた。

影山は立ち止まる気配も、きちんと説明する気配も見せない。階段で一階まで降りると、そのまま外へ出て駐車場へ向かう。一台の覆面パトカーのドアに手をかけると、すぐに運転席に乗りこんだ。一体どこへ行くつもりだ？　村上が躊躇《ためら》ってその場で立ち尽くしていると、運転席側のウィンドウが下がり、影山が顔を出した。

「乗れよ」

「どこへ行くんですか」

「聞き込みだ」

「聞き込みって……何の捜査ですか？」

「道々話す。時間がないんだ」

捜査と言われると、無視するわけにもいかない。それにまさか、俺に危害を加える気はないだろう。村上は思い切ってドアを開け、助手席に身を滑りこませた。シートベルトを締めようとしていると、影山が車を発進させる。えらく乱暴な運転で、旧東海道に出た途端、アクセルをベタ踏みした。

「影山……さん！」村上は思わず歯を食いしばった。「飛ばし過ぎです」

「お前のせいだ」

「え？」

「お前がさっさと出てこないから、アポの時間に遅れそうなんだ」

「アポ？　何のことですか」

影山が黙りこむ。道々話すと言っていたのに、その予定は撤回するつもりかもしれない。

「俺は何をすればいいんですか」

「記録してくれ」影山がぼそりと言った。

「スマホで録音すればいいんですか？」だったら自分のスマホを使えばいい……先日の一件の時に壊れたから、人に録音係を押しつけるつもりか？

「いや、相手が言ったことを全部覚えてくれ」

何だ、それ？　警察学校では、「正確を期すためにできるだけ事情聴取の内容を録音すべし」と教わった。スマートフォンは、そういう時のためにも使える。
「録音するとまずいんですか」
「そういうのを嫌がる人間もいる」

「ヤバイ相手なんですか？」

「ヤバくはない」影山が一瞬言葉を切った。「俺にとっては」
おいおい、いったい相手は誰なんだ？　村上は、にわかに不安が膨れ上がってくるのを感じた。

影山は川崎駅方面へ向かい、小土呂橋《こどろばし》交差点を右折して新川《しんかわ》通りに出た。途端に、川崎らしい賑やかな雰囲気が目の前に広がる。この辺りはビジネス街で、一日の仕事を終えて駅へ急ぐ人たちの姿が目についた。

影山は第一京浜を突っ切り、新川通りをそのまま海の方へ車を走らせた。この辺は交通量が多いので、さすがに無茶な走りはできない。追分《おいわけ》交差点——少し面倒な五叉路《ごさろ》だ——で左折すると、今度は北を目指す。このまま真っ直ぐ行くと、自分の家の近くを通ると気づいた。つい、「俺、この辺に住んでるんですよ」と軽い調子で言ったが、影山は「そうか」とつぶやくように応じただけで話が続かない。

さらに、川崎競馬場の東側を通過する。間もなく京急大師《だいし》線、さらにその向こうは多《た》摩川《まがわ》だ。まさか、東京まで行くつもりなのだろうか？　いや、それなら第一京浜をそのまま走っていくはずだ。影山は久根崎《くねざき》交差点で大師道《だいしみち》に入って右折した。このまま走ると、川崎大師にまで至る。

「ええと……行き先は川崎大師ですか？」

「あんなところに用はない」

「じゃあ――」

「川崎大師の駅の近くだ」

駅前は小さなロータリーになっている。左折して交番の向かいに車を停めると、影山は乱暴にサイドブレーキを引いてエンジンを切った。

「ここに停めておいていいんですか？」

「目の前に交番があるじゃないか」

言って、影山が塗装のはげかけた横断歩道を小走りに渡る。壁がレンガ張りになっている古びた交番に飛びこむと、「前にパトを停めた。鍵《かぎ》を預けておく」とだけ言って、カウンターに叩きつけるようにキーを置いた。若い制服警官が慌てて立ち上がって敬礼したが、影山はそれには応えず、さっさと交番を出てしまう。

滅茶苦茶乱暴な人だと呆れながら、村上は影山の背中を追った。背は高い――百八十センチはありそうで、歩幅が広い上に歩き方がせかせかしているので、ペースを合わせるために、村上は歩調を速めた。本当に遅刻しそうなのだろうか。

影山は参道に入った。ここから川崎大師までは、歩いて五分弱だろうか。参道の入り口付近には普通の飲食店もあるが、やがていかにも門前町らしい雰囲気になってくる。目立つのは、この街の名物、久寿餅《くずもち》を売る店だ。もちろん、午後六時を過ぎた今は、ほとんどの店は閉まっている。影山は、そんな店の一つが建つ交差点を左に折れた。交差点の向かいにはマンション……そう、この辺は門前町であると同時に住宅街でもあるから、住んでいる人は、正月には大変だ。関東《かんとう》の代表的な初詣《はつもうで》の場所でもあるので、三が日の人出はとにかく殺人的になる。交番勤務時代、村上も応援に駆り出されて交通整理に当たったのだが、とにかく人の波に圧倒された。

参道から一本入ると、急にごみごみした住宅街になる。一戸建ての古い家が建ち並び、道路は車のすれ違いが難しいほどだ。この辺の雑然とした雰囲気は、やはり川崎——いかにも川崎の南部っぽい。

交差点に出ると、影山が左右を見回した。スマートフォンを取り出して何か確認すると、左へ折れる。コイン式の駐車場に、一台の黒いミニヴァンが停まっているのが見えた。

「もしかしたらあの車ですか」

「ああ」短く答えて、影山が足早に駐車場へ向かう。ミニヴァンの前で一瞬立ち止まると、中に乗っている人物に向かって軽く一礼した。礼を尽くしているというより、よく知った相手に対する気軽な挨拶《あいさつ》の様子。「お前は後ろに回れ」と指示すると、さっさと助手席のドアを開けて中に入りこむ。

おいおい、この異様な雰囲気は何なんだ？　村上は次の一歩を踏み出せなくなってしまった。このまま踵を返して立ち去ろうかと思ったが、ミニヴァンの助手席の窓が下がり、隙間から影山が睨みつけてくる。早く来い、か……仕方なく歩き出し、リアのドアを開けて後部座席に滑りこんだ。

車内はガランとしている。普通のマイカーなら、車内に入った途端にドライバーの個性を感じるものだが、この車は借り出したばかりのレンタカーのように清潔で、持ち主の正体を推測できるようなものは何もない。

運転席の斜め後ろの位置なので、ドライバーの顔ははっきりとは見えない。村上は運転席の背後まで腰の位置をずらして、バックミラーを覗いた。

運転席に座っているのは、四十歳になるかならないかぐらいの男だった。目つきが鋭く、上半身ががっちりしていて、正面から歩いてきたら道を譲ってしまいそうなタイプだ。もしかしたら、暴力団員かもしれない。強行犯係の刑事が、暴力団をネタ元として使ってもおかしくないのだし。

「そちらは？」

運転席の男が、ちらりとバックミラーを見てダミ声で言った。目が合ってしまい、村上は思わずそっぽを向いた。睨みつけてやるべきだったかもしれないが、ここで意地の張り合いをしても仕方がない。それに余計なことをしたら、影山の立場が悪くなるかもしれない。

「後輩だ」影山がさらりと答えた。

「二人で来るなんて珍しい」

「研修なんだ」

マジで？　いったい何の研修だ？　疑問が湧き上がってきたが、村上は言葉を呑みこんだ。今日は「記録係」を命じられているだけだから、ここで余計なことを言ったら、後でどやされるかもしれない。

「まあ、いいけど、録音しないでくれよ」

運転手がバックミラーを睨みつけたまま、村上に警告した。村上は何も言わなかった。こうなったら、最後まで絶対に口は開かないぞ。

前に座る二人が、同時に煙草に火を点《つ》けた。ミニヴァンの広い車内が、一気に白く煙る。助手席側の窓が細く開いていたが、それだけではとても煙は排出されない。村上は窓に顔を近づけ、新鮮な空気を求めた。

「で、例の話だけど、どんな感じだ」影山が切り出した。

「厳しいな。お前の想定が、そもそも無理だったんじゃないか」

「そんなことはない」影山が否定した。むきになっている様子ではなく、ただ議論している感じだった。

「いや、筋違いだと思う」

「真面目に調べてくれたのか？」

「俺は、頼まれたことはちゃんとやるよ」運転席の男がむっとして答える。「俺とお前の仲だ、それは分かるだろう」

「分かってるよ……無理だったっていうのは、どういうことだ」

「アリバイがありそうだ」

「アリバイ？　十年も前の話なのに、こんなにすぐ分かったのか？」

「東京にいなかったらしい」

古い事件の話だろうか？　そう言えば川崎中央署管内では、未解決でまだ時効を迎えていない事件が一件ある――ただ、今は刑事課の一部のスタッフが細々と捜査を続けているだけのはずだ。

影山も、その事件を調べているのだろうか？　もしもそうなら、毎日の朝礼に顔を出さない理由も何となく分かる。しかし、それならそうと、先輩たちもちゃんと教えてくれればいいだけではないか。それをただ「関わるな」と言うのは、やはり尋常ではない。

「間違いないか？」

「はっきりした証拠はない。ただ、証言はある」

「その証言――証人に、俺が自分で話を聴くことはできるか？」

「それはやめてくれ。俺のネタ元だし、警察官が会いに行ったら、俺の信用が消える」

「そもそもあんたに信用があるのか？」

「俺は、信用だけで生きてるんだぜ。俺から信用を取ったら、仕事ができなくなる」

「分かった、分かった」影山が面倒臭そうに言った。「悪かったな、時間を無駄にして」

「あんたこそ、こんな空振りばかりで、きつくないか？」

「これは野球じゃないんだ」影山が低い声で言った。「何回空振りしても三振にならない。いいボールが来るまで、バットを振り続けてやるよ」

煙草をくわえたまま、影山が車のドアを押し開ける。運転手の男は、彼には何も言わなかったが、いきなり村上に声をかけてきた。

「兄《にい》ちゃん、名刺を寄越しなよ。新人だからって、名刺を持ってないわけじゃないだろう」

渡していいものか？　困って、村上は影山を見た。影山は静かに「渡してやれ」と言って、車から出てしまった。

仕方なく、村上は名刺入れから真新しい名刺を一枚抜いて渡した。考えてみれば「川崎中央署刑事課」の名前入りの名刺を使うのは初めてだった。

「研修とか言ってたな。あんた、いつも影山と組んでるのか？」

「いえ……今日が初めてです」

「パシリみたいなものか」男が鼻を鳴らす。

「そんな感じです」ふと、自分の名刺だけが相手に渡っているのが不安になった。「名刺をいただけませんか？」

「俺の名刺？　何で」

「名刺は交換するものじゃないですか？」

　突然、男が噴き出した。低い声で笑いながら、ジャケットの内ポケットに手を突っこみ、名刺を取り出す。体を捻り、左腕を伸ばして名刺を差し出した。人差し指と中指で名刺を挟んだ様は、ひどく気取って見えた。凶暴そうな顔とバランスが取れていない。

　名刺を確認する。「河岡《かわおか》ジム　会長　河岡康次郎《やすじろう》」とあった。ジム？　個人名がついたジムということは、ボクシングジムか何かだろうか？　本人の姿を見た限り、ボクシング経験があるようには見えなかったが。動きが鈍いわけではないが、がっしりし過ぎている。体重別で戦うボクサーは、だいたいぎりぎりまで体を絞りこむものだ。ヘビー級ならともかく、特に軽い階級のボクサーは、極端な細マッチョになる。この河岡という男は、重いウェイトを使った筋トレで上半身を膨らませた感じだった。

「ボクシングジムですか？」

「ボクシングだけじゃない。キックに総合、ボクササイズで若い姉ちゃんも来るよ」

「そのジムを経営されてるんですか」

「兄ちゃん、あんた、聞きたがり過ぎる」

　反射的に謝りそうになったが、村上は口をつぐんだまま車を降りた。影山の姿は既にない——慌てて捜すと、来た道を引き返していた。早足で追いつく。

「影山さん、この河岡って人、何者なんですか？」村上は目の前で名刺をひらひらさせた。

「名刺に書いてあるだろう。ジムをやってる」

「ヤクザじゃないんですか」

「人を見た目で判断するな」影山が前を向いたまま、つぶやくように言った。

「いや、別にそういうわけじゃ……」

「気にするな。それより、さっきの話は全部覚えたか？」

「覚えるほどの内容はなかったじゃないですか」

「そうか。お前がそう言うなら、それでいい」

少し歩いて駅前交番の前にたどり着く。覆面パトカーは、先ほど停めたのと同じ場所にあった。明らかに違法駐車で、他の車の邪魔になりそうな場所だったのだが。

影山は交番に入ると、預けておいた鍵を受け取って、すぐに覆面パトカーに乗りこんだ。交番にいた制服警官には、ちゃんとした挨拶もお礼もしない。無礼というか、ひどく慌てていて、普通に話をしている余裕さえないようだった。

何だか置き去りにされそうだったので、村上も慌てて車に乗りこむ。影山はすぐに車を出した。

「お前、まだ何かやることとあるのか？」

「いえ、今日は終わりですけど」

「だったら、家の近くでおろしてやる。富士見公園の横でいいな？」

人の話などまったく聞いていない感じだったのに、先ほどのちょっとした情報は覚えているわけか。得体が知れない人だ、という印象は濃くなるばかりである。

「あ……ありがとうございます」

もっと話を続けないと、今回の一件が何だったのか、分からない。先ほど思い出した一件を口にしてみた。

「もしかしたら、昔の事件の捜査ですか？　確か、十年前に発生した殺人事件が、まだ未解決ですよね」

「そうだ」影山があっさり認めた。

「あの件、一応専従の捜査員がいるじゃないですか」実際、刑事課のすぐ横の会議室には、捜査本部の看板がかかっている。「影山さんもその担当なんですか？」

「いや」

「じゃあ、勝手にやってるんですか？」

影山が黙りこむ。痛いところを突いたかもしれないと、村上はびくりとした。影山がどんな男か分からないから、何を言ったら怒らせてしまうかが読めない。

結局影山は、富士見公園の横につくまで、一言も喋らなかった。車が停まったので、ようやく解放されるとほっとしてドアに手をかけた瞬間、「明日《あした》は空いてるか」と聞かれた。

「まだ、この前の事件の後始末があるんですけど」

「昼間じゃない。夜だ」

「夜は、特には……」

「だったら明日の夜もつき合え。ちょうどいい実地研修になるだろう」

「いや、あの、勝手にやっていていいんですか？　課長は知ってるんですか」

「課長は無視していいから、俺を手伝え。川崎中央署だって、四六時中忙しいわけじゃないんだ。早く仕事を覚えるためには、何でもやってみた方がいい」

「はあ」

「明日、昼間の仕事が終わった後でまた会おう」

「影山さんは、勝手に捜査している、ということですよね」村上は念押しして訊ねた。

「そんなことしていいんですか？」

「刑事は、言われたことだけやってればいいわけじゃないんだよ」

「はあ……」

「そのうち飯でも奢ってやる。それでいいだろう」

せめて、どういう捜査なのか、どんな方針で捜査するのかぐらい、聞かせてくれてもいいのに。しかし影山は、説明してくれそうな様子ではなかった。

余計なことを言って怒られるより、取り敢えず黙っていよう。捜査自体は、たぶんそんなに大変なものではない。こんな風に聞き込みをしていけばいいだけのはずだ。

それでも不安は募る。

まずい人に目をつけられてしまった。

4

家に戻ると、村上はひどく疲れているのを意識した。夕飯も食べていないが、これから出かける気にもなれない。仕方なく、冷蔵庫の中を漁《あさ》って、食べられそうなものを探した。インスタントラーメンがあるから、これで何とか……買い置きしておいた瓶詰めのメンマ、チャーシューもある。何か野菜も入れたいところだが、ない袖《そで》は振れない。ストックしてある青汁を飲んで、取り敢えず野菜を摂取したことにしよう。

村上は、インスタントラーメンの作り方にはささやかなこだわりがある。普通は麺《めん》を煮た鍋《なべ》に粉末スープを入れて仕上げるのだが、いつも麺とスープを別に作る。粉末スープは予め丼に入れておいて、薬缶《やかん》の湯でスープを作る。そのスープに、しっかり湯切りした麺を入れて完成。こうするとスープが濁らず、二段階ぐらい味がアップする感じがする。

食べ始めてから、冷凍しておいたご飯を電子レンジで温める。麺を食べ終えたところでご飯が温まったので、スープに入れておじや風にして締める――褒められた食べ方ではないが、手っ取り早く腹を満たすにはこれに限る。

寒さにすっかりやられていたのだが、辛みが効いた味噌ラーメンだったので、体が内側から温まってきた。この後は日課の腹筋と腕立て伏せだが、さすがに満腹の状態では体を動かせないから、少し食休みが必要だ。一時間ほど、テレビを見ながら部屋に掃除機をかけ、風呂《ふろ》に湯を入れる。胃が落ち着いたところで運動を始めた。

まず、一秒に一回の速いペースで腕立て伏せをこなす。これを一分間継続。最後の頃には頭に血が上り、腕と胸がパンパンになって痛みさえ感じるようになる。一分休憩。今度は椅子に足を載せてより負荷をかけ、先ほどよりも腕を広く開いて、二秒に一回の少しゆっくりしたペースで十五回。途中に十秒の休憩を入れて、三セット繰り返す。回数からすると大した運動ではないのだが、終わると、真冬でも全身汗だくになってしまう。

この後は腹筋だ。床に寝転がって膝を曲げた状態で軽く上げる腹筋を、三十回ずつ三セット。さらに腕立て伏せの姿勢で肘《ひじ》をつき、腰を上げて固定するプランクを三分ずつ二セット。すべて終わると、体のあちこちが悲鳴を上げるようだった。腕立て伏せは、「自重で行える完璧《かんぺき》なトレーニング」と言われており、それに腹筋を組み合わせるこのやり方で、取り敢えず上半身の鍛錬はOKという感じだ。本当はこれプラスジョギングで完璧なのだが、だいたいそこまでの時間はないし、そもそも走るのは好きではない。

風呂に入ってから冷蔵庫を開け、これも買い置きしてあるアイスクリームを取り出した。酒をあまり呑まない、煙草も吸わない村上にとって、風呂の後のアイスクリームだけが唯一の楽しみだ。もっともこのせいで、運動で消費したカロリーを取り戻してしまう感じになるのだが。

スマートフォンが鳴る。LINEの着信だ。見ると、恋人の長瀬花奈《ながせはな》から。思わずにやつきながら確認すると「電話大丈夫？」のメッセージが入っていた。向こうからかかってくるのを待たずに、こちらから電話を入れる。

「ごめん、運動してた？」

「終わって風呂も入ったよ」

「私も……どう？　新しい仕事、慣れた？」

「まあ、何とかね」何とかとしか言いようがない。実際には刑事課に来ていきなり事件に巻きこまれ、あれこれ考えている暇もなかった。「そっちは？」

「私はもう全然平気——仕事は東京と変わらないわね。こっちは物価が安くていいわよ」

「大阪だと、東京とあまり変わらないようなイメージがあるけど」

「外食は、値段が全然違うわよ——安いものは徹底して安いし」

「そうか」

花奈とは大学時代からのつき合いだ。彼女は卒業後、IT系企業に入社し、しばらく東京で営業の仕事をしていたのだが、去年の暮れ、大阪支社に転勤になった。勤務先は、IT系といっても五十年近い歴史を持っている。元々は企業向けにオフコン——昔は「オフィスコンピューター」と言っていたことを村上は初めて知った——のリースなどをしていた「老舗《しにせ》」なので、体質が古い。

今回の大阪勤務は、二年の予定だ。二年後には東京へ戻って来るはずだが、村上としては今後の人生計画を難しく感じ始めている。彼女の異動の話を聞いた直後、思い切って「結婚しないか」と言ったのだが、彼女は「取り敢えず二年待って」と明白な答えを避けた。二年後には二人とも二十七歳……その頃村上は、また人生の岐路に立たされているだろう。川崎中央署で大過なく過ごし——できれば手柄を立てて希望通りに本部へ異動しているか、あるいはまだ所轄で燻《くすぶ》っているか。神奈川県内に限られるとはいえ転勤もある仕事だから、結婚してもどこに住むか、子どもはどうするかなど、考えなければならない問題は山積みだ。村上としては、一番問題を簡単にする方法として、彼女に仕事を辞めてもらいたかった。しかし花奈は今のところ、仕事を辞める気はまったくないらしい。よく文句は言っているのだが。

「変な先輩がいてさ」村上は思わず零《こぼ》してしまった。「別に正式な担当がいるのに、勝手に捜査してるんだ。他のスタッフにも胡散臭《うさんくさ》がられている」

「よく分からないけど、そういう人には近づかない方がいいんじゃない？」

「そうもいかないんだよ」直接声をかけられ、現場に引っ張り出されたことを説明する。

「大丈夫なの？」さすがに花奈も本気で心配し始めたようだ。

「どうかなあ。やってることは問題ないと思うけど、とにかく強引でさ」

「他の人に嫌われてるから、まだルーキーのあなたに声をかけたんじゃない？　自由に使えると思って」

「パシリじゃないんだからさ」実際今日も、使いっ走りをさせられたわけではない。彼は「人数合わせ」をしようとしていたのではないだろうか。警察の捜査は基本的に、二人一組で行う。聞き込みなどで聞き漏らしがないようにするため、そして何かあった時のバックアップの意味もある。他の刑事に敬遠されているから、まだ課内の事情をよく知らない自分に声をかけた――花奈の推測は当たっている感じがする。思い切って断るべきかもしれない――他の先輩は「関わるな」と忠告してくれたのだし――が、事件のことも気にかからないではない。

「危なかったら、逃げればいいじゃない。それにその先輩、そんなに危険な人じゃないでしょう?」

「そんなの、まだ分からないよ」

「でも、危険な人だったら、とっくに馘になってるんじゃない?」

「ああ、それはそうだよね」警察は身内に甘い組織、と警察学校にいる頃から聞いているが、それにも限度はあるだろう。あまりにも身勝手な行動が続けば、さすがに人事も黙っていないはずだ。それこそ馘になるかもしれないし、余計なことができない閑職に追いやることもできるだろう。しかし影山は、所轄にいて自由に――自分勝手に捜査を続けている。

何だか、周りの人間全員が弱みを握られていて、影山に対して文句が言えないような感じもする。

まさか……急に不安になって、村上は話題を変えた。こういう時は、食べ物の話が無難だ。大阪に行ってから、花奈は急速に粉物の魅力に目覚めたようで、あちこち食べ歩いては村上にも一々写真つきで報告してくる。そのうち大阪に、粉物を食べに来て——魅力的な誘いだったが、今のところ予定が立たない。警察は、ローテーションによって、非番はきっちり取れる組織だが、管内を離れるには一々上司の許可が必要なのだ。普通に週末が連休になることもあるが、そういう時に新横浜《しんよこはま》から新幹線に飛び乗って気軽に——というわけにはいかない。今度大阪で彼女に会うのは、夏休みになるのではないだろうか。少し早めに夏休みを取って会いに行こうと決めた。その前に、彼女の方で東京に来てくれるだろうが。月に一回ぐらいは東京本社に出張があるし、休みもきっちり取れる。ただ、プライベートで東京へ来るには、金がかかり過ぎるだけだ。二人とも働き始めてからまだ数年なので、給料はそれほど潤沢ではない。

結局、三十分ほども話してしまった。最後に「あのさ……」と結婚の話を蒸し返してみたが、彼女は「そういう話は直接会ってる時にね」と逃げた。もしかしたら、まったく結婚する気がないのだろうか。それならそうと、はっきり言ってもらった方がありがたいのに。

彼女との他愛もない会話は、何よりも心地《ここち》好《よ》いが、何だかかえってもやもやしてしまった。

翌日、仕事の合間に、村上は刑事課の一角にある資料庫に入った。古い事件の資料などはここで一括管理しており、刑事なら誰でも自由に閲覧できる。

十年前の事件についても、資料は揃っていた。同じ資料は捜査本部にも保管されているし、担当している刑事に直接話を聞けば、事件の内容はすぐに把握できるだろう。ただ村上は、その部屋に行くのを避けた。十年も動かなかった事件を担当させられている刑事は、間違いなく腐っているはずである。興味本位で話を聴きに行ったら追い返されるかもしれない。逆に「興味があるならお前がやれ」と押しつけられる可能性もある。それは困る……あんなところで仕事をさせられたら、絶対に成果を出せず、プラスの査定などとても無理だろう。

もっとも影山は、自ら進んで捜査に首を突っこんでいるようだが。

未解決の殺人事件のせいかもしれないが、捜査資料は分厚かった。調書や聞き込みの記録がプリントアウトされて綴《と》じこまれたファイルフォルダーは、全部で三十もある。これを全部読もうとしたら、一日ではとても終わらない。「簡略版」はないだろうか。

棚の左端にある一冊を引き抜いてみると、これがいきなり「当たり」だった。当時の新聞記事をスクラップしてある。捜査資料の方が当然詳しいが、どうやらこんな風に、新聞や雑誌の記事も資料として残しておくらしい。世間の捉え方、のようなものを確認する狙いもあるのだろう。

18日午前1時半頃、川崎市川崎区旭町《あさひちょう》の路上で、男女が揉《も》めているとの通報があり、一一〇番通報で駆けつけた神奈川県警川崎中央署員が、路上で倒れている女性を発見した。女性は病院へ搬送されたが、首や胸など数ヶ所を刺されており、間もなく出血多量で死亡が確認された。

女性は、同所、会社員平野玲香《ひらのれいか》さん（23）で、勤務先から帰宅途中に襲われたと見られている。川崎中央署では、通り魔、強盗などの可能性があると見て捜査本部を設置し、本格的に捜査を始めた。

現場は京急大師線港町《みなとちょう》駅から歩いて500メートルほど離れた住宅街。普段は夜になると静かで、人通りも少ない。

初報は十八日の夕刊だった。そして十九日の朝刊になると、記事はぐっと短くなっていた。殺人事件といっても、扱いはこんなものだろう。

18日に川崎市川崎区旭町の路上で発生した殺人事件で、神奈川県警川崎中央署の捜査本部は、引き続き周辺の聞き込みなどの捜査を行っている。

殺された平野さんのバッグは現場に落ちていて、財布や携帯電話などは奪われていなかった。また、傷の状況から、最初から犯人は平野さんを傷つける目的で襲ったものと見られている。捜査本部では、通り魔の可能性もあると見てさらに調べている。

おいおい、と村上は溜息をついた。通り魔というのは、一番恐れるべき犯罪である。ただ歩いているだけなのにいきなり襲われ、命を落とす——最悪の死に方だ。通り魔はどこをうろついているか分からないから、近所の人たちに注意を促すためにも、もっと大きな扱いを続けるべきだったのではないか？　いや、たぶんこの件は、テレビのワイドショーなどが散々扱っただろう。二十三歳の若い女性が被害者となると、テレビは張り切るのではないだろうか。

記事には、被害者の顔写真が載っていた。解像度の低い白黒写真だから、顔つきはよく分からないが、どうやらセーラー服のようだ。高校の卒業アルバムから取ってきたのではないかと思うが、新聞もひどいことをするものだ。被害者を匿名にする必要はないと思うが、何も顔写真を載せなくても。これを見て、家族のショックがさらに大きくなるのは、簡単に想像できる。

社会面の記事を受けた地方版の記事の方が、ずっと大きかった。発生から二日後、二十日の朝刊の地方版は、大きなスペースを割いて事件の詳細を伝えていた。近所の人たちの反応、被害者の人となり……それによると、被害者の平野玲香は、秦野《はだの》市の出身だった。横浜の大学を出た後、川崎駅前にある会社に就職し、通勤の時間を節約するために実家を出たらしい。ただしこの記事を読んだだけでは、本当に一人暮らしだったかどうかは分からない。親元を離れても兄弟で一緒に住むことはあるし、恋人と同棲《どうせい》していた可能性もある。

村上はその後もスクラップを読みこみ続けた。本筋の記事はあっという間に新聞に出なくなり、あとは週刊誌の記事が頼り……若い女性が殺された事件だからスキャンダラスに書き立ててもおかしくなかったのだが、実際にはどの週刊誌も抑えた筆致で記事にしていた。性犯罪でないことは早くから分かっていたから、下品な記事にもできなかったのだろう。

事件の概要を頭に叩きこんで、資料庫を出る。一つだけ引っかかったのは、犯行時刻である。玲香が働いていたのは、JR川崎駅北口に本社がある医療機器製造メーカーで、玲香は法人担当の営業職だった。相手の都合で動く営業だから、九時五時で仕事が終わっていたわけではないだろうが、それにしても午前一時半というのは、あまりにも遅過ぎる感じがした。

気になって、大師線港町駅の時刻表を調べてみる。下りの最終が午前零時五分、川崎駅へ向かう上りは同八分。駅から自宅へ帰る途中に襲われたと見られており、電車で港町駅まで戻って来たと考えるのが自然だ。しかし、下りの最終電車で帰ったとしても、襲われるまでには一時間以上間が空いている。港町駅は川崎競馬場の最寄駅でもあるが、それ以外は普通に住宅街が広がっているだけで、深夜に時間潰しができるファミレスなどはない。せいぜいコンビニぐらいだが、コンビニで一時間以上も雑誌の立ち読みはできないものだ。あるいは川崎駅付近で遊んでいて終電を逃してしまい、そこそこ長い距離を歩いて帰って来たのか。誰かと待ち合わせていた可能性もあるが、この辺は謎のまだったようだ。

この日、玲香は取引先の接待があり、午後十時ぐらいまでは会社の同僚、それに取引先の人間と一緒にいたのは確認されている。しかしそれ以降の足取りは不明だった。つまり、三時間以上の空白があることになる。

大きな街で、一人の人間の足跡を完全に辿《たど》るのは難しい。当然、防犯カメラのチェックなどは行われたはずだが、この空白は埋まらなかったようだ。

グーグルマップを使って、港町駅から玲香の家までの道筋を確認する。やはり基本的に住宅街で、夜になると人通りもなくなり、ひどく静かになることは簡単に想像できた。タイムラインを遡《さかのぼ》って十年前の様子も見ることができたが、今とほとんど変わっていない。この辺りでは、大規模な再開発などは行われなかったわけだ。

腕組みして画面を睨んでみたが、何が分かるわけではない。ただ、この事件はもう解決しないのでは、と思った。都会の真ん中で起きた事件、それから十年が経って、新しい手がかりが見つかるとは思えない。だいたい、影山の捜査方法はかなり異端というか、やっていいことかどうかも分からない。まだ調べていないが、河岡という人物も本当にまともな人間かどうかは分からない。怪しい人物を使って情報を探らせるなど、捜査としては邪道も邪道ではないだろうか。

ただ、少しだけ引っかかる。都会の真ん中で若い女性が犠牲になった事件は、治安上も大きな問題がある。それに、十年間も犯人が捕まらないままでやきもきしている家族のことを考えると、可哀想でならない。そして何より、ここまで手がかりがなかったことに興味を惹《ひ》かれる。これはたぶん、非常に難しい事件だ。難しいが故に、捜査しがいもあるだろう。ややこしいパズルの方が、完成した時に満足感が高いようなものだ。

いや、駄目だ。やっぱり、断ろう。この事件を解決できるとは思えなかったし、一応存在している捜査本部と別に、勝手に動いていたら、絶対に問題視される。そもそも影山自身が、かなりの問題児なのだ。一緒に動いていたら、自分も目をつけられてしまうかもしれない。

こんなところでマイナス点をつけられたらたまらない。俺はまだ、刑事として走り始めたばかりなのだから。

勤務時間が終わると、村上は敢えて正面玄関から出た。いつもは裏口から出て帰途につくのだが、そちらに向かうと、影山が待ち伏せしているような予感がしている。正面なら、何か言われても何とか逃げられそうだ。笑みを浮かべて一礼し、さっさと帰るのが利口なやり方だろう。

周囲を気にしながら外へ出てほっとする。これで一安心……振り返り、川崎中央署の庁舎を眺める。真四角の素っ気ない建物なのだが、中央部分は五階までがスカイブルーに塗られ、全体はツートーンカラーになっている。神奈川県警の所轄には、意外に洒落た庁舎が多いのだが、そこで働くのもあくまで階段の途中だと思っている。やはり目指すは県警本部——そこへ近づくためには、ここでヘマしているわけにはいかない。

ところが、旧東海道に出た瞬間、路肩に覆面パトカーが停まっているのに気づいた。影山がパトカーに体を預け、足を組んで立っている。しまった……まさか、こんなところで待っているとは。

「行くぞ」

「ちょっと待って下さい」村上は慌てて言った。「やっぱり、勝手に動いていたらまずいですよ」

「心配するな。お前は面倒なことにはならない。そんなことより、手柄は欲しくないか？」

「いや……」

「覇気がないな」影山が顔を歪めるようにして笑った。「本部へ行きたいんだろう？だったら、ここで一発、未解決事件を解決してみろ。お前の評価は鰻登《うなぎのぼ》りだ」

だから、無理だって……十年間、大きな手がかりもなかった事件を、今になって解決できるとは思えない。そんな無茶振りをされて、笑顔で「はい」と答えられるわけがないではないか。

「十年前の事件、ちょっと調べました」

「それで？」

「解決は難しいと思います。今さら……」

「俺はやれると思っている」影山が、村上の言葉を途中で遮った。「どうだ？　一発賭けてみたら。本部長表彰を土産に本部へ異動できたら、一目置かれるぞ」

「いやあ、それは……」

「調べてどう思った？　難しい事件だろう」

「はい」

「難しい事件ほど、解決した時の快感は大きいんだよ。俺はお前に、その快感を味わわせてやろうと思ってるんだ。駆け出しの頃にそういう事件を担当できれば、刑事としては最高の滑り出しになるぞ」

だから、担当と言っても正式に指名されたわけではない……しかし気づくと、村上は覆面パトカーに乗りこんでいた。びくつく気持ちと手柄を求める気持ち——今は、この事件を解決してみたいという気持ちが、怯《おび》えを少しだけ上回っている。

第二章　警　告

1

影山《かげやま》はまた、川崎《かわさき》大師方面へ車を走らせた。今日は港町《みなとちょう》駅——被害者の自宅があった街だ——近く、大師《だいし》道《みち》沿いにある中華料理店の前の駐車場に車を停める。夕飯時なのにのれんは出ていない。どうやら定休日のようだ。

「この店ですか？」車を降りるなり、村上《むらかみ》は訊《たず》ねた。

「そうだ」

「休みみたいですけど……」

「店の人は上に住んでる」影山が人差し指を立てた。「アポは取ってある」

「俺の役目は、また記録係ですか？」

「ああ。もちろん、録音はなしだ」

影山は、店の入り口の引き戸を引いた。鍵《かぎ》はかかっていない。二階が住居で、そちら専用の出入り口はないのかもしれない。店は相当古く、油の臭いが全体に染みついている感じだった。影山がいきなり「すみません！」と声を張り上げる。低く静かに話すイメージしかなかったので、村上はびくりとした。

ほどなく、階段を降りる大きな音が聞こえてきて、店の奥から一人の男が姿を見せる。髪はすっかり白くなり、腰も曲がりかけている。中華鍋《なべ》を振って五十年の大ベテランという感じだった。

「電話しました、県警の影山です」

「ああ……どうぞ、そこへ座って」

二人の少しぎこちない会話から、会うのは初めてだと分かった。影山はさっさと、店のほぼ中央にあるテーブルにつく。村上は隣。店主らしき男が向かいに座ろうとして、思い直したようにテーブルを離れる。店の片隅にあるガラス扉の冷蔵庫に近づくと、瓶ビールを一本取り出し、小さなコップを三つ重ねて持ってきた。

「ちょうど一杯やろうと思ってたところでね。あんたたちもどう？」

「それは、この話が終わってからお願いします、富沢《とみざわ》さん」

低く脅しつけるように影山が言うと、富沢と呼ばれた男がむっとした表情を浮かべ、ビール瓶をテーブルの端に寄せた。自分の店で指図されたくないと思っているようだが、影山の態度と言葉には、有無を言わせぬ迫力があった。しかし、これから話を聞かせてもらう相手に対してこの態度はないだろう。山田《やまだ》が「きつかった」と言っていたのも分かる。刑事にこんな風にきつく当たられたら、怯《おび》えて余計なことまで言ってしまいそうだ。

影山は手帳を取り出し、一枚の写真をテーブルに置いた。

「電話でも話しましたけど、十年前の事件の関係です。この店の近くで、若い女性会社員が殺された。当時、あなたも警察から事情を聴かれましたよね？」

「現場はこの近くだったからね」

二人のやり取りを聞きながら、村上は影山がテーブルに置いた写真をとっくりと眺めた。着物姿……スタジオかどこかで写した感じだ。たぶん、成人式の写真だろう。影山はこんな写真まで持っているのか？　家族からわざわざ貰《もら》ったのだろうか。

「被害者の平野《ひらの》玲香《れいか》さんは、この店に何度か来たことがあったそうですね」

「ああ」

「常連ですか？」

「そういうわけじゃない。そもそもうちは、若い娘さんが一人で来るような店じゃないしな。圧倒的に多いのは、競馬帰りの客だ。儲《もう》けたらビール二本、負ければ水で我慢っていうオッサンばかりさ」富沢が皮肉っぽく言った。

「そういう店なら、平野さんは目立ったでしょう」

「まあね」

「話したことは？」

「それはありますよ。だいたいあの人が来たのは、客が少ない時間ばかりだったから。こっちも暇を持て余してるから、ちょっと喋《しゃべ》ることはありましたよ」

「どんな内容でした？」

「よく覚えてないなあ」富沢が頭を掻《か》いた。「まあ、仕事のこととか話したんじゃないかな？　こういう店では普通の会話ですよ」

「他に、プライベートな話は？」

「そういうのはなかったな。若い娘さんが、中華料理屋のオヤジに自分の私生活を話すわけがないでしょう」

「具体的に何を話したか、覚えてないですか？」影山がしつこく食い下がる。

「そう言われても、たまに会うだけだったし」

「たまに話をするだけだと、かえって会話の内容をよく覚えていたりするでしょう」

「そんなこと言われても……」

影山のやり方は強引——思いこみが強過ぎるのでは、と村上は心配になった。だいたい人は、十年も前のことをそんなにはっきり覚えていないだろう。こういう店の場合、よほどの常連ならともかく、たまに来る女性客との会話が記憶に残っているとは考えにくい。よほど印象的なことがあったなら別だが。

「あの」村上はつい、話に割って入った。「いつも一人でしたか？　誰かと一緒のことはなかったですか？」

「なかった……かな」富沢は自信なげだった。「いや、本当に、よく覚えてないんだよ。顔には見覚えがあるけど、話した内容とか、誰かと一緒だったかとか、そんなことを聞かれても答えられない」

影山はなおも粘ったが、結局有効な答えは出てこなかった。三十分後、影山はとうとう諦《あきら》めたようで、さっと腰を上げる。

「お休みの日に、すみませんね」一応影山は、礼儀は失っていなかった。

「いや、いいけど」いいけどと言いながら、富沢は露骨に不満そうだった。「ビールがぬるくなっちまった」

影山が何も言わず、店の出入り口に向かう。村上は慌てて「ありがとうございました」と言って一礼したが、富沢からは何の返事もなかった。

車に乗りこむと、影山は手帳に何か書きつけていた。

「すみません、途中で口出しして」文句を言われる前にと、村上はまず謝った。

「いや、いい」影山は手帳から顔を上げようともしなかった。「質問するのは自由だし、むしろどんどん質問した方がいい」

「そうですか……あの、今夜はまだ何かやるんですか？」

「もう一人、会いたい人間がいる。ただし、会えるかどうかは分からない」

「どういうことですか？」

「連絡先が分からないんだ。十年前の携帯の番号は、今は使われていないみたいでね」

「住所は？」

「十年前の住所は分かってる。今もいるかどうかは分からないけど、取り敢《あ》えずそこを訪ねてみるつもりだ」

「……分かりました」分かりましたとは言ってみたものの、不安になる。もしかしたら、徹夜で張り込むことになるかもしれない。刑事になったらそういうこともあるだろうと予想はしていたが、その相棒が影山というのが、いかにも心配だ。

「飯にしておくか？」手帳から顔を上げ、影山が唐突に言った。

「いいですけど……」もうすぐ午後七時。確かにちょうど夕飯時だが、影山と一緒に飯を食べるのかと思うと緊張してくる。「でもこの辺、食べるところがないですよね」

「移動するから、途中で食べればいい」

「ああ……はい。どこまで行くんですか」

「今度は横浜《よこはま》だ。子安《こやす》だな」

「相手は？」

「被害者の会社の同僚——当時、営業でコンビを組んでいた先輩だ」

「了解です」

影山は、当時の捜査本部が事情聴取した人間に、もう一度当たろうとしているのかもしれない。記憶を探り出す作業が大事なのは分かるが、気の遠くなるような仕事だ。当時、捜査本部は数十人体制で動いていたはずで、事情聴取された人間は何百人にもなるだろう。一人で全員にもう一度当たるとしたら、いつ終わるか分からない。自分を使うなら、二人で手分けして動けばいいのに。それなら影山と一緒にいなくて済むから、少しは気が楽だ。

影山は第一京浜《けいひん》に入り、そのまま一直線に子安を目指した。鶴見川《つるみがわ》を越えてしばらくしてから、ウィンカーを出して車を路肩に寄せる。近くに消防署があるようだが、まさかそこに車を停めるつもりではあるまい……ステーキハウスとコンビニエンスストアの間の道を進み、ステーキハウスの裏手にある駐車場に車を停めた。

「ステーキですか？」村上は訊ねた。

「お前、ベジタリアンじゃないだろうな？」

「違いますけど……高いでしょう？」

「心配するな。今日は奢《おご》ってやる。前にそう言っただろう」

そういうことなら気楽に食べようと思ったが、逆に怖いな、と考え直した。高いステーキを奢ってもらって、その後はずっとただ働きさせられたらたまらない。

店内はほぼ満員、テーブル席は全て埋まっていたので、カウンターに並んで陣取った。床、カウンター、椅子などは全て濃い茶色に統一されており、素っ気ないが美味《うま》そうな雰囲気が充満している。メニューを見た限り、それほど高くはない……花奈《はな》が一緒だったら、ちょっと気合いを入れて奢ってもいいかなと思えるぐらいの値段だった。

「よく来るんですか？」村上は無難な質問を発した。

「たまにな。車で動く時に便利だから、ロードサイドにある店は覚えておくといい」

「お勧めは何ですか」

「何でも」影山が肩をすくめる。「俺に飯のことは聞かないでくれ。基本的に味なんか分からないんだから」

メニューを見て、混乱してしまった。あまりにも種類が多過ぎ、何を食べていいかまったく決められない。困っていると、影山が「腹が減ってるならメガステーキにしろよ」とアドバイスした。二百四十グラムで千八百八十円、三百六十グラムで二千四百八十円というのは、確かにお値打ちな感じがする。これの二百四十グラムにしよう。

ようやく決めて、メニューをカウンターに置く。それぞれ注文してから——村上にステーキを勧めたのに、影山自身はハンバーグを頼んでいた——ほっと一息つく。それからサラダバーに行って、野菜で皿を山盛りにした。こういう機会に、たっぷり野菜を食べておこう。

ステーキは少し硬いものの、これは「食べ応《ごた》えがあるんだ」と考えるようにした。ソースはなし。村上はガーリックソースを頼んだのだが、「人と会う予定がある時は刺激の強いものは食べるな」といきなり影山に指導され、少しむっとして塩と胡椒《こしょう》だけで食べることにした。

それでも十分美味い。あっという間に肉を食べてしまい、残っていたサラダをデザート代わりに平らげる。久しぶりにいい夕食だったが、何となく満足しない。隣で影山が食べているせいだ。味の何割かは、誰と食べているかで決まる。

「コーヒー、いるか？」

「できれば」

「じゃあ、頼もう」

機嫌がいいのか悪いのか、まだまったく読めない。取り敢えず今は普通に話せているのだから、よしとしよう。しかし、次にどんな話題を持ち出せばいいかが分からない。こんな場所で、今取り組んでいる捜査について話すわけにはいかないし、プライベートな話だったら、無視されてしまいそうだった。

結局ろくに話もしないままコーヒーを飲み終え、車に戻る。寒さはさらに厳しくなっており、村上はコートのボタンを首まできっちり留めた。

おそらく、目的地までさほど時間はかからない。そのわずかな時間を利用して、村上はこの捜査について切り出した。

「十年前の事件の話、していいですか？　当時の新聞記事を読んだだけですけど」

「刑事が新聞記事を読んで事件の概要を知るのは、おかしな感じだな」影山が鼻を鳴らす。「――まあ、いい。どう思った？」

「場所が悪かったんですかね」村上は考えていたことを口にした。「現場は、日付が変わって終電が行ってしまうと、人通りもなくなるような場所でしょう。大師道を通る車も、少なくなっていると思います」

「そうだな」珍しく影山が同意した。「当時は防犯カメラも少なかった。結局、決定的な目撃者が出なかったことが一番の問題だったと思う」

「周りには、家がたくさんあるんですけどね」

「寝てる時間だよ。しょうがない」

「目撃証言がないとなると、きついですね」村上は素直に言った。「基本的には、通り魔の可能性が強いんですよね？　だったら目撃証言が頼りだと思います」

「ああ。分かってるじゃないか」

「いや、あの……そういうのは常識かと」褒められたのに驚いて、どぎまぎしてしまった。

「俺は一応、別の線もあるかもしれないと思ってる。通り魔を装った殺人だ」

「被害者に恨みを持った人が、通り魔の犯行に見せかけたとか？　そういう話は出てなかったと思います」

「当時は出てなかったな」

「そんなこと、本当にあるんですか？」村上は首を捻《ひね》った。

「可能性としては、な」

「捜査本部が何十人もかかって聞き込みしたのに、ここまではっきりした情報が出てこない事件も珍しいと思いますけど……」

「悪かったな」

「はい？」

「いや——何でもない」

影山はまた、話しかけにくい壁を築いてしまった。何かまずいポイントに触ってしまったかと、村上も口をつぐんだ。影山が、苛《いら》ついた表情を浮かべて煙草に火を点《つ》ける。窓を全開にすると、身を刺すような寒風が車内を吹き抜けたが、村上は必死で耐えた。

悪かった——その一言が、頭の中で繰り返し流れる。事件が未解決のままであることに、影山が一人で全責任を負っているような言い方ではないか。

もしかしたら影山は、十年前の捜査本部にいたのか？　その可能性はある。彼は川崎中央署に来る前は捜査一課にいたのだし、本部の刑事としてこの事件の捜査に関わっていたとしてもおかしくはない。

これは、後で確認しておかないといけない。しかし下手に切り出すと、影山がどんな反応を示すか分からないから、タイミングが大事だ。

そう考えていたのに、影山の方でこの話を蒸し返してきた。京急《けいきゅう》子安駅の近くのコインパーキングに覆面パトカーを停めて歩き出した瞬間、「お前の勘も捨てたもんじゃないな」と唐突に言い出したのだ。

「はい？」

「さっきの話。俺はあの事件の発生当時、本部の捜査一課にいた。捜査本部にも入っていた」

「じゃあ、十年前からこの件をずっと捜査しているんですか？」

「いや」

また意味が分からなくなった。個人的な執念で十年間、ずっと捜査をしているというなら、仕事のやり方として正しいかどうかはともかく、納得はできる。しかし……ふと、影山は去年の春に川崎中央署に赴任してきたのだと思い出す。

二人は第二京浜を越えて、細い道路が入り組んだ住宅街に入った。こんな場所で誰かを待ち伏せしようというのだろうか。いや、これから会おうとしているのは、玲香の会社で同僚だった人間だ。川崎駅前に本社がある会社に勤めているなら、この辺に家を構えていてもまったくおかしくない。

影山はすぐに、目当ての家を見つけ出した。オートロックのマンションなので、インタフォンから呼びかけるしかない。影山が手帳を開き、部屋番号を打ちこんで相手の反応を待ったが、返事はなかった。

「相手は独身なんですか？」村上は訊ねた。

「今は分からない。頼りにしているのは古いデータだけだ」

「これから帰って来るのを、どうやって確認しますか」

「俺は十年前に会ってる。顔を見れば分かるさ」

「十年経つと、顔も結構変わってますよ」

「だったら当たるまで、一人一人声をかけてみればいい」

そんな無駄なことを——唖然《あぜん》として、村上は一度ロビーから出てマンションを見上げた。それほど戸数が多いわけではないが、一々声かけしていたら、いつになったら会えるか分からない。それに相手が今、どんな仕事をしているかも不明なのだ。十年前は営業職だったはずだが、もしも夜勤や泊まりがある職場に異動していたら、寒空の下、朝まで立ち尽くす羽目になりかねない。

「この事件は、最初から捜査が滑っていたと思う」後から外に出て来た影山が、ぼそりとつぶやいた。

「はい」村上は背筋を伸ばした。どうやら影山は、過去の出来事を話す気になったらしい。それで納得できれば、この面倒な仕事を手伝ってもいいな、と思った。この件をきっかけに、本格的に刑事としての第一歩を踏み出せるかもしれない。

「捜査が滑った時は、その最中《さなか》にいる刑事には分からないんだ。何となく手がかりが摑《つか》めない、いい証人に出くわさない、そんなことが続いているうちに、初動段階で何か重要なことを見逃していたかもしれないとやっと気づく。でも、気づいた時には、もう手遅れなんだ」

「証拠は逃げてしまっている――ですね？」

「ああ」影山がうなずく。「その重要な証拠が何だったかは、未《いま》だに分かっていない。だからまだ、事件は解決していないんだが」

「影山さんも、当時この事件の捜査を担当していたんですよね？」

「そうだ」

「途中で抜けたんですか？」

「刑事だからって、自分の都合で好きな捜査ができるわけじゃないからな。新しい殺しの捜査本部ができて、俺が所属していた係もそちらに投入された。古い事件よりも、新しい事件の方が、解決できる可能性が高いしな」影山が皮肉っぽく言った。「俺だって、そんなことは分かっている。ただ、この事件のことはずっと、頭に引っかかってたんだ。理由は自分でも分からない」

　まさにそれを聞こうとしていたのに、影山は先回りするように言った。

「そういう事件があるんだよ」影山が自分を納得させるように言った。「特に個人的な事情がなくても、どういう訳か心に引っかかる事件っていうやつが。俺にとっては、この事件がまさにそうだった。たぶん、本当は簡単な事件なんだ。そういう事件を解決できなかったからこそ、今でも引っかかってるんじゃないかな」

「それで、わざわざ川崎中央署に異動を希望したんですか？」村上は目を見開いた。

「そうだ」

　ご家族はいいんですか、と聞こうとして村上は言葉を呑《の》んだ。この男のプライベートは一切知らないし、聞いても答えてもらえない可能性が高い。彼にすれば、村上は自由に使える下っ端のようなもので、自分の個人的な事情を明かすことなど問題外、とでも思っているのではないだろうか。

　聞いてもいいが、怒鳴られでもしたらダメージが大きくなるばかりだ。

「事件を解決するために……だったら、捜査本部で仕事をしたらいいんじゃないですか？　一応、今も捜査本部は存続しているんだから」

「一人の方が動きやすいんだ」影山があっさり言った。一人の方が、と言っている割には、村上を連れ回しているのだが。「所轄で動いている捜査本部は――実質的には動いていないだろう。十年前の事件を今になって解決できるなんて、誰も思っていない。そんな連中と一緒になって動いていたら、こっちも腐っちまう」

啞然として、村上は言葉を失った。いったいどれだけ、自分は高潔だと思っているのだろう。こんな高慢ちきな態度でいたら、誰からも相手にされなくなるのは分かり切っている。

「お前も、こういう難しい事件に取り組めば、刑事としていい経験になる」

「影山さんは、この事件は解決できると思ってるんですか？　本気で？」

「どんな刑事にも、心に引っかかってる事件がある。俺にとってはこの事件だ。その執念は、簡単には消えない。だから絶対、犯人を逮捕する」

いかにも熱血刑事の「解決宣言」なのだが、心には響かない。よほど特別な事情がない限り、十年前に「滑らせた」事件に異様な執念をもって取り組むなどできないだろう。彼には何か、そういう特別な事情があるのだろうか。本当に、刑事としての純粋な執念に突き動かされているだけなのか？

もう少し突っこんでも大丈夫そうだと思ったのだが、そこでマンションの住人が一人、帰って来た。

「あの人だ」
小声で言って、影山が歩き出す。本当に、十年前に事情聴取した人なのか？　しかし
村上は、歩き出した影山の背中を追うしかなかった。

2

村上は鈍い疲れを感じ始めていた。昼間は昼間で普通に仕事があるし、夜は影山に引きずり回されている。

週末は休めたものの、月曜日の朝になると、まったく疲れが取れていないのを意識した。しかし、仕事は休めない。この日は裕香《ゆうか》と組んで回ることになっていた。鶴川《つるかわ》は既に送検され、事件は一段落していたが、尿検査で覚醒剤《かくせいざい》反応が出たことが問題になっている。鶴川は基本的にまったく仕事をしておらず、川崎市内の公園を転々として夜露を凌《しの》いでいた。そんな人間が、どうして覚醒剤を手に入れられたのか……何か裏の事情があるのでは、と刑事課長の関《せき》が気にし始めたのだ。そのため、生活安全課も捜査に乗り出し、市内で暗躍している売人を当たっていくことになった。

村上が担当させられたのは、堀之内《ほりのうち》。関東《かんとう》では東京の吉原《よしわら》に継ぐ規模のソープランド街なのだが、事前に聞かされて想像していたほど派手な街ではない。村上は近くの交番に勤務していたので、昼夜なくこの街をパトロールしていたのだが、面倒に巻きこまれ

たことは一度もなかった。今は昼間なので、特に静かだった。

「こんなところに売人がいるんですか？」村上は思わず裕香に訊ねた。

「翼《つばさ》君こそ、知らないの？　ここの管轄の交番にいたんでしょう？」

「そういう話は聞いたことがないですね」

「こういう場所にはこういう場所のルールがあるのかもしれないわね。ソープランドは一応合法だけど、結構ぎりぎりの商売をしてる。そして覚醒剤は違法。何かと疑いをかけられる仕事をしている人間ほど、ヤバイものを遠ざけるのよね」

「ああ、分かります」

「そう？」裕香が鼻を鳴らした。「お子ちゃまの翼君でも、そういうことは分かるんだ」

「分かりますよ」村上はむっとした口調で繰り返した。

「じゃあ、今日の聞き込みは任せるから。大人としての腕の見せ所ね」

この人は……いろいろ面倒臭い立場にあるのは分かるが、村上に対するいじりがきつい。教育すべき後輩というより、憂さ晴らしの対象としてしか見ていない感じがする。

午前中聞き込みを続けたが、生活安全課が「ヤスさん」と呼んでいる売人の行方は分からなかった。もともとこの情報は曖昧《あいまい》なもので、完全に頼るのは危険そうだが、何となく「すかされた」感じがしてむかつく。

「夜に出直した方がいいかもしれないわね」裕香が言った。「こういう街は、昼と夜で人が入れ替わるから」

「やっぱり、売人の出番は夜なんですかね」

「昼間から動いてる人間も少なくないわよ。むしろ、主婦層や普通のサラリーマンを相手にする場合は、昼の方が稼ぎやすいでしょう」

「それだけ蔓延《まんえん》しているということですか……」

「そういうこと。取り敢えず、お昼にしようか」

午後一時。この時間の堀之内はまだ静かだ。ネオンサインで街全体がギラギラと輝きだすのは、やはり日が暮れてからである。建ち並ぶ建物自体はごく普通で、昼間は一々看板を見ないと、ここが一大風俗街だということは分からない。

台湾《たいわん》料理の店を見つけて飛びこむ。裕香も決断が早いというか、食事にはあまりこだわりがないのかもしれない。台湾料理と言いながら、何故か麻婆《マーボー》豆腐を強く推してくる店で、ランチタイムには、何か一品料理と麻婆豆腐を組み合わせるセットが多かった。村上は豚肉春雨炒《いた》めと麻婆豆腐のセットを選ぶ。裕香は点心五種類とおかゆのセット。

「体調でも悪いんですか?」

「何で?」裕香が不思議そうな表情を浮かべる。

「いや、おかゆなんて……」

「中華でおかゆは普通じゃない」

「食べたことないです」

「マジで?」裕香が目を見開く。「神奈川県民らしくないわね」

「相模原《さがみはら》の人間ですから、中華街には縁がなかったんですよ。浅野《あさの》さんは、横浜ですよね」実家が弘明寺《ぐみょうじ》にあったと言っていたのを思い出す。

「弘明寺から石川町《いしかわちょう》……中学校に入った時に石川町に引っ越したのよ」

「中華街の最寄駅なんですね」

「昔はね。今は、みなとみらい線の駅の方が近いけどね……中学生の頃、日曜日の朝は必ず家族で中華街へ行っておかゆを食べてたのよ。親がハマってたんだけど、私も好物になったわ」

「はあ」

「消化もいいし、栄養もたっぷりだから、絶対体にいいわよ」

「自分は、春雨でいいです」おかゆにはあまりいい思い出がない。やはり、病気と結びつけて考えてしまうのだ。子どもの頃は、風邪を引いた時などに仕方なく母親が作るおかゆを食べていたのだが、一人暮らしだった学生時代に自分で作って、その不味《まず》さに閉口してすっかり嫌いになってしまった。考えてみれば、おかゆを不味く作るのも難しいが……基本は、炊いたご飯を煮ていくだけだから、様子を見て火を止めればいい。味つけは、自分で食べながら少しずつ調整できるし。あの時は、最初から塩を大量に入れて煮こんでしまい、ついでに何か独自に味つけしてみようと、鰹節《かつおぶし》を入れたのが失敗の原因だったと思う。

裕香のおかゆは、見た目からして美味そうだった。日本風のおかゆよりもよく煮こまれている感じで、米はほとんど割れて原形を留《とど》めていない。そこに様々な薬味を投入するので、見た目も鮮やかだ。さらに蒸した点心が五種類。それほど腹が減っていない時なら、ランチにはこれで十分だな、と思う。村上の頼んだ春雨炒めも麻婆豆腐も美味かったが、ちょっとボリュームがあり過ぎた。この分だと、午後は眠気に悩まされそうだった。

食後のコーヒーを飲んでいる時に、裕香がいきなり切り出した。

「翼君、最近影山さんとつるんでいるって聞いたけど、本当？」

「別に、つるんでるわけじゃないですよ」反射的に訂正した。

「夜になると、一緒に出かけているみたいだけど」

気をつけていたのに、やっぱり見られていたか……やはり、警察署の中では誰に見られるか分からない。どこで観察されているのかと想像すると、ぞっとした。

「ちょっと仕事を手伝うように言われているだけですよ」

「もしかして、十年前の件？」

「ええ」否定してもしょうがないと思い、村上は認めた。

「翼君、さ」裕香が両手を組み合わせ、肘《ひじ》をテーブルについて身を乗り出した。「あの人、ヤバイと思わない？」

「確かにヤバイっすね」村上は認めた。「いろいろと……変な執念を持ってるし、仕事のやり方も乱暴だし」

「この前の公園の件もそうでしょう？　ああいう時は慎重にやるのが、日本の警察のやり方なのよ」

「はい」

人質事件や立てこもり事件は、どこの国でも起こりうる。海外の警察の場合、「状況の打破」が最優先事項で、犯人を射殺することも厭《いと》わない。一刻も早く事件を解決する――被害者を守るために、乱暴な強硬策を選ぶことも珍しくないのだ。一方日本の警察は、とにかく誰も傷つけないことを一番に考える。被害者も犯人も無傷で事件を解決するため、犯人の説得に時間と労力をかけるのが常だ。警察学校でも、こういう事案に関してはかなり時間をかけて講義が行われたが、結論は「基本は被害者の安全な保護と犯人の確保だが、それは状況による」だった。日本でも、被害者に深刻な危険が迫っている状況なら、犯人射殺ということもあり得るわけだ。実際、五十年も前の事件だが、瀬《せ》戸内海《とないかい》を運航する旅客船がのっとられた時には、狙撃《そげき》による犯人死亡で事件に決着がついている。

「でも、この前の事件はヤバかったと思います」

「影山さんを庇《かば》うの？」

「そういうわけじゃないですけど、説得できるような犯人じゃなかったでしょう。正気を失っていたんだから」

「だけど、影山さんのやり方だと、陽菜《はるな》ちゃんを傷つけていたかもしれないのよ。たまたま上手《うま》くいっただけでしょう」

「それもそうなんですけど……」

「影山さん、公園の件で監察官室の聞き取り調査を受けたみたいよ」

「そうなんですか？」村上は目を見開いた。「警察官を調べる警察」である監察官室に事情聴取されたとなったら、かなりの問題である。

「監察官室が乗り出すほど深刻な事態、ということね。結局、処分はされないみたいだけど」

「何で調査なんかされるんですか？　表彰されてもおかしくないと思いますけど」

「馬鹿言わないで」裕香が嫌そうに言った。「あんな乱暴なやり方、世間では通用しないわ。それに独断でやったことも問題でしょう」

あの時は、のんびり作戦を話し合っている暇はなかったと思うが……いずれにせよ影山のやり方が、日本の警察の基本方針に合わなかったのは間違いない。陽菜が怪我しなかったのは、幸運な偶然のようなものだ。

　この件について影山と話したことはなかったな、と思い出す。彼にすれば、話し合ってから方針を決めるような面倒なことはしたくなかったのだろう。人質は幼い子どもだし、時間が経てば経つほど状況が不安定に、そして危険になる——そう考えての強硬策だったはずだ。組織的には問題だが、一人の人間のやり方としては間違っていない。

　そんな風に考えること自体、自分が影山に毒されている証拠かもしれないが。

「影山さん、十年前の事件を解決できると本気で思ってるのかしら」裕香が首を捻る。

「それを言ったら、捜査本部の人たちが可哀想じゃないですか」

「翼君はどう？　解決できると思う？」

「うーん……」村上はつい腕組みをした。これまでのところ、有力な手がかりは一切ない。これから出てくる可能性も低いと考えざるを得なかった。

「難しいでしょう？」

「それは否定できないですね」

「そもそも影山さんがあの事件を捜査しているのは、勝手なんだから。そのうち絶対問題になるわよ」

「そうかもしれませんけど、影山さん、何であんなに昔の事件にこだわるんですかね」

「それは、あなたの方がよく知ってるんじゃない？　ちゃんと話、してるんでしょう？」

「発生当時に捜査本部にいて、解決できなかったのが心残りだって言ってましたけど……ちょっとそれも信じられないんですよね」心に引っかかる事件――そういう言い分も、村上には理解できない。

「こだわる理由が分からないわよね」裕香がうなずいて同意する。「事件なんていくらでもあるし、いつまでも引きずっていたら、次の捜査にかかれない」

「何か特別な事情があるかもしれませんけど、そんなこと、詳しく聞けませんよ」

「聞く必要なんか、ないわよ」裕香があっさり言った。「関わらない方がいいわ。忠告しておくからね」

「皆そう言いますけど、何なんですか？　何か、特別な事情があるんですか」いい機会だと思い、村上は突っこんだ。「確かに影山さん、相当ヤバイ人みたいですけど、避けなくちゃいけない理由は何なんですか？」

「翼君も、ヤバイ人だと思ってるんでしょう？」

「それは……そうですね」

「だったら、それ以上の理由なんかいらないでしょう。ヤバイ人とつるんでると、そのうち絶対面倒なことに巻きこまれる。あなたも子どもじゃないんだから、それぐらい分かるでしょう」

「それは分かりますけどね」

影山本人がヤバイ人間なのは間違いない。しかし村上は、次第にあの事件に引き寄せられつつあるのを意識していた。もしも影山がタッチしなくなったら、自分だけでも捜査本部に入れてもらって、捜査を正式に担当してもいい。

子どもの頃から憧《あこが》れていた刑事──その夢は叶《かな》ったが、現実を知るに連れ、大好きだった刑事ドラマが、いかにご都合主義、作り物の世界なのかが分かってきた。実際にはそんなに頻繁に事件は起きないし、犯人と格闘して恰好《かっこう》良く組み伏せる場面など、いつになったら経験できるか分からない。実際には地味な聞き込みばかりで、それも向こうが必ず話してくれるとも限らない。バッジを示せば、誰でも素直に全てを白状してしまうと思っていたのだが、それすら幻想だった。

「翼君は、まだ歩き始めたばかりなんだから。最初の段階でつまずくと、後々ダメージが残るわよ」

「本当は何があったんですか？　影山さんはどんな人なんですか」

「だから、ヤバイ人」繰り返し言って、裕香がふっと目を逸《そ》らす。

彼女は絶対に何か知っている、と村上は思った。警察官はとかく噂好きで、特に人事の話は大好きなのだが、影山は噂をしてもいけない人間なのだろうか。

だとしたら、本当にヤバイ。そんな人間が警察にい続けているのは、さらにおかしな話だ。

村上は、夜の捜査に入る時に、特に影山と待ち合わせはしていない。署を出る時に、影山がどこかで必ず待ち伏せしていて、それから一緒に聞き込みなどを始めるのだ。

しかしこの日、村上の予定は大きく狂った。午後四時半、想像もしていないところから電話がかかってきたのだ。県警本部監察官室。少なくとも向こうはそう名乗っている。

もしかしたら、先日の公園の件について、村上からも事情を聴きたいのだろうか。話すのは構わないが、面倒臭いし怖いという気持ちが先に立つ。

「急ぎの仕事がないなら、本部へ来て欲しい」

「これからですか？」村上は思わずスマートフォンを取り上げて時刻を確認した。今から横浜にある県警本部まで行ったら、とうに勤務時間を過ぎてしまう。自分は別に構わないのだが、捜査を担当する部署でもない監察官室が、午後五時を過ぎてまで仕事をするとは思えなかった。

「ああ。取り敢えず県警本部の近くまで来たら、電話を入れてくれ。今からこちらの携帯の番号を言う」

携帯？　本部にいるなら、デスクの電話を鳴らせばいいはずだ。何か怪しい……にわかに、自分がおかしな世界に巻きこまれてしまったように感じた。

相手が告げた携帯電話の番号をメモし、電話を切る。ちょっと怪しいな……いずれにせよ、これから刑事課を離脱して本部へ行くとなると、課長に報告しなければならない。ついでに聞いてみよう。

「今宮《いまみや》さん？　確かに監察官だ。お前が呼び出されたのか？」関が疑わし気に訊ねる。

「はい。理由は教えてもらえませんでしたけど」

「おかしいな。俺を飛ばしていきなり電話してくるなんて……でもたぶん、この前の公園の一件じゃないかな。監察官室は、関係者にアトランダムに話を聴くからな」

「それって、影山さんの調査っていうことですよね？」

「勝手な行動をすれば、調査対象になるんだよ」関が冷たく言い放つ。

「でも、影山さんの動きで、早く解決したんですよ」

「それは結果論だ。とにかく、お前があの場で見た通りのことを報告してこい」

「はあ……本当に監察官室なんですかね」

「ああ？」

「監察官の名前を騙《かた》って、俺を騙《だま》そうとしているとか」

「そうだと分かったら、さっさと逮捕して引っ張ってこい。こっちには、お前のおしめの面倒を見ている余裕なんかないんだから」

冷たく言い渡され、村上はさっさと刑事課を出るしかなかった。子ども扱いされたり、面倒はみないと言われたり。いったい自分はどういう立場にいるのだろう。

3

川崎中央署から県警本部までは、さほど遠くない。京急線で横浜まで出て、みなとみらい線に乗り換えれば、最寄駅の日本大通《にほんおおどお》りまでは三十分から四十分ほどだ。日本大通り駅からは歩いて五分。

所轄勤務だと、県警本部に来ることはほとんどない。見るのも久しぶりだった。海岸通り沿いに建つ県警本部は、典型的な役所の建物で素っ気ない直方体なのだが、最上階に半円形に張り出した展望ロビーがあり、そこだけが洒落《しゃれ》っ気を感じさせる。正面入り口の前には制服警官の詰所があり、車で来庁する人間をチェックしている。

勤務時間は過ぎているので、正面の出入り口は閉まっている。村上は歩道に立ち、先ほどメモした携帯電話の番号を確認し、スマートフォンに番号を打ちこんだ。呼び出し音が一回鳴っただけで、すぐに今宮が出る。

「ついたか？」

「今、正面にいます。中に入りますか？」出入り口は閉まっていても、当然夜間の出入りに使う裏口があるはずだ。

「いや、今そちらに降りる」

「はい？」

「中では話したくないんだ」

そんな変な話があるのか？　業務で呼び出したのなら、県警本部の中で話をすればいいではないか。

村上は、スマートフォンのストップウォッチを起動して、時間を測りながら待った。三分経たないうちに、出入り口から一人の男が出て来る。小柄な体を、分厚いダウンジャケットに包んでいた。小柄な割に足が速く、ぐんぐん村上に近づいて来る。向こうはこちらの顔を知っているようで、何も言わずにうなずきかけると、右手の方へさっさと歩き始めた。村上がその場で固まっていると、ふいに立ち止まって振り返り、無言で顎《あご》をしゃくった。黙ってついて来い、か。

並んで歩くのも何だかしゃくなので、少し遅れてついて行く。今宮は海岸通りを東へ歩き、税関の前を通り過ぎると、みなと大通りを横断して、象の鼻パークに入った。だだっ広い公園で、夏場などは快適だろうが、今は一月の冷たい海風が容赦なく吹きつけ、裏地つきのコートもあまり役に立たない。今宮のダウンジャケットが羨《うらや》ましくなった。

公園の中のプロムナードを歩いている今宮が、突然立ち止まる。この場所に何かあるのかと訝《いぶか》ったが、取り敢えず周りに人がいないポイントを選んだようだ。それにしても、見晴らしがいい。みなとみらい21地区の高層ビルや大観覧車には、既に明るく灯が灯《とも》り、華やかな夜の横浜を演出している。とはいえ、気分が沸き立つわけではない。

「仕事中に申し訳ない。今宮だ」

「はい」

返事して、さっと彼の姿を確認する。身長百六十五センチぐらいのずんぐりした体型。短く刈り上げた髪にはだいぶ白いものが交じっているが、顔つきは若かった。監察官というと、だいたい副署長クラスを経験したベテランが就任するものだから、年齢はかなりいっているはずだが、皺《しわ》のない顔は四十代の前半ぐらいにしか見えなかった。見ると、ダウンジャケットだけでなく、手袋、マフラーまでして完全防寒だ。こちらは寒さに震えているというのに。

「影山と組んで仕事をしているそうだな」

「はい」もう話が漏れているのか、とぞっとする。

「あいつから何か言われたのか」

「十年前の未解決事件を捜査しているから、手伝えと」

「川崎中央署管内の通り魔事件だな」

「はい」

「そうか……」今宮が顎を撫《な》でる。どこか不満そうで、眼鏡の奥の目は曇っていた。

「あの、何か問題なんですか？　この前、公園で起きた人質事件で、監察官室の事情聴取を受けていると聞いてますが」

「あのやり方なら、当然事情聴取はする。それとこれとは関係ない」

「関係ないって……どういうことですか」

「あの件は特に問題にするつもりはないということだ。取り敢えず、結果オーライと判断している」

「いいんですか？　影山さんの独断ですよね」

「独断というのは、何か決まった方針を無視して勝手にやることだろう」

「はい」村上はうなずいた。

「あの現場では、方針は何も決まってなかったじゃないか」

「そうでした。発生直後です」

「だから問題にならない、ということだ」今宮があっさり言った。「その件は気にしないでくれ。それより、最近影山の様子はどうだ」

「どうと言われましても……」村上は躊躇《ためら》った。本当の影山がどんな人間なのか知らないから、今の様子がおかしいのかどうかも分かりようがない。

「あいつは、十年前の事件を再捜査するために、川崎中央署に異動した」

「そう聞いてます」監察官が言うのだから、影山から聞いた話も嘘ではなかったのだろう。

「人事としては断る理由もない。完全に冷えてしまった事件を、わざわざ捜査しようとする人間もいないからな」

「捜査本部はまだ生きていますよ」

「名目上は、だ」今宮が訂正した。「捜査一課に籍を置きながら所轄の捜査本部に入ることも、できないではない。通常の仕事から外れればいいだけだから」

「でもわざわざ異動してまで、現地で捜査したかった、ということですよね」

「そうなんだろうな。それは人事が決めたことで、監察官室は関与していないが」

「あの……失礼かもしれませんけど、どうして監察官室が影山さんのことを気にするんですか？　何か問題でもあるんですか？」

「何か変わったことがあったら、私に直接報告してくれないか。所轄は飛ばしてかまわない」

村上の質問には直接答えず、今宮が言った。どういう意味だ……村上は急に不安になった。まるで、スパイを命じられたようなものではないか。

「変わったことというのは、どういうことですか」

「それは要するに、変わったことだよ。強引な、あるいは違法な捜査をするようだったら、すぐに教えて欲しい。それが、今日君を呼び出した用件だ」

「そもそもなんですけど」村上は思い切って訊ねた。「影山さんは、あの事件を個人的に捜査している感じです。捜査本部には関わっていません。それは、警察としては問題じゃないんですか」

「組織論としては、そう──問題だろうな」今宮がうなずく。「ただし、何でも杓子定規《しゃくしじょうぎ》にやるのがいいわけじゃない。時には、そういうところからはみ出してやってみてこそ、上手くいくこともある」

「はあ……でも、私が影山さんと組んで仕事をしているのは、問題にならないんでしょうか」

「違法なことでない限り、別にいいんじゃないか」今宮がさらりと言った。

「周りからは、関わるなと忠告されています」村上は打ち明けた。「ヤバイ人みたいですけど、影山さん、本部で何かやらかしたんですか？」

「それは私の口からは言えない」

「つまり、何かあったんですよね」村上は食い下がった。「そんな危ない状態だと、仕事なんかできません。何があったのか、教えて下さい」

「言えることと言えないことがある。正式な話ではないから、私から教えることはできないんだ。君に教えるのは、影山のためにもならない」

「あんな滅茶苦茶《めちゃくちゃ》やってたら、馘《くび》になってもおかしくないと思いますけど……」

「それはない。影山には守護神がついている」

「守護神？」

「それについても、君は知らない方がいいな」

そんな、思わせぶりなことを言われても。村上の不安は一切消えず、逆に膨れ上がるばかりだった。お目付役というかスパイというか、監察官室からこんなことを命じられたら、何かあると考えざるを得ない。

冗談じゃない。変な先輩に引っかかって、刑事のキャリアの第一歩で失敗したら、洒落にもならない。


今宮と別れ、モヤモヤした気分を抱えたまま、村上は日本大通り駅へ向かって歩き出した。しかしすぐに、自分には助けてくれる人がいるのだと思い出す。いや、本当に助けてくれるかどうかは分からないが、取り敢えず泣きついてみよう。

電話をかけた相手は、広報県民課に勤務している橋爪奈緒子《はしづめなおこ》。警察官ではなく一般職員なのだが、村上は高校の後輩なので面識がある。出身高校の絆《きずな》は固い。神奈川県警には、村上の出身校のOBで作る緩い横の組織があり、村上も名前を連ねている。年一回、大規模な会合があるようだが、勤務の都合と重なって、まだ顔を出したことはない。彼女の携帯に電話を入れると、まだ庁舎内にいると告げられた。

「残業ですか？　珍しいですね」

「たまにはね。それで、何か？」

「近くまで来てるんですけど、飯でも食いませんか」

「いいけど……仕事じゃないの？」

「仕事と言えば仕事なんですけど、ちょっと相談があって」

「相談ね。だったら、あなたの奢りで」

「マジですか」奈緒子は、確か村上より五歳年上である。そんな人に「奢れ」と言われても……本気かどうか分からないが、情報を得るためには仕方ないだろう。

「今、どこにいるの？」

「本部のすぐ近くです」

「じゃあ――二十分後。馬車道《ばしゃみち》駅の五番出口近くに『銀嶺亭《ぎんれいてい》』っていう洋食屋があるから、そこでどう？」

「いいですよ」

「先に着いたら、私の分も頼んでおいて」

「何にしますか？」

「プレーンのポークソテー」

「プレーンっていうことは、他にも種類があるんですか」

「いろいろね。試してみたけど、結局プレーンが私のベスト」

ということは、銀嶺亭というその店は、彼女の行きつけなのだろう。横浜には、とんでもなく長い歴史とバカ高い値段を誇る洋食屋もあるのだが、警察職員の給料で行ける店はたかが知れている。本当に奢ることになっても、懐はさほど痛まないだろう。

さて……何をするにしても情報収集だ、と村上は自分に気合いを入れた。しかし、事件の捜査に関してではなく、自分を好き勝手に動かしている人間に関する情報を探るというのは、ひどく奇妙な感じだったが。

銀嶺亭は、「老舗《しにせ》」というより「古い」感じの店だったが、居心地はいい。ちょうど夕飯時なので、テーブルはほぼ埋まっていたが、四人がけのテーブルが確保できた。奈緒子はまだ来る気配がないので、注文するかどうか迷う。料理が早くできて、冷めてしまったらもったいない。しかし店の人に聞くと、「ポークソテーは時間がかかる」ということだったので、思い切って二人分、注文してしまうことにした。

注文を終えてから改めてメニューを眺めると、クラシックな洋食が揃っていた。特に、神奈川の銘柄豚である高座豚《こうざ》を使ったポークソテーは店の一推しのようで、他の料理に比べて少し高めの設定だった。

つけ合わせのコーンスープがきたところで、ちょうど奈緒子が入って来た。以前会った時より大きくなったようだが、そのことは絶対に言わないようにしよう、と村上は自戒した。

奈緒子はもともと柔道の選手で、しかも女子の重量級に当たる七十八キロ級だった。毎年高校選手権で上位に入賞する強豪だったので、高校ではずっと一種の「有名人」だった。身長も百七十センチ以上あるし、横幅も広い。今はもう柔道はやっていないが、「頼りになる先輩」という雰囲気は年々色濃くなっている。

「ジャストタイミングね」奈緒子が嬉《うれ》しそうに笑う。

「今、スープが来たところです」

「じゃあ、早速食べましょうか」

こういう前菜代わりのスープは、だいたいおざなりな味なのだが、ここは美味かった。しっかりコーンの甘みが生きていて、しかも味が深い。この分だと、ポークソテーも美味そうだと期待が高まる。

実際、美味かった。まずは皿からはみ出さんばかりの大きさに驚かされたが、食べてみると深い旨《うま》みに驚く。「プレーン」というだけあって味つけは塩胡椒だけなのだが、それでも十分美味い。何より脂に甘みがある。本来、脂身はそれほど好きではないのだが、これだったらいくらでも食べられそうだ。できあがるまでに時間がかかるのも分かる。厚さは二センチ近くあるのに、中までしっかり火が通っていて柔らかい。弱火でじっくり加熱しないと、こんな風に柔らかくは仕上がらないだろう。

「美味《おい》しいでしょう、ここ」奈緒子は嬉しそうだった。元々、食べることには情熱を燃やすタイプなのだ。

「美味いですね。チェックしておきます」

「ランチはお得だから。七百円からあるから、この辺の店では安い方よ」

そう言われて、このポークソテーがセットで二千五百円だったことを思い出した。二人で五千円の出費は痛い……元を取るためにも、どうしても影山に関する情報を探り出したい。

奈緒子が、卓上の一角に置かれた調味料にちらりと目をやった。ソースやタバスコなどが置いてある。

「今日はちょっとチャレンジしようかな」そう言ってタバスコに手を伸ばし、ポークソテーに振る。少し赤く滲《にじ》んだところを切り取って食べると、大袈裟《おおげさ》ではなく身を震わせた。

「いけます？」

「いつも、途中で味変しようかと思ってるうちに全部食べちゃうんだけど、タバスコは大正解。やってみる？」

「いや、初めてなんでプレーンで通します」

実際、もう半分ほど食べてしまったのに、まったく飽きない。

二人ともあっという間に食べ終えてしまう。話はこれからということで、村上はコーヒーを追加で注文した。奈緒子は紅茶。

「それで……今日は何？　こっちで仕事？」

「まあ、仕事と言えば仕事ですかね。ちょっと呼ばれまして」

「もう異動？　この前刑事課に上がったばかりじゃない」

「そういう訳じゃないです。極秘任務ということで」

「私にも言えないこと？」

「橋爪さんに喋ったら、本部の中に筒抜けじゃないですか」

「失礼ね」奈緒子は本気で怒ったように見えた。「広報にいるからって、そんなに喋るわけじゃないわよ」

「失礼しました……あの、実はうちにいる先輩の影山さんのことなんですけど」

「うん」奈緒子が急に真顔になった。

「知ってます？」

「知ってるわよ。面識があるわけじゃないけど」

「有名人なんですか？」

「そういうわけじゃないけど、何て言ったらいいのかな……」奈緒子が頭を触った。本当に言葉に迷っているようだった。

「俺が知っているのは、捜査一課に十年ぐらいいて、去年希望して川崎中央署に異動してきたことぐらいです」

「その情報は合ってるわよ」

「自分で希望して所轄へ出るなんて、異例ですよね」

「そんなことないわよ。子どもの学校のこととか、親の介護とか、家庭の事情があって異動の希望を出す人は珍しくないわ。家族がいれば、どうしたってそっちを優先することになるでしょう」

「まあ……そうですかね。でも影山さんは、独身じゃないですか？」

「私はそう聞いてるわ」

「本当に、十年前の事件を自分で解決したいから異動してきたんですか？」

「私は人事にタッチしてないから、この異動の本当の理由は知らないわ。聞いてるのは噂だけ」

「どんな？」

「うーん」奈緒子が紅茶のカップを両手で持った。「これは本当に噂で、裏は絶対に取れないと思うんだけど」

「それでもいいです。聞かせて下さい」

奈緒子が急に黙りこみ、周囲を見回した。もしかしたら、県警の同僚がいるかもしれないと心配しているのだろうか。そんなに、聞かれたらまずい話なのか？

「彼は、垂れ込み屋だっていう噂があるのよね」

「垂れ込み屋って……何か、重大な情報を漏らすとか？」

「漏らすというか、垂れ込み」

「垂れ込み」という言葉には、あまりいいイメージがない。自分の利益のために、誰かにマイナスの情報を伝えるような感じではないか。

「内部通報よ」村上が合点のいかない様子なのに気づいたのか、奈緒子が説明を加えた。

「それ以上は、私の口からは言えないわね。あなたも刑事になったんだから、自分で調べてみたら？　すぐに分かると思うわよ」

「そんなことするより、橋爪さんから聞かせてもらった方が早いんですけど」

「こんな場所で話せるわけ、ないじゃない」

「だったら場所を変えますか？」と言っても、誰にも聞かれず話せる場所というのも、なかなかないものだが。

「前言撤回。私はこの件については、一切言うつもりはないから」奈緒子が唇の前で人差し指を立てた。「私から情報が漏れた、なんてことになるのはごめんだからね」

「誰にも言いませんよ」

「私の気持ちの問題」奈緒子は譲る気配がなかった。「後ろめたい思いはしたくないから」

「そんなに大変なことなんですか？」

「警察って、内輪意識が強いわよね」

「ええ」

「仲間が困っていれば助ける。協力し合って仕事をする。手柄は分け合う。それだけなら、いかにもいい仕事ができる和気藹々《あいあい》の組織っていう感じだけど、それがマイナスの方向に動いてしまうこともあるでしょう」

「ああ……変に庇い合ったりして」

「内輪に甘いってよく言うわよね。実際、そういうところはあると思うわ」

「影山さんは仲間を切った、ということですか？」

「その辺でストップ」奈緒子がうなずき、唇を引き結んだ。紅茶のカップをゆっくり口元に運び、村上を凝視する。

本当に黙れと言いたいのか、調べられるものなら調べてみろと挑発しているのかは分からない。

ポークソテーの金は、結局奈緒子が払ってくれた。絶対に情報を渡すつもりがないという、強い意思表示でもあるのだろう。

腹が膨れて体も温まったのだが、店の外に出ると寒風に体を叩《たた》かれ、また一気に冷えてしまう。これから川崎まで帰るのかと考えるとうんざりした。

今また、影山に対する疑念が募り、不安は増す一方だった。本当に影山が垂れ込み屋だったら、危ない。後ろめたいことはまったくないが、彼は虎視眈々《こしたんたん》と村上を貶《おとし》める機会を狙っているのかもしれない。そんなことをして、メリットがあるとは思えないのだが。

だいたい彼は、誰のために垂れ込みをしたのだろう。それこそ、写真週刊誌に警察官のスキャンダルを売っているとか……いや、最近その手の醜聞を耳にしたことはない。だったら警察内部？　監察官室に、同僚のミスや不法行為を報告して、自分の点数を稼いでいるのだろうか。

そんなことをしている警察官がいるのか？　監察官室は、積極的に警察官の不祥事を内偵しているわけではないだろう。何か問題が起きた時にだけ、極秘で捜査に乗り出すのだ。あるいは自分が知らないだけで、常にネタを探している？

分からないことばかりで、今日一日でかえって混乱してしまった。仕事以外のことで混乱していたら本末転倒なんだけどな、と苦笑せざるを得ない。

4

「昨日はいなかったな」翌日の夕方、いつものように覆面パトカーに乗りこんだ瞬間、影山がさらりと訊ねた。

「ちょっと別件がありまして」少しびくびくしながら村上は答えた。

「そうか」

影山がそれ以上追及してこなかったのでほっとする。この辺も、影山のよく分からないところだ。自分を手下のように使っている割には、特に文句を言わない。実地訓練として刑事としての基礎を叩きこむわけでもなく、叱責《しっせき》するわけでもなく、取り敢えず近くにいて一緒に話を聞いていればいい、というスタンスのようだ。やはり、「二人組で動く」という原則だけを重視しているのかもしれない。好き勝手にやっている影山が、そこだけ律儀に原則を守るのもよく分からない話だが。

「今日はどうしますか」

「別の同僚に当たる。十年前に、気になることを言っていたんだ」

「どういうことですか？」

「玲香さんが、ストーカー被害に遭っていた可能性がある」

「そうなんですか？」村上は目を見開いた。ストーカーの話が出てきたら、捜査の根本が覆ってしまう。

「当時、捜査本部の刑事が見つけ出してきたストーカーの話があったけど、それはすぐに潰《つぶ》れた。ただ、被害者の同僚が、それとは別の情報を聞いていたという話がある。いずれにせよ、はっきりとした方向性はまだ打ち出せない」影山の声は、いささか弱気だった。「とにかく、あらゆる可能性を探りたいんだ」

あらゆる可能性と言えば聞こえはいいが、行き当たりばったりとも言える。一人きりで動いていると、こんなものなのだろうか。そもそも、刑事として彼がどの程度優秀なのか分からないので、何とも言えない。

今日は、影山は県境を越えた。浜川崎《はまかわさき》から首都高に乗り、横羽《よこはね》線から都心環状線に入って二号線へ。戸越《とごし》で降りてしばらく走ると、中原《なかはら》街道から一本入った路地に車を停めた。目の前には、真新しいマンション。

「ここですか？」

「ああ」

「ずいぶんいいところに住んでるんですね」

「結婚したらしい」

「じゃあ、ご主人が金持ちなんですね」

「その辺の事情は知らない……それより、今日はお前が話を聴いてくれ」

「俺ですか？」村上は自分の鼻を指さした。ただ影山にくっついて、相手の話を頭に叩きこんでいればいいと思っていたのだが、いきなり主役扱いだ。もちろん刑事だから、誰かに話を聴くのは基本の基本なのだが。

どうやって事情聴取しようか――目指す相手、原田《はらだ》美波《みなみ》は、村上たちをあっさり家に入れてくれたので、少し拍子抜けした。警察官が訪ねて来ると、自分に容疑がかかっているわけでなくても嫌がる人が多いという。だから家を訪ねて事情聴取する場合、必ず話を聴ける場所を確保しておくこと、と村上は教わっていた。パトカーに乗っていればそれを使えばいいし、近くの交番の場所を確認しておくのも大事だ。

美波は、家にいるのにしっかり化粧をしていた。事前に影山が通告したので、あまりみっともない恰好ではいられないと思ったのかもしれない。身長百六十五センチぐらいのすらりとした長身で、足首まである長いスカートに、ゆったりしたニットというリラックスした恰好だった。

「ご家族は？」リビングルームへ通された直後、影山が訊ねた。

「主人と、三歳の男の子です」

「今日は……」影山が、綺麗《きれい》に片づいたリビングルームを見回した。

「二人とも、近くの主人の実家へ行っています」

「大丈夫なんですか？」

「警察の人に話をしなければならないって言ったら、それなら一人の方がいいだろうって」

「理解がありますね」影山がうなずく。

村上はかすかな違和感を抱いた。妻が厳しく責められたらと心配になって、事情聴取に立ち会おうとするのが普通だと思うが。

「あの事件のことですよね？　主人も同じ会社の人間なので……やっぱり、ずっと気にかかっているんです」

「そうですか」淡々と言って、影山が美波に向かってうなずきかけた。「それでは始めます。お座り下さい……ここでいいですか？」

部屋にはダイニングテーブルとソファがある。ダイニングテーブルなら、取調室と同じように向かい合って話ができるが、家族で囲む食卓では、難しい話をしたくないと考えてもおかしくない。

「構いません」美波がうなずく。「お茶でも淹《い》れましょうか？」

「いえ、勤務中ですので」

影山がすぐに断り、椅子を引いて座った。村上は影山の横、美波の向かいに座る。思いついて、村上はスマートフォンを取り出した。

「録音してもいいですか？」

「私は構いませんけど」

「必要ない」影山が低い声で否定する。

「そうですか……」彼がどうして「録音しない」ことにこんなにこだわるかは分からない。どうせ録音される方もすぐに慣れてしまって、気にならなくなるはずなのに。だが、別に自分の主張を押し通して影山を怒らせることもあるまい。村上はスマートフォンを背広のポケットに落としこんだ。

一つ咳払《せきばら》いし、頭の中を整理する。事情聴取の場合、まず相手の人定をはっきりすること、というのは座学で教わった。名前、住所、職業、生年月日。正式な調書には必須《ひっす》の要素だから、まずこれを確認すべし、ということだったが、村上は思い切って飛ばしてしまうことにした。彼女は協力してくれているから、そういう基礎データは後で確認すればいいだろう。それに、影山の方でも、ある程度データは持っているはずだ。

「十年前に平野玲香さんが殺された件で、捜査を続けています」

「はい。聞いています」美波がすっと背筋を伸ばした。

「あなたは十年前、平野さんと同じ会社にいらっしゃいましたね」

「同期です」

「同期だったら、仲はよかったですよね」村上は念押しした。

「そうですね。十年前、新人の女性で営業をやっていたのは、私と玲香だけだったので」

「当時、玲香さんがストーカー被害に遭っていたという話をしていたそうですね」村上は核心に切りこんだ。

「本当にストーカーだったかどうかは分かりませんけど……」美波が自信なげに体を揺らす。「雑談の中でそういう話が出たことが、何度かあったんです」

「具体的にどんな話だったんですか」

「家の前で誰かに見られた気配がしたとか、そんな感じで、あまり具体的じゃなかったんですけど……はっきり相手の顔を見たわけでもないし、玲香本人も、本当にストーカーかどうかは分かっていなかったみたいです」

「待ち伏せされた、ということですか」

「本人はそんな風に言ってましたけど、彼女、ちょっと怖がりというか……田舎の子なので、川崎辺りの雰囲気に慣れなかったのかもしれません」

「田舎と言っても、同じ神奈川県ですよ」村上は指摘した。秦野《はだの》は、そんな田舎じゃないぞ……。

「ああ、でも、普段の態度もそんな感じだったんです。引っ込み思案なところもありましたし」

「引っ込み思案だったら、営業なんかできないんじゃないですか？」村上は首を傾げた。どうも話がうまくつながらない。

「そんなこともないです。仕事はきちんとやってましたし、成績もよかったです。私よりも上でしたから」

「そうなんですか？」

「営業は、きっちり数字で結果が出ますし、社員なら誰でも分かるんです」

「家の前で誰かが待ち伏せをしていた──それ以外に何か、ストーカーに関する話は聞いていませんか？」

「それぐらいです。具体的な被害はなかったはずです」

美波が影山の顔を見た。影山は特に反応しない。この場の仕切りを、完全に村上に任せてしまった感じだった。それに後押しされて、村上はさらに話を進めた。

「玲香さんに恋人はいなかったんですか」

「当時はいませんでした」美波がうなずく。「学生時代にはつき合っていた人がいたそうですけど、その人は就職で地元の大阪に戻って、それがきっかけで別れたそうです」

彼女と玲香はかなり親しくつき合っていたようだ、と村上は想像した。女性同士は、こういう会話も気楽に交わすものかもしれないが、こちらがあまり苦労しなくても、どんどん情報が出てくる。

「ストーカーについて、もう少し詳しい話は分かりませんか」村上は質問を繰り返した。

「うーん……そうですね……」美波がニットの袖口《そでぐち》を弄《いじ》った。「よく覚えてないんですけど、そういうことを言い出したのは冬でした。冬っていうのは、入社した年の年末ということです」

「よく覚えてますね」村上は持ち上げた。こうやって話しているうちに、記憶が蘇《よみがえ》ってくるかもしれない。

「そうだ、クリスマスに話を聞いたんです」美波がうなずく。「その年のクリスマス、私たちはつき合っている人がいなくて、会社の同期の女の子たちも含めて、何人かでご飯を食べたんです。そんな時に出た話ですから、覚えてるんです」

「なるほど。玲香さんは、その話をした時、どんな様子でしたか？　本気で怖がっていた？　それともあまり気にしていなかった？」

「怖がってはいました。それは本気だったと思います。私は、そんなに怖いなら警察に相談すればいいって言ったんですけど、それもまた怖いって……ストーカーに追いかけ回されていても、警察はそんなに真面目に調べてくれませんよね」美波が、かすかに非難するように言った。

「それは状況によります」影山が突然割って入った。「きちんと調べて、警告を発して、それで実際にストーカー行為が止まったケースもあります」

「じゃあ、相談すればよかったんですかね」美波が少しだけむっとした口調で言った。

「もっと強く勧めておけばよかったですか？」

「今更それを言ってもしょうがありません」

影山がピシャリと言った。そんな冷たいことを……ちらりと彼の顔を見ると、苦い表情を浮かべている。ただ美波を非難したわけではなく、警察に相談しなかった結果、玲香が殺されてしまったことを本気で悔いているようだった。そんなに、この事件への思い入れが深いのか？　というより、被害者の玲香に対する思いが強過ぎる感じがする。

「昔の話ですから」村上はやんわりと言って、話を引き戻した。「相手がどんな人か、詳しく聞いていませんでしたか？」

「さあ、そんなに詳しくは……だいたい、ストーカーされている被害者って、相手をちゃんと見ないじゃないですか。怖いし」

「それはそうですね」村上はうなずいた。「でも、一瞬ちらりと見たりとか、そういうことはあるはずです」

「うーん……」美波が拳《こぶし》を顎に当てる。突然目を見開き、表情が変わった。「敢えて言えば、背が高い人だったことぐらい……ですかね」言ってはみたものの、自信なげだった。

「背が高いって、どれぐらいですか」

「刑事さん、どれぐらいありますか」

「百七十八です」

「玲香も背は高かったんです。百六十八センチありました」

「はい」そのデータは既に頭に入っている。

「その彼女から見て背が高いっていうと、やっぱり百八十センチ以上じゃないでしょうか。背の高さって、見る人によって相対的なものでしょう？」

「確かにそうですね」

具体的な情報が出てきたが、気持ちは昂《たかぶ》らない。仮に「身長百八十センチ以上の男性」がストーカーだったとしても、捜査対象はとんでもなく大人数になってしまう。川崎市内だけに絞っても、とても追いきれない。

村上はその後も話を聴き続けたが、結局それ以上の情報は出てこなかった。影山は結局、途中で一回口を挟んだだけで、その後はずっと黙りこんでいた。家を辞去して歩き出すと、影山がすぐに「クソ」と吐き捨てる。びくりとした後、村上は小声で「どうしたんですか」と訊ねてみた。

「『背の高い男』という情報は、初めて聞いた。十年前の情報とはまったく別だな。別人だと考えていいだろう」

「しかし、今になってよく思い出しましたね」

「後から思い出すこともあるんだよ」自分を納得させるように影山がうなずく。「彼女にとっても、未だに忘れられない事件のはずだし……しかし、こんな話は最初に聴き出しておくべきだったんだ。もっと厳しく当たらないと駄目なんだ」

「でも、それは今だから言えることじゃないですか」村上はつい反論してしまった。言ってから、「しまった」と思う。「ふざけるな」と怒鳴られるかと身構えたが、影山は何も言わずに早足で歩き続ける。

この男のことが、また分からなくなってきた。ただ高圧的で、自分勝手な理由で、俺をこきつかっている。こういう人間は、少しでも批判されると急に激昂《げきこう》したりするものだが、彼の場合、それはない。ただ黙って考えこんでしまう。

まったく分からない。こんな人間には、今まで会ったこともない。

車に乗りこむと、村上は恐る恐る「これからどうしますか」と訊ねる。

「今日は終わりだ。明日は明日でまた考える」

「今のストーカーの線、どうですかね。調べ直してみる価値はあると思いますけど……」村上は提案した。

「お前はどう思う？　通り魔じゃなくてストーカーによる殺人の可能性はあると思うか？」

「否定はできないと思います」ストーカーの心理がねじれて、つけ回していた対象を殺してしまう――そういう事件は、過去に何件もあったはずだ。「本当に警察に相談してなかったんですかね」

「彼女の言い分だとそうだ。記録も残っていない」

「でも、いくら仲がよくても、何でも話すわけじゃないですよね？」

「ああ」

影山はこちらの言い分を否定せず、きちんと会話が成立している。これも不思議だった。影山は、村上が余計なことを言ったら、「黙ってろ」と怒鳴りつけそうなタイプなのに。

「ちょっと調べてみてもいいですかね。ストーカーの相談をされたこと、本当に記録に残ってないでしょうか」

「きちんと捜査して、ストーカーに対して警告を発したりすれば、記録は残る。しかしそういうことをしないで、ただ話を聴いただけだと、記録は残さないのが普通だ。それに、本当に相談を受けていれば、十年前にもこの件は話題になっていたはずだ。いくら何でも、捜査本部が聞き逃すはずがない。同じ署内の話なんだから」

「ああ……そうですね」何だか頓珍漢《とんちんかん》なことを言ってしまった。間抜けなのではなく、経験が足りないだけだ、と自分を鼓舞する。影山の言い分はもっともなのだが、それでも一応調べてみようと、村上は頭の中にメモした。当時署にいた人間——たぶん相談を受けたのは地域課だ——に確認すれば、何か情報が出てくるかもしれない。

影山の運転は相変わらず乱暴だ。戸越インターチェンジから首都高に乗ると、思い切りアクセルを踏みこむ。そろそろ車は少なくなってくる時間だが、前に空いた空間は無駄だとでも言うように飛ばしている。ちょっと冷や冷やするぐらいのスピードなのだが、いつの間にか慣れてしまった。

「あの、一つ聞いていいですか」

「何だ」

「ずっと関係者に話を聴いていますけど、ご家族には事情聴取しなくていいんでしょうか。もしも本当にストーカー行為があったら、家族には相談している可能性もあります」

「必要ない」影山があっさり否定した。

「でも、そんなに大変じゃないですよね」村上は最近、暇な時間には資料庫にこもり、事件の資料を少しずつ読みこむようにしている。実家の家族構成も記憶していた。両親と姉、そして弟が一人。「実家は秦野じゃないですか。夜に行けば、会えると思います。少なくとも、ご両親は実家にいるんじゃないでしょうか」

「必要ない」影山が繰り返した。「家族は今まで十年間、苦しんできたはずだ。もしかしたらもう解決は諦めて、娘のことを忘れて何とか暮らしているかもしれない。そこへ俺たちが現れて話を聴いたらどうなる？　変に期待させたくないんだよ」

「でも、捜査本部はまだ接触を保ってるんじゃないですか」

「向こうは向こう、こっちはこっちだ」

「ご両親には会ってみたいんですけど――」

「やめておけ」影山が少しだけ声のトーンを高くする。「家族に余計な心配をさせる必要はない」

そこまで言われると、何も言えなくなってしまう。しかし、影山がこんな風に考えているのは意外だった。被害者家族に気を遣うようなタイプには見えなかったのに。

「とにかく、捜査の本筋以外のことは何もするな。今は集中しなければいけない時だ」

この言葉にも矛盾がある感じだ。集中と言いながら、影山は幅広く話を聴いている。

一点集中しているわけではなく、とにかく何でもいいから情報を集めようとしているようだ。

「もう一つ、聞いていいですか？」

「注文が多いな」むっとした口調で影山が返す。

「どうして俺なんですか」

「ああ？」

「影山さん、川崎中央署に来てからずっと、一人で捜査してきたじゃないですか。それが今になって、俺に声をかけてきたのはどうしてですか？　二人一組で仕事するのは分かりますけど……」

「お前しか余ってなかったからだ」

そういうことか。予想してはいた答えだったが、むっとする。刑事課に上がってきたばかりの若手なら暇なはずだ、とでも考えたのだろう。

彼がそう考えるのは自由だ。だけど俺だって、ただ命じられたままに仕事をしているつもりはない。下っ端の刑事は上の指示をそつなくこなすことだけが大事だと言い聞かされてきたが、難しい事件、派手な事件に惹《ひ》かれてしまうのはどうしようもない。刑事になった以上、自分一人で犯人を逮捕して、しっかり事件を仕上げるぐらいの気構えでいないと。

影山が要注意人物であることに変わりはないが、だったら影山を無視して自分一人で頑張ってしまえばいいのだ。そして手柄を独り占めできたら、何の問題もない。影山には恨まれそうだが、対策は本当にそうなってから考えればいい。

5

土曜日、非番だった村上は、一人で玲香の実家がある秦野市を訪れた。

秦野は、あまり馴染《なじ》みのない街だ。来たことがあるだろうか……一回だけあった、と思い出す。高校時代にハンドボールをやっていたのだが、その時に地元の高校との練習試合のために訪れたのだった。あの時、対戦相手のピボットが身長百八十五センチもある長身で、ゴールキーパーをしていた村上は、一対一で向き合った時に、ハンドボールを始めて最初の恐怖を感じた。

たかが七年か八年前のことなのに、もうはるか過去の出来事のように思える。仕事を始めると、時間の流れが早くなるのだろうか。

秦野市は、市の南側に小田急《おだきゅう》線と東名《とうめい》高速が走っているが、北の方はほぼ山で、丹沢《たんざわ》への入り口という感じだ。もっとも、秦野駅に降り立つと、厚木《あつぎ》あたりとよく似た、いかにも神奈川中西部の小田急沿線の街である。日本の——特に首都圏の街は、鉄道の拡張と密接に関連して開発されているから、同じ沿線の街は、どうしても似たような作りになってしまうのだろう。

北口の駅前にはバスロータリー、その右手に神奈中《かなちゅう》のホテルがあり、駅前を流れる水無川《みずなしがわ》の周辺には、のんびりした感じの商店街が広がっている。数年前に来た時の印象とまったく合致しないのだが、あの時は南口に出たのだと唐突に思い出した。

スマートフォンの地図を頼りに歩き出す。水無川を越えると急に道路が細くなり、建物の密集度が低くなる。賑《にぎ》やかなのは駅前だけか……念のために周囲の光景を頭に叩きこみながら、村上は歩き続けた。

十分ほどして、目的地に到着する。大正《たいしょう》通りという名前の細い通りで、民家と古い商店が混在していた。街灯には「大正通り」の白い看板がかかっているが、その文字がことごとく薄れている。大正通りからさらに右へ折れ、車が通るにも難儀するような細い道へ入るとすぐに、目当ての玲香の実家に辿《たど》りついた。ブロック塀に囲まれた、茶色い外装の一軒家。建ってからかなり時間が経っているようだった。

手元には古い資料しかなかったので、家族が今どうしているかは分からない。当時、父親は五十三歳で秦野市役所の職員。母親もやはり公務員で、市の図書館で働いていた。姉は二十五歳、既に結婚して横浜で暮らし、弟はまだ高校生で両親と同居していた。村上は頭の中で、家族の年齢を現時点でのものに補正した。父親六十三歳、母親六十二歳、姉は三十五歳で弟は二十七歳になる。今は、この家には両親二人しかいないのでは、と想像した。

インタフォンを鳴らすと、すぐに低い男の声で反応があった。父親だろうと判断し、丁寧にいくことにした。

「川崎中央署の村上と申します」

「ああ……はい」すぐにピンときたようだ。事件の記憶はまだ鮮明なのだろう。

「直接捜査の関係ではないのですが、ご挨拶《あいさつ》に伺いました。御目通り願えませんでしょうか」

御目通りは大袈裟だったかもしれないと思ったが、相手は「お待ち下さい」と丁寧に返事してインタフォンを切った。ほどなくドアが開く。

姿を現したのは、六十三歳にしてはずいぶん老けた感じの男だった。髪は耳の上に少し残っているだけで、顔の筋肉も落ちてしまっている。眼鏡の奥の目は小さく、どこか悲しそうだった。グレーのスラックスに茶色いネルシャツという恰好だが、体のサイズに合っておらず、シャツの肩が下に落ちている。

「平野さんのお父さんですね？」

「はい」

村上は一礼した。少し長いかな、と思うぐらい頭を下げ続ける。顔を上げた時にも、悲しげな顔に変化はなかった。取り敢えず身分証明としてバッジを見せる。

「実は私、今月川崎中央署の刑事課に赴任になりまして、娘さんの事件を調べ直し始めたんです」

「再調査ですか……捜査本部の人は、年に一回はここへ来ますけどね」

そういう習わしなのだろうか、と村上は訝った。未解決事件の被害者家族に、定期的に面談するのも仕事なのかもしれないが、刑事にとっても家族にとっても地獄だろう。発生から十年も経った事件が解決する可能性は極めて低い。それでも「礼儀」として家族に会い続けるのは、針の筵《むしろ》に座るようなものではないだろうか。家族も、刑事が来る度に事件の記憶を新たにする。それでも、刑事が顔も出さず、捜査の経過も知らされなければ、「警察は諦めたのか」と不信感を抱くかもしれない。

「上の方針で、捜査本部とは別に事件を洗い直すことになりました」影山が「上」かどうかは何とも言えないが、先輩なのは間違いない。「それで今回、取り敢えずご挨拶をと思いまして。土曜日に申し訳ありませんが」

「構いませんよ。どうせ一人ですし……上がって下さい」

「一人」という言葉の意味を村上は頭の中でこね回した。家族が出かけていて一人なのか、何らかの理由で一人暮らしになったのか。「失礼します」と言って玄関に上がると、しゃがみこんで靴を揃えた。

通されたのは、玄関脇にあるリビングルームだった。どこか古っぽい感じがする……物は少ないのだが、掃除が行き届いていないせいだと分かった。フローリングの床の隅の方では埃《ほこり》が丸く固まり、薄《うっす》らとかびの臭いが漂っている。ソファに座るよう促されたが、そのソファも革はひび割れ、今にも中のクッションが出てきそうだった。ソファにあまり負担をかけないように、浅く腰を下ろす。

「お茶でもどうですか」

「いえ、勤務中ですので」正式には非番だが、村上の意識の中ではあくまで「仕事」である。

「そうですか」平野が、村上の向かいの一人がけのソファに腰を下ろした。「もう、十年経ちました」

「はい。警察としては……先輩方の力が及ばず、まことに申し訳なく思っています」こんな台詞《せりふ》が捜査本部の刑事たちの耳に入ったら激怒されるだろうな、と思った。彼らも、好きで「冷えてしまった」事件を捜査しているわけではあるまいが、仕事に対するプライドはあるだろう。後輩が勝手に謝ったと知ったら……どこで話が流れるか分からないから気をつけること、と村上は自分に言い聞かせた。

感情的な愚痴を聞かされないようにと、村上は何とか主導権を握ろうとした。

「今、ご家族は……」

「妻は亡くなりました」

しまった、と村上は内心舌打ちした。こんなことぐらい、事前に調べておくべきだった。十年の間には様々なことがあったはずだが、娘に続いて妻も亡くしたら、そのショックから立ち直るには時間がかかるだろう。

「いつですか？」

「三年前です。病気で、あっという間でした」

「ご愁傷様です」村上ははっきり言い切って頭を下げた。実は村上も、三年前に父親を亡くしている。脳梗塞《こうそく》で、苦しむ間もなく亡くなったのだが、それでもショックは大きかった。何しろ、まだ五十歳だったのである。母親の落ちこみも初めて見るもので、親の弱さを目の当たりにして、目の前が真っ暗になったものだ。今はやっと立ち直って、むしろ一人暮らしを楽しんでいる感じだが、村上としては未だに心配である。母親は現在、五十四歳。まだまだ元気だが、兄弟もいないので、いずれは自分が面倒を見なければならないだろう。自分の結婚のことも考えねばならないし、これからの十年間は、いろいろ難しい問題に直面することになりそうだ。

「娘さんと息子さんは、同居されていないんですか？」

「二人とも家を出て一人暮らしです」

「どちらですか？」

「娘は横浜、息子は今、福岡です」

「福岡は遠いですね」

「まあ……仕事ですから、しょうがないです。今は盆暮れに帰って来るぐらいですね」

「娘さんは、ご結婚されていたと思いますが」

「ああ」平野の顔がまた暗くなる。「当時はね。あの事件の後に離婚しました」

「事件と何か関係しているんですか？」図々《ずうずう》しい質問かと思いながら、つい訊ねてしまった。

「そういうわけではないです。若い時に結婚したので、いろいろ難しいこともあったようです」

「そうですか……でも、娘さんは横浜で安心ですね。近いですから」

「近いほど、会いに来ないものですよ」平野が苦笑する。「子どもというのはそういうものです。去年は一度も会っていない」

「そうなんですか？」村上は目を見開いた。「横浜なんて、すぐ近くですよ。一時間ぐらいで行けるじゃないですか」

「近いと思うと、来ないものなんですよ」

「こちらから会いに行こうとは思わないんですか」

「なかなかね……一人で暮らしていると、いろいろやることがあって、意外に忙しいものです。家のことはずっと、女房に任せきりだったと思い知りましたよ」

「そうですか……失礼しました」

「いえいえ」

家族のことを聞き終えた瞬間、話が切れてしまう。現在調べていることをあまり詳しく話してもまずいような気がするし、村上は慌てて頭の中を探った。結局、ストーカーの話を出さざるを得なくなる。

「十年前に出ていた情報で、気になっていたことがあります」

「何ですか」

「娘さんが、ストーカー被害に遭っていたという情報があるんですが、それについてはご存じですか？」

「娘から聞いたわけではないですが、警察の人に確認されて驚きました」

「娘さんには誰か、つき合っていた人はいなかったんですか？」

「あの頃はいなかったと思います。いれば、言ったはずです。そういうことは隠さない娘《こ》だったので。学生時代には、ボーイフレンドを家に連れてきたこともありましたよ」

「大阪の人ですよね？」

「ええ」

「大阪へUターン就職したのがきっかけで、別れたと聞いています」村上は、この元ボーイフレンドが事件に関係しているのではないかと、かすかに疑っていた。別れてから事件までは一年ほど経っていたし、東京と大阪と離れているから、それほど真剣に疑っているわけではなかったが。この元ボーイフレンドを訪ねてみるのも手だな、と思う。捜査のついでに花奈にも会えるかもしれないし。

「そのようですね。娘も別に、気にしている様子はありませんでした。当時、警察からも昔のボーイフレンドについては聴かれましたが……私は一度会って話しただけだったので、あまり詳しいことは分からなかったんです」

一応、警察もきちんと調べたわけか。しかし「関係ない」と判断した……こんなことで、先輩たちがミスをするとは思えなかった。

「ストーカーの話ですが、娘さんから直接は聞いていなかったんですね？」村上は質問を繰り返した。

「ええ」

「警察がきちんと調べていた件とは別のストーカー事件で、娘さんは周りに相談していたんです」

「そうなんですか？」平野が目を細めた。「それは初耳です」

「相談というか、愚痴のようなものだったようですけど」村上は慌てて言い直した。あまり話を大袈裟にしたくない。「もしかしたら勘違いだった可能性もありますが、少し気にかかっているんです」

「私には何とも言えませんが……」平野が耳を摘《つま》んだ。「正直、半分は諦めているんです。十年経って犯人が捕まらないんだから、もう諦めた方がいいかもしれないとも思っています。あの事件で、家族もすっかり変わってしまいましたし。もしも玲香が生きていたら、我々も今とはまったく別の人生を送っていたかもしれない」

「諦めないで下さい」村上は彼の言葉を嚙《か》み締めながら、強い口調で言った。「我々は諦めていません。殺人事件に時効はないんです。いつまでも捜査します」

「そう言っていただけるのはありがたいんですけど、実際にはどうでしょうね」平野が疑わしげに言った。「もちろん、警察の人を信用していないわけではないですが、十年は長いです。正直、娘の記憶も段々薄れてきているんです。このまま忘れてしまえれば、後は自分も死んでいくだけですから」

「そんなこと、言わないで下さい」村上は強い口調で言った。「私たちは諦めていません」

「ありがとうございます」平野が力なく頭を下げた。「そう言っていただけるのはありがたい限りなんですけど、やはり十年は長いんです」

「必ず、いいお知らせを持ってきたいと思います」

「今まで、何人もの刑事さんが、そう言って下さいました……」

そして全てが無駄に終わった。期待と諦めの反復で、彼の精神は脆《もろ》くなってしまったのだろう。当たり前だ。警察の側は、次々と担当が変わり、ある意味フレッシュな気持ちで捜査を続けられる。しかし家族は常に事件に向き合い、きつい思いを抱き続けねばならないのだ。事件に一生関わっていくのは家族であって、刑事ではない。

家を辞した時、村上はどんよりと暗い気持ちを抱えこんでいた。手がかりが出るとは思っていなかったが、父親が諦めの気持ちを抱いていると知ってしまったことで、少し闘志が削《そ》がれている。

しかし父親の気持ちを立て直すためには、自分が頑張るしかないのだ。この訪問を新たなきっかけにしよう、と村上は自分に言い聞かせていた。

その夜、毎日恒例の腕立て伏せと腹筋をこなして汗をかき、シャワーでも浴びようと思ったところで、いきなりインタフォンが鳴った。一人暮らしのこのマンションを訪ねて来る人間などほとんどいない――いや、署の寮を出てここで暮らし始めてから最初の訪問客だと気づいてびくりとした。インタフォンの画面を覗《のぞ》きこむと、影山の顔が写っている。いったい何なんだ？　無視してしまおうかと思ったが、居留守を使ったことがばれたら、何を言われるか分かったものではない。

「はい」

「ちょっといいか」

影山はこちらの名前を確認もせずに言った。部屋を間違えていたら、どうするつもりなのだろう。

「はい、あの――」

「玄関先でいい」

「はい。開けます」

土曜の夜に何事かとびくびくしながら、村上はオートロックを解除した。玄関先で待っていると、ほどなくまたインタフォンが鳴る。ドアの覗き穴から確認すると、すぐ前に影山が立っているのが見えた。鍵を解錠し、ドアを細く開ける。

影山が無言で睨みつけてくる。村上は鼓動が高鳴るのを意識しながら「何でしょうか」と訊ねた。

「お前、今日、秦野へ行ったそうだな」

「はい、あの——」村上は言葉を失った。認めても認めなくても、まずいことになりそうだ。

「余計なことをするな」影山がぴしりと言った。「家族には会うなと言ったはずだ。どうして会いに行った」

「いや、やっぱりこの捜査を続けていくうちには、ご家族と会うのは必須でしょう」

「捜査に関係あるか？　家族から何か情報が出てくると思うか？」

「それは……」実際今日も、有益な情報はなかった。

「警察が顔を出せば、家族は過去を思い出してまた傷つく。次に会うのは、事件の解決を報告する時でいい」

「そんなの、いつになるか分からないじゃないですか」

「だから、一刻も早く解決しなくちゃいけないんだ」

「そのためには、家族に話を聴く必要もあると思いますし、会うのは礼儀でもあると思います」村上は思わず反論した。

「必要ない」影山が断言した。「とにかく二度と家族には会うな。接触は許さない」

「そもそも影山さん、どうして俺が家族に会いに行ったことを知ってるんですか？」

「そんな情報は、どこからでも入ってくる」

「もしかしたら影山さん自身は、家族とつながっているんですか？」

「俺は十年前から知っている」

「その時からずっと、連絡を取り合っているとか——」

「そんなことをお前に言うつもりはない」

「俺だって、捜査に参加しているんです。やるなら徹底してやりたいんです」

「言われたこと以外はやるな」

「言われたことしかやっていないと、『最近の若いものは指示待ち』とか言われるんでしょう？　冗談じゃないです。俺はやりますよ。こんな大きな事件に巡り合うチャンスは滅多にないんですから」

「そんなのは、お前の勝手な都合だ」

「影山さんだって、自分の都合で勝手に捜査してるじゃないですか」喧嘩《けんか》を売っているようだと思いながら、言葉が止まらない。「十年前の捜査本部にいたからって、今は捜査する権利はないと思います。所轄の普通の仕事を無視して、自分のやりたいことだけをやってて、いいんですか？」

「俺には十年分の蓄積がある」

「だったら、正式に捜査本部に入ればいいでしょう」

「お前に指図されるいわれはない」

「だったら俺も勝手にやります。俺だってこの事件には興味があるし、被害者のことを考えたら、何としても解決してあげたい。発生当初に関わっていたかどうかなんて関係ないじゃないですか。事件に賭《か》ける気持ちに変わりはないと思いますよ」

「お前がそう考えるのは勝手だ」

影山が静かに言った。怒っていない？　そう、どう見ても怒っているようには見えない。影山は、俺が玲香の父親に会うのはまずいと思って警告しにきたのだろうが、捜査を続けることは問題ないと考えているようだ。

新人刑事は、自分の好きに動かせるような存在だと思っているから？

そう思うのは彼の自由だ。だけど俺にも意思がある。言われるままにロボットのように動くだけじゃないぞ、と村上は自分に言い聞かせた。

第三章　密告者

1

へえ、この辺にこんな店があったのか……村上《むらかみ》は店内をきょろきょろと見回した。壁は茶色、椅子やソファは全て濃い緑色で落ち着いた雰囲気だが、天井にはフラッグが大量にぶら下がり、照明も派手なせいで、どこかちぐはぐな感じになっている。それでも、すぐに落ち着いてしまう。テーブルが広く、椅子の座り心地もいいからだろう。

入り口に近いカウンターの奥には、ビールの注ぎ口がずらりと並んでいる。あそこを捻《ひね》るとビールが出てくるのだろうか。だとすると、どういう造りなのだろう？　裏に巨大なタンクがあって、そこにつながっているとか？

ビアホールとしての営業は夕方からのようで、昼間は喫茶店として機能している。広い店内には、いかにも近所の人らしい、ラフな恰好《かっこう》をした高齢者が数人いるだけ。速水《はやみ》と一緒に聞き込みをしていて、何となく昼食を取り損ねた午後二時――「いい店がある」と誘われて入り、実際、すぐに気に入ってしまった。場所は東田町《ひがしだちょう》、市役所通りとたちばな通りに挟まれた一角にあるビルの一階だった。川崎《かわさき》区役所、それに先日事件が起きた公園のすぐ近くでもある。

「交番勤務の時に発見したんだ。それで、人に教えないで自分だけの店にしてある」

「ああ……」隠れ家ということか。八丁畷《はっちょうなわて》駅近くの居酒屋もそんな感じだった。

「たまにサボってお茶を飲んだり、夜はさっとビールを呑《の》んだりしてさ。ここ、ドイツビールの店だから、マジで美味《うま》いよ」

そう言えば、店の外にあった黒・赤・金のストライプは、ドイツ国旗の色ではないだろうか。

昼のメニューは、まさに昔ながらの喫茶店のそれだった。ピラフやオムライス、ナポリタン……親子丼の存在に少し違和感を覚えた。サンドウィッチは五百円均一で、川崎駅が近いこの辺にしてはえらく安い。

速水はひどく腹を空《す》かせていたようで、チキンステーキをご飯大盛りで頼んだ。村上はそれほど空腹を感じておらず、ツナチーズトーストとコーヒーにした。

腹が減らない理由は分かっている。土曜日の夜、影山に自宅に押しかけられて以来、どうにも胃の具合が悪いのだ。土曜の夜はかすかな痛みが続いてよく寝つけなかった。日曜、薬局で相談して生まれて初めて胃薬を買って呑んだら、痛みは消えたものの、今度は変な膨満感に襲われて、日曜の昼も夜も、ほんの少ししか食べられなかった。月曜――今日も、朝は野菜ジュースを一本飲んだきりである。「きちんと動くために朝飯はちゃんと食べること」と警察学校では何度も言われたのだが、食欲は自分ではコントロールできない。そもそも村上は、昔からそれほどたくさん食べる方でもないのだ。高校時代、ハンドボールをやっていた時は、筋肉をつけるためにかなり無理して食べていたのだが、あれで胃が弱ってしまったのかもしれない。

「翼《つばさ》君は、女の子みたいなランチだね」速水がからかった。

「いやあ……」村上は胃の辺りを掌《てのひら》で摩《さす》った。「ちょっと食欲がなくて」

「そんなこと、あるんだ」

「速水さん、ストレスで胃が痛くなること、ありません？」

「ないね。俺は、人よりストレス耐性が高いみたいなんだ」

確かにこの先輩は、いつもどこかのんびりした雰囲気を漂わせている。ちょっとスローペース過ぎると思えるぐらいなのだが、仕事はきっちりこなしているから、問題はないのだろう。刑事というのは常にきびきびしていて全力疾走、のようなイメージがあったのだが、それは村上の完全な思いこみ――好きな刑事ドラマで刷りこまれた妄想のようだ。刑事だって人間なのだから、様々な個性があるのは当たり前だろう。

「この店、俺に教えちゃっていいんですか？　速水さんの城でしょう」

「別にいいよ。オッサン連中には知られたくないけど」速水が笑う。「翼君にも、そういう店、あるだろう」

「まだ見つけてないんですよね」村上は頭を掻《か》いた。「駅前交番だったんで……あの辺には、隠れ家になるような渋い店がないんです」

「駅前は騒がしいからね。署員のたまり場もたくさんあるし。とにかく、他の人間が行かないような店をキープしておくのは大事だぜ。一人でサボって休憩する時もあるし、ゆっくり考えたり、誰かと内密の話をする時にも使えるような店を見つけておかないと」

「この辺、呑み屋はたくさんあるんですけどねえ」

「昼間使える、隠れ家みたいな喫茶店は、川崎にはあまりないんだよね」

重みのない会話を続けているうちに料理が運ばれてきて、二人は早速食べ始めた。速水のチキンステーキはひどく美味そうなのだが、今の自分にはこなせそうもない。ツナチーズトーストでちょうどいい感じだった。分厚いパンの上にツナとチーズを載せ、チーズが溶けるまで焼き上げている。ピザトーストのバリエーションだが、かなりボリュームがあり、三切れのうち二切れを食べただけで、もう腹が膨れてきた。それでも無理して全部平らげる。「食べられる時に食べておけ」というのも、警察学校で教えられた教訓だ。一旦《いったん》仕事に入ると、食事をしている時間がない時も多いし、かといって空腹では力が出ない——警察学校では、実に多くのことを教わった。

ほぼ同時に食べ終え、二人ともコーヒーを啜《すす》った。そこで突然、速水が唐突に言い出す。

「翼君、まだ影山《かげやま》さんと組んでやってるんだって？」

「いや……」

「別に責めてるわけじゃないけど、どうなの？」

「もう、一緒にやらないかもしれません」

「どういうこと？」

「ちょっと揉《も》めまして」土曜日のやり取りを思い出しながら村上は言ったが、そこで口をつぐんだ。

「そうか。あの人だったら、揉めるのも当然だよね」

「速水さん、何か知ってるんですか？」

「噂はね」

速水が信用できる先輩かどうかは未《いま》だに分からないが、村上は思い切って聞いてみることにした。影山の正体が分からない以上、少しでも情報を仕入れておきたい。

「実は先週、本部の監察官室から呼び出されたんです」

「マジで？」速水が目を見開いた。「翼君、何かやらかしたとか？」

「違いますよ」村上は思い切り首を横に振った。「そんなこと、するわけないじゃないですか。影山さんのことで呼ばれたんです」

「ああ……なるほどね」妙に納得した様子で速水がうなずく。「やっぱりそういうことか」

「やっぱりって、何ですか」

「何を聞かれた？」村上の問いには答えず、速水が聞き返した。「ヤバイ話だったか？」

「いや、ヤバイというか……影山さんの様子を見ておくようにって」

「そんな感じなんでしょうけど、意味が分かりません。正直、ちょっとビビってます。影山さん、そんなにヤバイ人なんですか？」

「翼君はどう思う？」

「うーん……」村上は顔の下半分を撫《な》でた。「やり方は強引ですけど、別に違法なことをしてるわけじゃないですよ。何を考えてるか分からないのは、ちょっと心配ですけどね。それで、本当はどうなんですか？　速水さんも、関わらない方がいいって言いましたよね」

「あのさ、内輪で一番嫌われる警察官って、どんなタイプだと思う？」

「え？」唐突な質問に、村上は一瞬言葉を失った。「それはやっぱり、ちゃんと仕事をしない人間とか、命令に従わない人間とかじゃないんですか？　あと、生意気な奴とか」影山は「命令に従わない」かつ「生意気な奴」かもしれない。公園での一件で、勝手に犯人に飛びかかったぐらいだから、そういう風に取られてもおかしくない。その後、切り裂かれたコートを新調するのに経費で落ちないかと言い出したことなど、上からしたらたまったものではないだろう。昔だったら——昭和の頃だったら、鉄拳《てっけん》制裁を受けてもおかしくない。

「違うよ」速水の表情は真剣だった。

「監視？」

「じゃあ、どういう人ですか」

「仲間を切る人間だ」

「切るって……警察官にそんなこと、あるんですか」垂れ込みの話か、と村上はピンときた。

「内部通報、分かるだろう」

「もちろんです」

「警察にも、そういうことがあるんだよ」

「そうなんですね」村上は思わず身を乗り出した。「それって、不祥事を垂れ込む……」

そこまで言って、思わず口を閉ざした。監察官室は、警察官の不祥事を調べる部署である。その部署が「様子を見てくれ」と言ってきたということは、速水が言うように内部通報に何か関係あるのだろうか。

その疑問を口にすると、速水が曖昧《あいまい》な答えを返した。

「監察官室が出てくるのは最後の最後らしいぜ」

「そうなんですか?」

「何かヤバイことをしている人間がいる時、監察官室は、そいつが所属している部署の中で内部調査を命じる。事前にある程度調査が進んでから、監察官室が最終的に裏づけ調査をするんだ」

速水が急に周囲を見回した。ちょうどドアが開き、誰かが入って来たところ——警察官ではないかと警戒したのだろう。どうもそうではなかったようで、話を続ける。しかしテーブルの上に身を乗り出して村上との距離を縮め、ほとんどささやくような小声になっていた。

「警察官が問題を起こす場合、外からの告発で明るみに出ることが多いんだ。職権を乱用して誰かから金をもらったりとか、女性にちょっかいを出したりとか。それで迷惑を被った一般市民からの情報提供で動き出すパターンが多い。でもあくまで、調べるのは『仕方なく』なんだぜ」

「そうなんですか？」

「警察って、基本的に身内に甘いからさ。ちょっとした不祥事だったら揉み消してしまうこともあるし、仮に発覚しても処分は甘い。最悪は懲戒解雇、悪質だったら逮捕されることもあるけど、そこまでの大事《おおごと》にならなければ、密《ひそ》かに再就職先を斡旋《あっせん》したりしてるみたいだからね」

「そんなこと、あるんですか？」村上は目を見開いた。それでは馘《くび》にする意味がないではないか。収入と地位を奪うことは、警察官にとって最大の罰のはずだ。もちろん、逮捕されて法廷に引き出されれば、それ以上の大事になるだろうが。

「何年か前だけど、横浜《よこはま》の所轄で、押収した覚醒剤《かくせいざい》を着服して懲戒解雇処分になったベテランの刑事がいたんだ。だけどその半年後ぐらいにはもう、東京の警備会社で働き始めたらしい。誰かが斡旋したんだろうな」

「そんな人が無事に再就職できたんですか？」

「この件は、事件としては立件されてない。横流ししたのは間違いないんだけど、結果的には『証拠を紛失した』扱いになったんだ」

「それだけでも十分ヤバイ話じゃないですか」明らかな不祥事隠しだ。

「だから馘にしたんだけど、その一方で就職先をケアするのは、飴《あめ》と鞭《むち》みたいなものなんだ。罰として警察官は辞めさせる、でも別の仕事で収入は確保できるようにするから、絶対に余計なことは喋《しゃべ》るなって因果を含めるわけだよ。おかしなことに手を出す警察官は、だいたい他の人間の裏の顔も知ってるから、辞めさせられた腹いせで、警察に不利な話を言いふらされたりしたら困るだろう」

「うーん……」村上は腕組みした。警察官が品行方正、絶対に間違いを犯さないとは言わない。悪徳警官がいるのも分かっているし、不祥事は絶対になくならないだろう。しかし速水の説明は納得できない。「要するに、バーターみたいなものですか」

「その言葉が正確かどうかは分からないけど、まあ、そんな感じかな」

「速水さん、ずいぶん内部情報に詳しいんですね」たった一年先輩なだけなのに……しかもいつものんびりしているように見える速水の意外な一面だった。

「俺、二世だからね」

「二世――ああ、お父さんも同じ商売なんですか？」

「今、相模原《さがみはら》で署長をやってる。君の地元だね」

「マジですか」初耳だった。そんなことを、わざわざ胸を張って言う人間もいないかもしれないが。「すごいじゃないですか」

「でも、もうすぐ定年だから、これで上がりになるだろうね。ちなみに兄貴も本部の捜査二課にいるし、結婚して辞めたけど、姉貴も警察官だった」

「絵に描いたような警察官一家じゃないですか」家族が集合したら、どんな会話を交わすのだろう。

「俺は別に、警察官になりたかったわけじゃないんだけどね」速水がどこか不満そうに言った。

「希望は何だったんですか？」

「ミュージシャン」

つい「マジですか」と言ってしまった。確かに速水は、すっきりしたルックスではある。しかし、さらりと「ミュージシャン」と言われて、すぐにうなずけるものでもない。

「中学校の頃にバンドを始めて、ずっとベースを弾いてたんだ。でも、それで飯が食えるかどうかはね……だいたいどこかで気づいて、目が覚めるんだよ。俺の場合、大学の三年生だったから、ちょっと遅かったかもしれない」

「何で諦《あきら》めたんですか」

「ま、実力を思い知ったということかな。もっと早くに気づいておくべきだったかもしれないけど、しょうがない。それから警察に入るための勉強を始めて、今に至るというわけなんだ。今の状態もなかなかきついけどね。周りも『仕事ができて当然』と見るし、へマしたら親父や兄貴まで批判されるかもしれないと思うと、窮屈だ」

「そうですか……警察一家なら、内部の情報に詳しいのも当然ですよね」

「兄貴が、噂話が大好きな人でさ」速水が苦笑する。「捜査二課の人って、他の部署の人に比べても裏話が大好きなんだ。そういうのは、仕事に生かせばいいのにね」

「影山さんのことも、お兄さん経由の情報ですか？」

「それは別の人から聞いたんだけど……とにかく影山さんは、警察官が一番嫌うことをしたらしい」

「同僚を切ったわけですね」正義感からしたことでも、仲間から総スカンを食うのは容易に想像できる。

「そういうこと……らしい。ちゃんとした情報じゃないけどね。確認できることでもないと思う。ただ、俺が聞いてる噂だと、本部の暴対課の刑事が辞めた一件に、影山さんが絡んでいたらしい」速水がさらに声を潜めた。ほとんどささやき声になっている。

「暴対課というと……暴力団との癒着とかですか？」村上は話を合わせた。

「そうらしい。らしいばっかりで頼りないだろうけど、こんな話、公式には表には出ないからね。たぶん監察官室は、本人に事実関係を認めさせて、自分から辞めるように諭したんだと思う」

「処分なしですか」

「だから、警察は身内に甘いから」速水が嫌そうな表情を浮かべた。

「その件で、監察官室に情報を垂れ込んだのが影山さんだという噂が広まって……それで皆、俺に『関わるな』って忠告したんですか？」

「翼君はルーキーだから、汚したくないんだよ。影山さんがどうしてそんなことをしたかは分からないけど、いずれにしても危ない人なのは間違いないだろう？　川崎中央署へ来たのは本人の希望だっていう話だけど、それだってもしかしたら、ほとぼりを冷ますためかもしれない」

「じゃあ、影山さんも、全然得してないじゃないですか。正義感を発揮して通報したのに、自分も左遷されちゃったみたいなものでしょう？」

「十年前の事件の捜査をやりたがっているのは間違いないんだから、本人は左遷とは思ってないんじゃないかな」

何というややこしい話だ。

内部告発に関しては、二〇〇六年に「公益通報者保護法」が施行され、内部告発を行った労働者が法律で保護されるようになった。しかしそれで、内部告発が一気に増えたわけでもないだろう。誰だって、自分が所属する組織の不正を告発するには勇気が必要だし、それが警察内部のこととなればなおさらだ。

内部告発した人間は、純粋に正義感からやったことであっても、周りからは「恰好つけやがって」とマイナスの評価を受けるのも当然だろう。自分だったら……分からない。例えば速水がそういうことをしたら、彼を告発できるだろうか。なるべく遠ざけて話をしないようにして、何も知らなかった振りをする可能性もある。

一度人を刺した人間は、また他の人間を刺すかもしれない。後ろめたいことがなくても、余計な詮索《せんさく》をされたくないと思うのは自然な感情のはずだ。

嫌な思いをしたが、一歩だけ前進したとは言える。影山が本部で周りの人間に嫌われ、いたたまれなくなって所轄に異動してきたとしたら……そういう前提で彼とのつき合い方を考えればいい。

2

その日の夕方、村上はさっさと刑事課から抜け出した。土曜日のトラブルのせいか、今日は影山も待ち伏せしていない。今後は一緒に動くことはないかもしれないなと思ったが、こちらから影山に声をかけるのも、何だか筋が違う気がする。

今は、影山について調べることが優先だ。しかも、影山本人に知られないように。

署を出て、八丁堀駅の方へ歩きながらスマートフォンを取り出し、今宮《いまみや》の番号を表示させた。本部の電話ではなく、彼の携帯にかける。既に本部の勤務時間は終わっているし、監察官が残業しているとも思えない。しかし電話に出た彼の声を聞いていると、まだ屋内――たぶん本部にいる様子だった。

「何かあったか？」今宮が声を潜めて訊《たず》ねる。

「週末に軽く衝突しましたけど、監察官が求めている情報は、そういうことじゃないですよね」

「ああ」

「むしろ、こちらに情報をいただけないかと思いまして……今日、これから会っていただけませんか」村上は強気で押すことにした。相手は、本来ならまともに話すこともできないぐらい偉い人なのだが、こんな時に遠慮してもしょうがないだろう。

「いきなりだな、君は」今宮はむっとしているわけではなく、ただ驚いている様子だった。平の刑事からこんなことを言われるとは、想像もしていなかったのだろう。

「どうしても気にかかるんです。一緒に仕事をする以上、相手のことは知っておきたいと思うじゃないですか」

「それはもっともだな」

「影山さんに関する噂をいろいろ聞いたんです。それを確かめさせてもらうわけには……」

「分かった、分かった」今宮があっさり折れた。「君がこっちへ来るんだな？」

「はい」

「外で会おう。場所に関しては、ショートメールでも入れておくよ」

「ありがとうございます」ほっとして村上は電話を切った。図々《ずうずう》しいのか大胆なのか、自分で自分のことが分からなくなっていた。

京急《けいきゅう》の横浜駅に着いた途端に、ショートメールが入った。「サウスウィンド」という店名と住所だけが書いてある。住所は中区常盤町《なかくときわちょう》……関内《かんない》駅の近くだ。夕方の帰宅ラッシュで混雑する駅のコンコースで、隅の方に立ったままスマートフォンで地図を検索する。やはり関内駅のすぐ近くで、地下鉄ブルーラインでも根岸《ねぎし》線でも行けるのだが、同じ横浜駅でも地下鉄の乗り場はかなり離れているのを思い出し、根岸線を使うことにした。

電車に乗ってから、サウスウィンドという店について検索すると、明るい雰囲気——アメリカ西海岸風のインテリアの店だと分かった。レストランなのか喫茶店なのか、内密の話をするにはあまり相応《ふさわ》しくない場所のような感じがする。

実際に店に入ってみて、その想像は裏づけられた。天井では大きなファンが回って、エアコンで暖められた空気をかき回している。関内大通りに向かって広く窓が開いているので、窓際に座ったら外から丸見えだろう。床は薄い色のフローリング。あちこちに観葉植物が置かれ、壁にはポップな色調のポスターが大量に張ってある。明るく呑気《のんき》な雰囲気……極めつけは、壁にかけられたペパーミントグリーンのロングボードだった。結構高い位置にあり、下半分には所狭しとサインが書かれている。テレビ番組のロケなどでも使われるような店なのだろうか。だとしたら、警察官同士が待ち合わせて内密の話をするにはまったく適していない。

戸惑ったまま、ドアのところで立ちすくんでいると、声をかけられた。白い清潔そうなワイシャツに茶色い前かけ姿なので、店員だと分かる。いや、店長か？　年齢もそれなりにいっているし、身のこなしには余裕が感じられる。

「村上さんですか？」

「はい」

「お連れ様がお待ちです」

何だか大袈裟《おおげさ》な感じだ……かすかに緊張しながら、村上は店員の背中を追った。席は半分ほど埋まっているが、誰も村上には注目していない。

店の一番奥まで来ると、店員が壁を拳《こぶし》で叩《たた》いた。いや、壁かと思ったらドアで、隙間が見えないほどぴっしりと合った造りなのだった。一瞬間を置いてから、店員がドアを押し開ける。

中は六畳ほどの小部屋で、六人がけのテーブルが一つだけあった。窓はなかったが、この部屋の照明は一際強いようで、真昼のような明るさだった。部屋の四隅にはそれぞれ鉢植えが置いてあり、どれも天辺は村上の頭に届きそうなほど高い。植物には疎いのだが、全て別の種類なのは間違いない。

テーブルには、今宮が一人でついていた。隣の椅子の背には、濃紺のウールのコートがかけてある。彼の前には、毒々しいほど緑色の飲み物が入ったグラス。

「先に注文して」

今宮に言われ、村上はとっさに「コーヒーをお願いします」と頼んだ。店員が出て行くのを待ってからダウンジャケットを脱ぎ、腰を下ろす。

「すぐ分かったか？」今宮が訊ねる。無難な話題から入ろうとしているようだった。

「住所が分かれば、スマホが連れてきてくれます」

「そうか」

「ここ、行きつけなんですか？」

「行きつけというか、知り合いがやってる店なんだ」

「さっきの人ですか？」

「ああ、店長ね」今宮がうなずいた。「実は弟なんだ」

「え？」村上は思わず、今宮の顔をまじまじと見た。店長はすらりとした長身で、たぶん四十歳ぐらい。小柄でずんぐりした体型の今宮とは、似ても似つかない。

「信じられないかもしれないけど、昔、ちょっと芸能界にいたんだ」

「マジですか」村上は、頭の中にある芸能人の乏しい名簿をひっくり返した。今宮という名前にもあの顔にも、覚えはない。

「そんな真面目に考えこむなよ」今宮が苦笑した。「大学時代に雑誌のモデルをやっていて、その後テレビドラマに二、三本出ただけだ」

「でも、確かに芸能人ですよね。それから飲食業に転身したんですか？」

「まあ、いろいろあってね」今宮が言葉を濁した。「この店を開く時には、俺も金を出している。その代わりに、この奥の部屋をいつでも自由に使えるようにしたんだ。誰かに見られないで人に会うのに便利なんでね」

「そういうこと、よくあるんですか？」

「俺の本籍地――捜査二課の刑事には、秘密の場所が必須《ひっす》だ。今は現場を離れてるから、そういう目的で使うことはまずないけどな。内輪の宴会で使うぐらいだ」

軽くノックの音が響き、ドアが開く。目の前にコーヒーが置かれた瞬間、村上はちらりと店長の顔を見た。やはり見覚えがないし、今宮にも似ていない。経歴を本人に確認しようかと思ったが、そんなことをしにここに来たわけではないと思い直す。だいたい、今宮がわざわざ手のこんだ嘘をつく理由も思いつかなかった。

店長が去ると、今宮が緑色の液体をストローで啜って顔をしかめ、「遠慮がないな」とぼそりとつぶやいた。

「何飲んでるんですか？」

「青汁。最近は飲みやすい青汁も増えてきたけど、ここのスペシャル青汁はほとんどケールだ。俺が容疑者を拷問しなくちゃいけなくなったら、こいつを飲ませるよ」

こんなに口が軽い人だっただろうか、と村上は訝《いぶか》った。先日は向こうからシビアな話を持ち出してきたから真面目に振る舞っていただけで、本来はこういう軽い人なのかもしれない。

「それで？　わざわざ俺を呼び出したのはどうしてだ。何が聴きたい？」

「影山さんのことです」

「あいつに何かあったわけじゃないんだな？」今宮が念押しした。

「違います」

「だったら――」

「影山さんは垂れ込み屋なんですか？」

今宮が口を引き結ぶ。顎《あご》に皺《しわ》が寄るほど力が入っていた。

「そういう噂を聞きました」村上は意識して淡々と続けた。「情報提供者を守らなければいけませんから、こういう話は正式には発表されないと思います。でも警察の中のことですから、いつかは情報が漏れてしまうんじゃないですか？」

「君は……」今宮が溜息《ためいき》をつく。「若いのに、えらく図々しいというか大胆だな。そんな質問をするような人間だとは思わなかった」

「すみません」村上はさっと頭を下げた。自分でも不思議である。刑事課に上がって来た時には右も左も分からず、先輩たちの顔色を窺《うかが》ってうろうろしていたのだが、今は監察官と堂々と話をしている。話をしているどころか、「情報をくれ」と頼みこんでいるのだから、彼が指摘するように図々しいとしか言いようがない。自分でも気づかないだけで本当はそういう性格だったのか、短時間で変わってしまったのか。

「まあ、いい」

今宮が青汁を啜り、また顔をしかめる。そんなにまずいなら、むしろ体に悪い――胃にダメージがきそうだが。今宮がゆっくりとグラスをテーブルに戻し、右手の指先を揃えて額を擦《こす》った。

「君は、どこまで聞いている？」

「影山さんが、ある刑事を刺した、と」

「刺したという表現が正しいかどうかは分からないが、彼の情報提供がきっかけになって刑事が一人辞めたのは、間違いない」

村上はすっと背筋を伸ばした。噂も馬鹿にならない。警察官は、ただ面白がって人の噂話をしているわけではないと思い知る。

「内偵捜査をする部署の刑事は、どうしても対象と密になりがちだ。知能犯担当の連中は詐欺師とつき合うし、汚職を摘発するためには、得体の知れないブローカーと接触することもある。暴対課の人間は、日常的に暴力団員から情報収集しなければならない。その中で、つい一線を越えてしまうことも珍しくないんだ」

「問題は何だったんですか？　金を受け取ったりとかですか」

「金もある。女もある」今宮が嫌そうな表情でうなずく。「本当は、こっちが向こうを抱きこむのが理想なんだ。暴力団内部の情報を確保するために、普段からつき合うわけだからな。おかしな商売に手を出していないか、他の組との対立関係はどうなっているか——最近は暴力団も弱体化しているけど、まだまだ無視はできない。常に監視しておくためには、内部にスパイが必要なんだ」

「それが暴対課の仕事なんですね」だったら自分は願い下げだ、と村上は思った。暴力団の動きを抑えこむのが大事な仕事だとは理解できるが、自分でそういうことはしたくない。もっとはっきり社会正義の実現に寄与できて、人に感謝されるような仕事はいくらでもあるはずだ。

「そうだ。昔から、暴対課の連中は対象との距離感に苦労してきた。あまりくっつき過ぎると呑みこまれてしまう――暴力団にすれば、警察官を抱きこんで警察の情報を取りたいからな」

「スパイ合戦、ですか」

「騙《だま》し合いと言ってもいい。今回は、本来警察官が守るべき一線を踏み越えてしまった人間がいたんだ」

「具体的には……」自分はどんどん図々しくなっているなと思いながら、村上は訊ねざるを得なかった。中途半端なところで話を終わらせたくない。

「覚醒剤関係の家宅捜索《ガサ》に関する情報が、何度も漏れていた。それと、大規模な振り込め詐欺グループが摘発された事件がある。覚えてるか？」

「いえ」素直に認めざるを得なかった。まだ交番にいた頃で、自分の管轄以外の事件に注意を払っている余裕などなかった。

「新聞は隅から隅まで読んでおけよ」今宮が、村上をギロリと睨《にら》んだ。「まあ、とにかく、社会面で大きな扱いになるような事件だったのは間違いないんだが、肝心の首謀者には手が届かなかった」

「それが暴力団員なんですか？」

「横浜に本部のある広域暴力団だ。首謀者がそこの若頭だったのは間違いないんだが、捜査が弾《はじ》ける直前に海外へ逃げた」

「情報が漏れていたんですか？」

「そうとしか思えない」

「でも、海外へ出ていても逮捕状は有効というか、時効が停止しますから、いつまでも逃げ続けることはないでしょう。いずれは日本へ帰って来ないといけないんだし」

「逮捕状は出ていない。本人に一度も事情聴取ができなかったし、逮捕された振り込め詐欺グループのメンバーは、その若頭の名前をとうとう歌わなかった。相当厳しく締めあげられていたんだろうな。実際には下っ端の人間は、誰がトップにいるかも知らされていなかったようだ」

「その摘発情報を流した人間が、暴対課にいたんですね」

「ああ」今宮が認めた。「それだけじゃないんだ。薬物関係の情報があっても、ガサをかける度に空っぽ——これも情報が筒抜けだったんだな」

「普通、そういう関係はなかなか表に出ませんよね。影山さんは、どうしてそういうことを知ったんでしょう」

「刑事は、いろいろなところに出没して、街に網を張っている。それは捜査一課の刑事でも変わらない。まあ、捜査一課の刑事の情報源は、暴対課や捜査二課の刑事の情報源とはかなり趣が違うけどな」

「影山さんの、独自の情報網に引っかかってきた、ということですか」

「詳しい経緯は知らない。こちらは、出所までは詮索しない」

「でも、影山さんが垂れ込んだのは間違いないんでしょう？」

「写真も録音もあった」

「その……暴対課の刑事と暴力団の若頭の？」

「いや、平の組員だ。若頭には、そいつから情報が渡ったんだろう」

そんなことがあるのだろうか。

人にバレずに密会するのは、難しくはない。誰かの家で会っていればまず分からないし、この店のように、信頼できる人間が用意してくれた場所を使ってもいい。もちろん、百パーセント安全ではないだろう。この部屋にだって、どこかにカメラやマイクが仕込んであるかもしれない。考えてみれば、きっちり四隅に鉢植えが置いてあるのも、何だか不自然な感じだ。あそこは、何かを隠すのにちょうどいい感じがする。

「まあ、世の中にはいろいろな人がいるから」今宮が自分を納得させるようにうなずいた。「影山は、絶対に自分のネタ元を明かそうとはしなかった。しかし、問題の刑事と組員が会っている場面の写真、それに会話の録音があったから、追いこむには十分だった。辞めた刑事もかなり粘って否定したんだが、これだけ証拠があったら、いつまでも続かないよな」

「分かります」

「結局、傷口が広がらないうちに認めたわけだ。こっちとしては、相当譲歩したんだけどな。情報漏れを立件して、その結果として懲戒解雇にしてしまえば、その刑事には何も残らない。はっきり言って、あとは野垂れ死にするしかないわけだ。しかし自己都合退職ということなら退職金も出るし、再就職だってできる」

「甘くないですか？」警察から蹴《け》り出してやるのが妥当な感じがする。

「長いこと警察官をやってきて、いきなりキャリアが断ち切られる——これだけでも罰としては相当きついぞ」

「そうですかねえ」

「君はまだキャリアが浅いから分からないかもしれないが、人間、何回も仕事をやり直すことはできないんだ。日本でも転職は普通になってきたが、刑事のような職人の仕事は、他では応用が利かない。長くやっているうちには、プライドも生まれるだろう。我々は、そういうものを全て取り上げた。君がどう考えるかはともかく、我々はそれで十分だと考えている」

「その程度の処分なら、マスコミも騒ぎませんよね」

おそらく県警本部の考えとしては「刑事事件として立件したわけではないから、マスコミに発表する必要はない」だったたろう。これだけ噂が流れているとしたら、そのうちどこかの社が嗅《か》ぎつけて書いてしまうかもしれないが、既に去年の話である。時間が経てば経つほど、ニュースバリューは薄れてしまうだろう。

「マスコミのことはともかく、この件はもう終わってる。ただし、影山にとっては終わっていない」

「同僚を刺した人間、というのはあまり良い評判じゃないですよね」

「影山がやったことは、何一つ間違っていない」自分を納得させるように、今宮がうなずく。「純粋に正義感からやったことだし、人間としても警察官としても正しい行為だ。ただ、それを快く思わない人間がいるのも事実なんだ」

「垂れ込み屋は信用できない、ということですね」

「悪いことに、辞めた人間には仲間が多くてね」今宮が苦々しげな表情を浮かべる。

「人気者というわけじゃないが、とにかく本部内に友人が多かった。そういう連中は、事件の内容を精査もしないで、影山の行為を批判するようになった。結果、影山は一部の人間から裏切り者の烙印《らくいん》を押されてしまったわけだよ」

「垂れ込みをすると、査定が上がったりするんですか」

「公式には、そういうことは一切ない」今宮が村上の顔をまじまじと見て「公式には」と繰り返した。

つまり、非公式には何か「ご褒美」があるのだろう。次の人事で有利になるとか。監察官室なら、それぐらいの調整はいくらでもできそうだ。

「でも、影山さんにはあまりメリットはなかったんですね。川崎中央署に異動したのは、そういう陰口から逃れるためだったんじゃないんですか」

「あいつはそんなに弱くない。どんなことを言われても、それぐらいで凹《へこ》むような人間じゃないよ。ただ、同僚の反応がな……捜査一課の中でも、影山を疎む人間が出てきた。まあ、元々意固地で独善的なところがある男だから、チームワークが必要な仕事では、何度も衝突してきたんだけどな」

「きついですね」さもありなんと思いながら、村上は言った。本部でもあの調子だったら、影山は確かに孤立していたに違いない。誰かと組んで仕事をするにしても、あんな態度を貫き通していたら、相棒が精神的にダメージを受けてしまう。考えてみれば、自分が平気なのが不思議だった。自覚しているよりもタフなのかもしれない。

別に自慢できることではなさそうだが。

「川崎中央署に異動を願い出たのは、あいつ本人だ。捜査一課としても願ったり叶《かな》ったりだっただろうな」

「正しいことをしたのに、何でそんな目に遭わないといけないんですか？　警察って、嫌らしい組織ですよね」

「俺にそんなこと、言うなよ」今宮が唇を歪《ゆが》める。「俺には、警察組織の批判はできない。そもそもこれは、影山のキャラクターによる話だから。普段から敵を作っていると、痛い目に遭うこともあるんだ。君も気をつけろ」

「私はちゃんとやってます」

「確かに君は、敵を作らないタイプみたいだな。影山とも上手《うま》くやってるんだから、あいつと同類か、全方位外交ができるのか、どちらかだ」

「全方位外交です」いくら何でも、影山に似ているなんて……冗談じゃない。

「そういうことにしておこうか」

「今宮さんも、影山さんを心配してるんじゃないんですか？　それで私に、監視を命じたんでしょう？」

「俺が心配してるのは、影山自身のことじゃない。影山が何かやらかすんじゃないかと思って心配になってるだけだ」

「ああ……本人じゃなくて、本人の影響ということですね」

「監察官として、余計な仕事はしたくないからな」

自虐的な言い方だったが、これは本音でもあるだろう。監察官室が暇な方がいいのは、間違いない。それだけ警察内部の不祥事が少ないという意味なのだから。

「今のところ、大丈夫か？」

「監察官が心配するようなことはありません」

「それならいいけどな。あいつには……まあ、それはいいか」

「何か、他にもあるんですか？」村上は身を乗り出した。

「いや、俺の口から言うべきことじゃない」

「そうですか……」

まだ秘密主義か。村上はコーヒーを一口飲んだ。すっかり冷めてしまって、苦味が強い。しかしこれで目は覚めた。まだ確認しておかねばならないことがある。

「その辞めた刑事なんですが……名前は？」

「そこまで言うつもりはない」

「ついでにお願いします」村上は笑みを浮かべた。

「まったく君は、図々しいな」今宮が苦笑する。

「すみません」村上は頭を下げた。

「中内《なかうち》だ」

「中内さん」

「中内拓巳《たくみ》」

「今、どこで何をしているんですか」

「横浜にいるのは間違いない。ただし、何をしているかは分からないな」

「監視していないんですか？」トラブルを起こして警察を辞めた人間だから、ある意味危険人物になっているはずだ。大人しくしていればいいが、警察への復讐《ふくしゅう》を企てでもしたら、大問題になる。そんなことになったら、公表していなかった過去の不祥事も明らかになってしまい、「警察は情報を隠蔽《いんぺい》した」と大批判を受けるだろう。

「警察はそこまで暇じゃない。もしかしたら、影山は密かに監視しているかもしれないが」

「別に影山さんは、中内さんに対して個人的な恨みを抱いているわけじゃないでしょう？　純粋な正義感からやったことでしょうし」

本当にそうだろうか？　影山が何を考えているかは分からない。聞いても答えてくれないだろう。この件について、自分がそこに手を出したら、墓穴を掘る結果になりそうだ。

「この件について、俺の方から話すことはもうない。話し過ぎたな」

「すみません」村上はもう一度謝った。「どうしても気になったもので」

「そうか。好奇心は、刑事の大事な素養だ。でも、あまり首を突っこみ過ぎると怪我するからな。それだけは気をつけておけ。オッサンからの忠告だ」

3

水曜日の夕方、村上の携帯が鳴った。見覚えのない携帯の番号が浮かんでいる。間違いかいたずら電話かもしれないと思ったが、反射的に出てしまう。

「村上さんかい？　河岡《かわおか》だけどね」

そのダミ声には聞き覚えがあったが、「河岡」という名前と結びつかない。一瞬訝しんだが、すぐに影山の情報源である河岡康次郎《やすじろう》だと思い出した。

「河岡さん。どうかしましたか？」

「影山はあんたと一緒にいるかい？」

「いえ」そもそも、昼間刑事課で影山を見ることはない。

「困ったな。だいぶ前から電話してるんだけどつながらないし、打ち返しもない。あいつ、生きてるのか？」

「誰かと会っているのかもしれません」これまでも、影山が誰かと話す直前には、必ずスマートフォンをマナーモードにするのを見ている。事情聴取に集中するためだろう。

「急いでるんだけど、あんた、体は空いてるか？」

「ええ」

「じゃあ、影山の代打で出て来てくれ。名刺、渡したよな」

「いただいてます」背広の内ポケットから名刺入れを取り出し、確認した。あった……だいたい、刑事はそんなに頻繁に名刺のやり取りをするわけではないようだ。営業の人なら、名刺は何枚あってもすぐになくなってしまうだろうが、刑事が大量に名刺をばら撒《ま》くのもまずい。改めて名刺の住所を見ると、銀柳街《ぎんりゅうがい》のすぐ近く——川崎市内の一等地だ。ずいぶんいい場所にあるが、ボクシングジムというのはそんなに儲《もう》かるのだろうか。

「すぐに伺います」

「頼んだぜ」

河岡はいきなり電話を切ってしまった。えらく強引な男だ、と心配になる。どんな人間なのか、影山から詳しく聞いておけばよかった。もしも危ない人間だったら、一人で会うのは避けないと……しかし向こうは急いでいる様子だから、影山と連絡がつくのを待っているわけにはいかない。

村上はダウンジャケットを摑《つか》んで刑事課を飛び出した。署から銀柳街の西側の入り口までは、早足で十分ほど。しかし村上はずっと走り続け、五分で到着した。名刺の住所を睨みながら、雑居ビルの二階に入っているジムを確認する。「ボクシング　キックボクシング　エクササイズ」と看板がかかっている。どうやらプロボクサーだけではなく、普通の人も使えるようだ。

階段で二階まで上がると、鋭いパンチの音が踊り場まで聞こえてくる。気合いの入った短い声も。誰かが、相当追いこんだ感じで練習中のようだ。

恐る恐るドアを開けると、パンチの音と気合いの声が、より鋭く耳に突き刺さる。部屋の中央にはリング。その周りでも様々な練習ができるようになっている。今は、リングの右側で、一人の小柄な女性が、軽いフットワークを使ってサンドバッグの周りを回りながら、鋭いパンチを叩きこんでいた。トレーナーらしき若い男性が、一発ごとに声をかけている。

「おう」

声のした方を見ると、河岡が立ち上がって右手を上げたところだった。先日会った時はジャケット姿だったのだが、今日はオレンジ色をベースにした派手なジャージの上下、足元はハイカットのナイキだった。首にはタオルを巻いているが、汗をかいているわけではなさそうだ。

「影山さんからまだ連絡はありませんか？」

「ない。あいつは高校生の頃から、糸の切れた凧《たこ》みたいなものだから」

「そんな昔からお知り合いなんですか？」今宮と話したネタ元の話を思い出した。ボクシングジムの経営者が刑事の情報提供者になるとは思えないのだが、彼の場合、やはり「その筋」の人間なのだろうか。スポーツ界の興行は、昔から暴力団と深く結びついていたというし。

河岡は村上の質問には答えず、首を捻って後ろを向いた。

「ここだと話がしにくいな。ちょっと中へ行こうか」

「別の部屋があるんですか？」

「会長室ぐらいないと、恰好がつかないだろうが」

ニヤリと笑って、河岡が村上を奥――窓の方まで誘った。窓際にあるドアを開けて中に入ったので、すぐに後に続いた。「会長室」は四畳半ほどの狭い部屋で、一人がけのソファが四脚、それにテーブルとデスクが入っただけで、ほぼ床が見えなくなっている。壁には大量の賞状とポスター。ということは、このジムは優秀な選手を何人も輩出しているに違いない。

河岡がソファの一つに腰かけ、煙草をくわえる。火を点《つ》け、上を向いて煙を吐き出すと、目線で村上に座るよう促した。村上は彼の正面に座り、浅く呼吸して煙草の煙をなるべく吸いこまないように気をつけながら話し出す。

「今日は、どういうご用件なんですか」

「会わせたい人がいるんだ」

「ここには……」

「これから来る。だから急いで、影山に知らせようと思ったんだけどな」

「あの事件の関係ですよね」

「もちろん」河岡が大きくうなずき、煙草を灰皿に押しつけた。ガラス製の大きな灰皿は、既に吸い殻で一杯になっている。

「失礼ですけど、河岡さんはどうしてこんなに、この事件に関わろうとするんですか」

「頼まれたからに決まってるじゃないか」

「影山さんに？」

「あんた、俺のこと、影山から何も聞いてないのか？」

「聞いてません」

「相変わらずしょうがないな、あいつは」河岡が苦笑する。「何も言わないから誤解されるんだよ」

「あの、影山さんとは昔からの知り合いなんですよね？」村上は先ほどの質問を繰り返した。

「さっきも言っただろう。高校時代からだから、かれこれ二十年近いつき合いになる」

「河岡さんも、元々警察官とか……」

「違う、違う」河岡が面倒臭そうに手を振った。「恰好をつけて言えば、俺とあいつは若い頃に拳で語り合った仲だよ」

「もしかしたら、影山さんもボクシングをやっていたんですか？」

「高校時代にな。俺とはいいライバルだったんだぜ。あいつは警察官になってボクシングはやめたけど、俺は続けた。日本ランカーにもなったんだけど、やっぱり厳しい世界だからねえ……三十歳で引退して、その後は親父がやっていたこのジムを引き継いだ」

それで二人は、タメ口で話し合っていたわけだ。高校時代のライバルがその後友だちになり、しかも影山は情報提供者として河岡を使っている——人間関係は、どこでどうつながっていくか分からない。

「俺のことはいいよ。とにかく、情報が入りそうなんだ」

「河岡さん、顔が広いんですね」

「俺はずっと川崎だからな。このジムの関係でつき合いも多いし」

「でも、事件に関する情報収集だと、危ないことも多いですよ」村上は忠告した。「素人が下手に手を出したら、怪我する恐れもある。それこそ河岡が、暴力団と関係があるとしたら、そんな心配は必要ないだろうが。

「俺としても、あの事件は重要なんだよ」

「何か関係しているんですか？」

「いや」

「だったら――」

「影山のためだ」

抽象的で回りくどい説明に苛々《いらいら》してきたが、これが彼のスタイルなのだろう。河岡は新しい煙草に火を点け、自分の周りに煙幕を張るように盛んにふかした。

「どうしてそこまでするのかと聞いても、答えてくれないですよね」

「言えないね」予想通り、河岡があっさり言った。

「まずい話ですか」

「プライベートなことだから言いたくないんだ」

「河岡さんの？」

「いや」

その短い否定で、村上の頭の中に疑問がどっと流れこんできた。事件――影山――プライベート。十年前の事件は、影山の私的な生活に関係しているのだろうか。だとしたら、非常にまずい。私怨《しえん》で捜査をしたら、それこそ問題になるはずだ。一方で、もしもそうなら、彼がこの事件に入れこんでいるのも理解できる。個人的な恨みは、仕事の義務感よりもよほど大きいだろう。

「じゃあ、あまり聞かないようにします」

「あまり、じゃない。絶対に、だ。特に影山には聞くなよ。あいつを本気で怒らせたら、あんたなんか一秒で殺されるぞ」

「まさか」そんなに隠しておきたいことなのだろうか。

「これは本気の忠告だ」河岡が人差し指を立てた。「とにかく今の話は忘れてくれ。そんなことより、事件を解決する方が重要だろう」

「協力者と会えるんですか」

「ああ」

「河岡さんの知り合いですか？」

「いや。たまたま情報網に引っかかってきた男だ。俺は一度だけ会って話をしたんだが、向こうは『詳しいことは警察に話したい』の一点張りでね。今日になって、ここまで来てくれるって連絡が入ったんだ」

「どういう人なんですかね」

「一度会っただけだから、何とも言えないな」

しっかりした相手なのだろうか。何となく危ない感じもするが、あくまで話を聴くだけだから、と村上は自分を鼓舞した。それに河岡が一緒なら、どんな相手に対しても抑止力を発揮してくれるだろう。

「話の内容は？」

「当時、ストーカー説があったそうだな」

「ええ」

「その件で、情報を持っているという人がいるんだ」

「被害者の友だちとかですか？」

「よく分からない」河岡が首を横に振った。「俺は広く網を張って、情報を集めていただけなんだ。そこに引っかかってきた話だから、内容については何とも言えないな」

「そうですか」

どうにも怪しい。慌てて影山に連絡を取る必要があるようなことなのか？　もう少しきちんと確認してからでもよかったのでは……しかし河岡は、警察官ではない。詳しい事情聴取は影山たちの仕事、と割り切っているのだろう。

さらに突っこんで話を聞こうとしたところで、携帯の呼び出し音が聞こえた。河岡がゆっくりと立ち上がり、デスクに向かう。書類の山の中からスマートフォンを発掘し、画面を確認すると、思わせぶりに村上に向かって振って見せた。影山だろうか。あるいは、これから来るというネタ元？

「河岡です。ああ、先ほどはどうも」口調から、相手は影山ではないと分かる。「そう、ジムで待ってますよ。え？　来られない？　何かあったんですか？」

河岡が、村上に向かって険しい視線を向けた。急遽《きゅうきょ》予定変更ということだろうか。

「予定が入った？　そうですか。だったら別の日ではどうですかね。こちらは何とでも都合がつくので。場所も、ここでなくてもいいですよ。そちらの指定の場所へ行きますから。ええ……いや、迷惑はかけません。無理しているわけでもないです。そうです。

そちらの都合のいい感じで……そうですか。では、改めて蒔《ま》き直しということでいいですね？　こちらからまた連絡しますけど、この番号でいいですね。ええ、はい――それでは」

電話を切ると、河岡が「クソ」と小声で吐き捨てた。

「キャンセルですか」村上は訊ねた。

「ああ」河岡が音を立てて、ソファに腰を下ろす。スマートフォンは握り締めたままだった。「急に、都合が悪くなったと言ってきた。こいつは、パチモンのネタだったかもしれないな」

「悪戯《いたずら》が好きな人間もいますからね」

「俺に対してそんなことをしたら、えらい目に遭う――思い知らせてやるぞ」

「警察官の前で、そういうことは言わないで下さい。本当にネタ元になる人かもしれませんし」

「あんた、結構言うね。顔の割には厳しい」

「顔の割って何ですか」

「甘い顔をしてる割には、ということだよ」河岡がニヤリと笑った。「まあとにかく、これはあまりいい筋じゃないと思うね」

「どうやって網を張ったんですか？　賞金でも出すことにしたんですか？」だったら当てにならない。金で得られる情報には、その分の価値しかないのだ。

「金なんか当てにしてないよ。大事なのは人脈だ」

「じゃあ、今回は悪い人脈につながったということですかね」

「筋がいい話ばかりじゃないさ。騒いで申し訳なかったな」

「とんでもないです……念のために、今の情報提供者の名前と電話番号、教えてもらえませんか」

「それはちょっと困るな」河岡が顔をしかめる。「いきなりあんたから連絡が入ったら、向こうは困るだろう。俺の面子《メンツ》も潰《つぶ》れる」

「連絡はしませんよ。あくまで念のためです」

「何が念のためなんだか」

ぶつぶつ言いながらも、河岡は相手の名前を教えてくれた。竹上《たけがみ》。下の名前は分からない。

「以前から知っている人なんですか」

「いや」

「じゃあ、何者かは分からないんですね？」

「分からない。俺としては詮索するつもりもないけどな。情報が正しければ、相手の正体は関係ない。気にしない」

「そうですか……」名前と携帯電話の番号を手帳に控えたが、この番号に電話をかけることはないだろうという予感があった。やはりこの情報は、筋が悪いのだ。どこかで見切りをつけないと、悪い情報に振り回されることになる。その「どこか」はごく初期の段階であってもおかしくないはずだ。頼りになるのは自分の勘だけだったが。

夜、自宅で腕立て伏せと腹筋を終えた瞬間、スマートフォンが鳴った。何となく予感がして取り上げると、予想通り影山だった。

「河岡に会ったそうだな」

「河岡さんから電話がかかってきたんですよ。影山さんが摑まらないから、俺のところに連絡してきただけです。俺の方から連絡を取ったわけじゃありませんよ」反射的に、村上は急いで言い訳した。

「それは別にいい」

「影山さん、昼間はどこにいたんですか」

「ややこしい相手と会っていた」

「何か情報は……」

「ない」影山があっさり言った。「河岡の方も無駄足になったそうだな」

「約束していた相手にすっぽかされました」

「俺もそう聞いた」

「相手の名前と連絡先を控えておきましたけど、調べますか?」

「いや」影山が一瞬躊躇《ちゅうちょ》した様子だった。「必要ないだろう。ノイズだ」

「ノイズ？」

「広く網を広げて情報を集めていると、どうしても余計なネタが入ってきてしまう。それこそ雑音だ。そういうのは、一々気にする必要はない。何かおかしければ、後で調べ直せばいいんだ。手遅れにはならない」

本当にそうだろうか？　人はいなくなる。情報も消える。村上は、影山ほど簡単には割り切れなかった。確かに、あまりにもいろいろなことを気にし過ぎると、動きが止まってしまうかもしれないが……。

「……無視しておきます」

「それでいい」

「明日はどうしますか」

「それは明日考える」

短く言って、影山はいきなり電話を切ってしまった。何なんだよ……もう少し普通に話してくれたっていいのに。彼にとっての俺はどういう存在なのだろう。

分からないことだらけだ。

一つだけはっきりしているのは、自分がこの事件に惹《ひ》かれているということだ。事件が、こんなに吸引力を持つものだとは思ってもいなかった。

翌朝――正確には午前四時、村上は電話で叩き起こされた。かけてきたのは速水。申し訳なさそうな口調が、寝ぼけた頭にゆっくり染みこんでくる。

「翼君、まさか起きてないよね」

「もちろん、寝てましたよ」自分の声がガラガラになっているのに気づいて驚く。口を開けたまま寝てしまったのかもしれない。「何時ですか？」

村上は目覚まし時計を持っていない。時間を確認するのはいつもスマートフォンだ。そのスマートフォンで話しているのだから、今が何時かも分からない。

「四時」

「事件ですか」村上はベッドの上で上体を起こした。

「この時間の電話は事件だよ。殺しだ。現場は塩浜《しおはま》」

頭の中で、川崎区の地図をひっくり返す。首都高横羽《よこはね》線の東側、工業地帯と住宅地が入り混じる一角である。それは頭に入っていたが、村上には縁のない地域だった。

「中浜《なかはま》公園という公園がある」

「また公園ですか？」先日の悪夢が蘇《よみがえ》った。

「公園の中じゃないよ。その近くの路上だ。翼君は、署に寄らないで直接行った方が早いんじゃないかな」

「そうですね」ただ、歩いたらどれぐらい時間がかかるか……三十分もかかるようだったら、署に寄ってパトカーに乗せてもらう方が早いかもしれない。

「たぶん、刑事課では翼君が一番乗りになるから、しっかり仕切ってくれよ」

「俺がですか？」思わず声を上げてしまった。

「現場に出たら、制服組じゃなくて刑事が仕切るのが普通さ。まあ、あの辺は住宅街で、こんな時間だと野次馬もいないはずだから、問題ないとは思うけど」

「分かりました。とにかく行きます」

ベッドを抜け出し、顔だけ洗ってそそくさと着替えた。ネクタイもしないで、ダウンジャケットを羽織って外へ出る。途端に冷たい風に吹かれ、思わず震えがきた。今日の最低気温は氷点下ではなかったか……慌ててジャケットのファスナーを首元まで上げ、フードを被《かぶ》る。それで何とか寒さは防げるようになった。

そのまま富士見《ふじみ》鶴見《つるみ》駅線の方へ歩いていく。広い道路だから、流しのタクシーが摑まるかもしれない。スマートフォンで現場の住所を確認すると、やはり歩いて三十分はかかりそうだ。自転車を買っておくべきだったな、と後悔する。川崎は公共交通機関が充実した街だから、普段の移動には困らないのだが、事件が起きたら……といつも不安に思っていたのだ。心配なら即座に行動すること、と頭の中にメモする。躊躇していると、こういう肝心な時に痛い目に遭うのだ。

大島《おおしま》四丁目の大きな歩道橋がある交差点まで出た時、赤信号で空車のタクシーが停まった。すかさず手を上げて乗り込み、行き先を指示する。川崎市内にはたくさんの公園があるのだが、町名を挙げると運転手はすぐに分かったようだった。

寒空から一転して暖房の効いた車内に入ったせいで、急に眠気が襲ってくる。こういうことこそ刑事の醍醐味《だいごみ》とも言えるだろうが、あまりにも唐突で気持ちがついていかない。それでも村上は何とか自分に気合いを入れた。

歩いて三十分でも、車だと十分もかからない。公園に近づくと、赤いパトランプの光が夜空を焦がすように光っているので、ここが現場だとすぐに分かる。かなり手前でタクシーを停めさせた。このまま直進して現場に近づき過ぎると、Uターンできずにタクシーが右往左往することになる。

再び寒風に身を晒《さら》すと、今度は完全に目が覚めた。体が覚醒しているかどうかは分からなかったが、すぐにアスファルトを蹴って走り出す。

午前四時半。こんな時間でも、住宅地で事件が起きれば野次馬が集まってきそうなものだが、今夜の現場は静かだった。公園の西側は住宅地なのだが、東側は線路に面していて、細い道路が走っているだけだった。

一台のタクシーが停まっているのが見えた。誰かが現場まで乗りつけたのだろうか？しかし車内を覗《のぞ》きこむと、後部座席で運転手と制服警官が並んで座り、何か話し合っていた。この運転手が第一発見者だろうと村上は見当をつけた。

さあ、どうする？　仕切りと言われても、何をしていいか分からない。まず遺体を確認してから、何をするか考えようか……取り敢《あ》えず現場の道路は広く封鎖されていて、制服警官が見張りに立っているから、邪魔者が近づいて来る恐れはない。公園側から入って来ることもできそうだが、そこまでして遺体を見たい人間もいないだろう。

そう言えば……事件で遺体を見るのはこれが初めてだと気づいた。これまで村上が見た遺体と言えば、交通事故二件だけ。どちらの事故でも遺体の手足はおかしな方向にねじれ、頭から大量出血していたが、さほどショックは受けなかった。交通事故の場面は、警察学校でも散々写真や動画で見せられていたから、慣れてしまったのかもしれない。

しかし、殺人事件の被害者となると……もちろん村上は、数多くの刑事ドラマで、無数の遺体を見てきた。しかしそれはあくまで、役者が演じる死体に過ぎない。実際の遺体はどんな感じなのかと考えると、早くも胃から酸っぱいものがこみ上げてくる。

「村上さん」

聞き覚えのある声が耳に入ってほっとする。一年後輩の女性警察官、吉沢由恵《よしざわよしえ》だ。勤務する交番は別だったが、本署の地域課などで何回か顔を合わせている。

「吉沢、一番乗りか」

「そうでもないですけど……村上さんは刑事課で一番乗りですね」

「マジか」

「仕切りをお願いしますね」

「君までそんなこと言うなよ。遺体は？」

由恵が、さっと手を動かした。こちらへどうぞ、の動き。遺体を見たであろう割に、まったく平然としていた。そんなに死体慣れしているのだろうか。確かに、背が高く、肩幅も広い筋肉質の体型で——中学から大学までバスケットボールをやっていた——いかにも頼りがいがあるのだが。

　現場は公園の北の端の方だとすぐに分かった。既にブルーシートがテントのように張られ、近づいても遺体は見えないようになっている。遺体に対面する前に周囲を見回すと、前方に青と白の見慣れたバスが大量に停まっているのが分かった。そうか、ここは市バスの営業所か何かなのか……バスが動き出すまでにはこの現場を片づけないとな、と村上は思った。ここからバスに乗る人はいないかもしれないが、運転手たちが集まってきたら大騒ぎになる。

　意を決して、ブルーシートのテントの中に入った。途端に異臭——というわけではない。かすかな鉄の臭いがするだけだった。

「足元、気をつけて下さい」由恵が忠告する。

　見ると、アスファルトの端が黒く濡《ぬ》れている。血か……これも証拠になるかもしれないから、踏まないように気をつけないと。

　遺体は公園の方を向いて、右脇を下にして倒れていた。首から顔にかけてが血塗《ちまみ》れ。由恵がマグライトで照らし出すと、首筋に醜い傷跡がついているのが分かった。ざっくり切り裂かれた感じで、組織が剝《む》き出しになっている。おそらく頸《けい》動脈を切られ、短時間に出血多量で死んだのではないだろうか。

　唐突に吐き気がこみ上げてきたが、何とか我慢する。臭いがひどかったら吐いてしまったかもしれないが、まだ遺体が新しいせいで、血の臭いが少し気になるぐらいだった。

遺体は黒いスラックスに黒い革靴、キャメル色のウールのコートという恰好で、コートの襟部分にも血が染みこんで黒くなっていた。首から上が血塗れになっているせいか、顔立ちはよく分からない。ただ、全体の雰囲気から、三十代から四十代の男だと推測できた。

村上はブルーシートのテントを出て、ゆっくりと口で呼吸した。後から由恵が出て来る。

「何か、身元が分かるようなものは？」振り返って訊ねる。

「まだそこまでは調べていないんです。現場保存するように言われただけですから」

「君は、被害者に見覚えはないよな？」

「ない……と思いますけど、はっきり言えません。血塗れで、顔がよく見えないじゃないですか」

「そうだな」由恵がまったく普通に喋っているのが、やはり不思議だった。彼女は、こんなに肝が据わっていただろうか。

それから五分の間に、次々とパトカーや鑑識の車両が到着した。これで遺体は鑑識に任せることになるのでほっとする。

「村上」

課長の関《せき》に声をかけられ、村上はさっと一礼してから直立不動の姿勢を取った。課長は署の近くに住んでいるから、すぐに署に駆けつけて、パトカーに乗ってきたのだろう。

「現場の保存は済んでるな？」

「はい」

「遺体を確認する」

「はい」

関がテントに入るのを見送り、「休め」の姿勢を取る。関はすぐに出て来た。

「首筋を斬りつけられた、か」

「そのようです。他に傷があるかどうかは、まだ調べていませんが」

「取り敢えず、聞き込み班と凶器の捜索班の二つに分ける」宣言して、関は現場に出て来ている署員、それに応援に入った機動捜査隊員を集めるよう、村上に指示した。

村上は十分ほど走り回り、現場に出ている人間を関の下に集めた。鑑識の活動は既に始まっている。村上は凶器の捜索を任され、公園の周囲を隅から隅まで歩き回ることになった。まだ夜明けは遠く、街灯の光も乏しい闇の中、マグライトだけを頼りに中腰で歩き回るのはなかなかきつい。ただ、公園と道路の境が植え込みなどになっていないのが幸いだった。立派な植え込みがあると、それをかき分けながら探すしかないので時間がかかる。

公園の周囲では凶器は見つからなかった。ついで道路の反対側、線路脇の捜索に入る。側溝に覆い被さるように雑草が生えていたが、真冬なのでほぼ枯れている。それでも、マグライトを当てながら足で雑草をかき分けるようにして探して行かねばならないので、時間がかかって仕方がない。寒いはずなのに、いつしか額には汗が浮かび、腰に痺《しび》れるような疲れが募ってきた。

　十人ほどで藪《やぶ》を探っているのだが、いったいいつになったら終わるのか……やる気を辛《つら》さが上回り始めた瞬間、マグライトの光を受けて何かがかすかにきらめいた。

「あ」と声を挙げると、近くにいた由恵が飛んで来る。

「何かありました？」

「何か光ったんだ」

「ちょっと照らしていて下さい」

　言われるまま、先ほど何かが光った辺りにライトを当てる。由恵が長い棒――パトカーにはいろいろなものが積んである――で藪をかき回すと、ごく小さな「かちん」という音がした。

「あった！」叫ぶと同時に、村上は側溝に足を踏み入れた。中は完全に乾いているし浅いので、足を取られることもない。ラテックス製の手袋をはめているので、光るものを直接摑んで持ち上げる。

　包丁。まだ新しそうだ。

　マグライトの光を包丁に当ててみた。刃渡り二十センチほどだろうか、ごく普通の万能包丁である。血痕《けっこん》はない。裏返しても何も見えなかった。しかしよく見ると、握りの木製部分の色が一部濃くなっている。いかにも何か液体が染みついたような感じだ。

「これが凶器ですかね」由恵が心配そうに言った。

「たぶん」

他の刑事、それに鑑識の連中もやって来た。村上は、鑑識の作業服を着た男に包丁を渡した。鑑識課員はすぐに、ビニール製の証拠品袋に包丁をしまう。

「よく見つけたな」珍しく関が褒める。

「ちょうどライトが当たって光ったんです」

「しかしこれは……」関が、自分のライトを包丁に当てた。「凶器だとは思うが、血は拭《ぬぐ》い去ったようだな。もしかしたら、その辺にタオルか何かを捨ててあるかもしれない」

「探しますか」

「そうしろ。念のためだ」関がうなずく。

まあ、出てこないだろうけどな、と村上は皮肉に考えた。犯人は、凶器の血痕を拭うぐらいには冷静だったのだ。だったら、それに使ったタオルなりハンカチなりを、現場へ捨てていくはずがない。おそらく持ち帰ったはずだが、包丁は捨てていった……慎重なのかいい加減なのか、今一つ分からない。

他には何も見つからないまま、側溝の再捜査を終えた時には、朝の光が寒空を暖め始めていた。ずっと前屈《まえかが》みで捜索していた村上は腰の張りを覚え、シャツが汗で濡れているのを感じた。こういう時は、ダウンジャケットがむしろ邪魔になると思い知る。

午前七時、関が現場からの撤収を命じた。鑑識の作業は完全に明るくなってから再開するというが、刑事たちは取り敢えず、ここでの仕事はお役御免になる。これから署に戻って最初の捜査会議を開き、今後の方針を決定する。

村上は、署から来たパトカーに同乗させてもらうことにしたが、その時ふと、影山を見かけなかったことに気づいた。いくら普段の彼が好き勝手に動いているといっても、今回は殺人事件である。川崎中央署の刑事として、現場に来ないのは問題ではないだろうか。

関が同じ車に乗っていたので、思わず訊ねた。

「影山さんは来なかったんですね」

「連絡は入れたんだ」むっとした口調で関が答える。

「そうなんですか？」

「出ないんだよ。奴一人を呼び出すために時間を食ってるような余裕はない。留守電は残したが、それも聞いてないんだろうな」

「まずくないですか」

「何が」関が嚙《か》みつくように言った。

「影山さんも、川崎中央署の刑事じゃないですか。捜査本部ができるような事件だったら、皆と一緒に仕事をすべきだと思います」

「そう思うなら、お前があいつに言っておけ。普段から仲良くしてるそうじゃないか」

「そういうわけじゃありません」

「俺が聞いてる話と違うな」

「無責任な噂話じゃないですか」村上は突っぱねた。

関が村上の顔を凝視する。村上は引かなかった。第一印象は「強権的な課長」だったのだが、今はさほど気にならない。関の態度が変わったわけではなく、むしろ村上の意識が変化したようだ。

「……まあ、いい」

関が折れた瞬間、村上は自分の中でまた何かが変わったのを感じた。そうだ、言うべきことは言って、堂々としていればいい。間違っているかもしれないと恐れる必要などないのだ。もしかしたら、影山とつき合っているうちに、自分は変わったのかもしれない。影山は、村上が反発しても反論しても、頭から潰しにかかるようなことはしない。そのせいで、「言ってもいいのだ」という意識が芽生えた可能性もある。

そんなことまで考えて、自分を使っているわけではないと思うが。

4

朝の捜査会議は、午前九時から開かれた。これが刑事になって初めての捜査本部——と考えると、さすがに緊張する。捜査本部長になる川崎中央署長は当然顔を出しているし、初めて顔を見る本部の捜査一課長も臨席するという。先ほど現場で膨れ上がった気合いが抜け、今度は緊張感が高まってくる。

「起立！」関が声をかけると、署内で一番広い会議室に集まった刑事たちが一斉に立ち上がる。それと同時に、前方の出入り口から、捜査一課長の梶原《かじわら》が入って来た。幹部が座る会議室前方のテーブルの前に立つと、「気をつけ」の姿勢を取ってぴしりと背筋を伸ばす。そのタイミングで、関が「礼」と叫ぶ。村上は、きっちり三秒数えてから頭を上げた。

梶原が「最後の武闘派」と呼ばれていることは村上も知っている。見た目からして怖そうだ。胸板も肩もがっしりした、中量級の柔道選手のような体型。短く刈り上げた髪に角張った顎、目は細く鋭く、気の弱い人間なら、見詰められただけで謝ってしまうだろう。

「今回の事件は、現段階では強盗、通り魔、怨恨《えんこん》、まだ可能性を絞らずに捜査していく」前置き抜きでいきなり切り出した。「当面、被害者の身元の確認、目撃者捜しに注力する。住宅街での事件だから、住民の不安も高まっている。一刻も早い解決を目指そう」

おう、と声が揃った。村上は黙っていたが、内心の興奮で胸が熱い。これだよ、これ……十年前の事件は依然として気になっているが、こうやって発生した事件に一から関わるのが刑事の本分だ。いよいよ、子どもの頃から憧《あこが》れていた刑事の仕事が始まる。

一課長の訓示は続く。

「今回、本部捜査一課、機動捜査隊に加え、近隣の所轄からも応援をもらい、百人体制で捜査を開始する。初動が大事だ。しばらくきついと思うが、被害者のためにも全力で取り組んでくれ」

もう一回、「おう」と声が揃う。今度は村上も声を張り上げた。

続いて現場の様子、被害者の状態について、担当者から報告が始まった。村上も、凶器らしき包丁を発見した様子についての説明を担当した。初めての捜査本部で初めての報告。さすがに緊張したが、まだ現場の様子をありありと覚えているので、何とかつっかえずに説明することができた。

「包丁は、線路側の側溝に投げ捨ててありました。刃渡り二十一センチ、持ち手部分は木製です。刃の部分は、目視では血痕は確認できていませんが、持ち手部分が濡れていました。現在鑑識で、血液かどうかチェック中です。製造元は御園《みその》工芸、埼玉県に本社がある調理器具メーカーですが、この包丁は大量生産品のようで、販路を追跡できるかどうかは分かりません。これから会社に問い合わせます」

「よし、次」

質問もお褒めの言葉もなく、一課長が次の報告を促した。こんなものか……自分が見つけたのはたまたまで、能力によってではない。冷静に考えれば褒められるようなことでもないのだが、せめて一声かけて欲しかった。

会議は一時間ほどで終わり、村上は包丁を見つけ出した経緯から、これについて調査するよう命じられた。御園工芸は埼玉――越谷《こしがや》市にある会社なので、すぐに行くわけにもいかず、まず電話を入れて確認することにした。

大した手がかりは得られなかった。見つかった包丁は「J－10」シリーズの一本、型番「J－10A5」だった。担当者によると、「J－10」は同社の主力商品で、特に刃渡り二十一センチの「J－10A5」は一番の売れ筋商品だという。年間生産本数は、輸出分も含めて約二万本。

「スーパーでも金物屋でも、どこでも手に入ります」と担当者があっさり言った。

「いつ生産されたものかは、分かりませんか？」どこで誰が手に入れたか、何とか手がかりが欲しい。しかし村上が見た限り、包丁本体には社名を模したロゴと型番しか入っていなかった。

「パッケージを見れば、生産された月までは分かりますが、それはないんですね？」

「ありません」

「だとすると、追跡はほぼ不可能だと思います。あの……」担当者が遠慮がちに切り出す。

「うちの包丁に何かあったんですか？」

犯行に使われた――言うのは簡単だが、村上は言葉を呑みこんだ。会社が犯行に関係しているとは思えないから、余計な心配をさせる必要はないだろう。

「捜査の関係でお伺いしました。お時間取らせてしまってすみません」

担当者は疑わし気に「はあ」と言ったが、村上はそれ以上の説明はせずに、「ありがとうございました。失礼します」と挨拶《あいさつ》してさっさと電話を切った。これでよし……というわけではない。追跡は難しいと分かったのだから、凶器の線から犯人に迫ることはできない。可能性がひとつ潰れ、別の筋を考えねばならなくなってしまった。

関と、本部の捜査一課から指揮を執るために来ていた管理官の宇津木《うつき》に、今の事情聴取の結果を報告する。

「分かった」関が大判のノートに太い字で殴り書きする。顔を上げると「この件は、取り敢えずペンディングしておこう。お前は現場の聞き込みに回ってくれ」と指示する。

「分かりました」立ち去ろうとして、ふと思いとどまる。「課長、一つ聞いていいですか」

「何だ」関が面倒臭そうに言った。

「影山さんとは連絡が取れたんですか」

「いや、折り返しもない」関の顔が歪む。

「電話してみましょうか」

「必要ない。あいつを摑まえるのに使う時間があるなら、捜査を進めよう」

「……分かりました」

ぎすぎすしたやり取りを続けている間、宇津木がまったくこちらを見ようとしないことに気づいた。彼は捜査一課の管理官として、影山のことも知っていると思うのだが……

…何か言いたいのに、無理に口を閉じている感じがする。

しかし、気になる。署を出てすぐ、影山の携帯に電話を入れた。意外なことに、呼び出し音が二回鳴っただけで影山は電話に出た。驚いて、スマートフォンを取り落としそうになる。

「どうした」

「どうした、じゃないですよ」村上は思わず声を張り上げて非難した。「殺しです。朝から何度も電話してたんですよ」

「お前からの電話はなかった」

「電話したのは関課長です。どうして出なかったんですか」

「俺は忙しいんだ」

「影山さん……」村上は大袈裟に溜息をついてみせた。「殺しなんですよ？　普通の事件とは訳が違うでしょう。捜査本部もできました。出てこないとヤバイですよ」

「俺がいても何にもならないだろう」

「どうしてそうやって、好き勝手に動けるんですか」

「お前には関係ない」

「俺だって、影山さんの動きに巻きこまれてるんですよ。こんなことを続けていたら、馘になっちまう」

「そんなことにはならない」影山が静かな声で否定した。

「どうしてそう言えるんですか」

「船が沈みそうになったら、すぐに教えてやる。お前だけ逃げ出せばいい」

「もう沈みかかってるんじゃないですか」

無言。もしかしたら、本当にそうなのか？　今のところ、刑事課の先輩たちの反応は一様に、「影山には関わるな」だ。要するに、無視しろ。しかし実際には、影山はもう覚悟を決めているのかもしれない。馘になるのは分かっていても、できる限り突っ走ってしまおうとか……冗談じゃない。十年前の事件には惹かれるが、こっちまで巻きこまれたらたまらない。

「影山さん、この捜査は動き始めたばかりなんですよ。さっさと解決すれば、また昔の事件に戻れるじゃないですか」

「俺は、あの事件の捜査しかやるつもりはない」

「そんな勝手なこと、許されるんですか？」彼は垂れ込み屋──その話を持ち出して凹ませてやろうかと思ったが、危険だ、とすぐに思い直す。今まで激怒されたことはないのだが──それも不思議だった──何が彼の導火線に火を点けるか、分からない。

「結果を出せばいいだけの話だ」

「俺は、この事件が解決するまでは、影山さんを手伝えませんよ」

「お前がそう思うなら、そうすればいい。俺は一人でやる」

「それなら、最初から一人で勝手にやればよかったじゃないですか！」村上は思わず声を張り上げた。「影山さんの勝手に振り回されて、俺も白い目で見られているんですよ！」

「一つだけ、言っていいか」

「はい？」何を言い出すんだと戸惑いながら村上は言った。

「お前、大したもんだよ」

「え？」

「最近の若い奴は、上に逆らわない。反発さえしない。俺だって、若手の頃は先輩に逆らえなかった。そこまで堂々と言えるのには、逆に感服する」

「何言ってるんですか」

「褒めてるだけだ」

とても褒め言葉とは思えない。からかわれているだけのような気がしてならなかった。黙りこむと、影山が「切るぞ」と一言言って、本当にすぐ電話を切ってしまった。

「影山さん？」切れていると分かっているのに、村上はつい大声を上げてしまった。我ながら馬鹿らしいと思うが……自分が嫌になって、首を横に振る。そこで突然、「村上君」と声をかけられ、つい荒っぽい声で「はい」と答えて振り向いた。

相手の顔を見た瞬間、凍りついてしまう。捜査一課長の梶原だった。間近で見るとさらに迫力があり、何も言えなくなってしまった。辛うじて一礼することはできたが、向こうの硬い表情に変化はない。

けていく。

梶原が何も言わないせいで、微妙な空気が流れた。二人の間を、一月の寒風が吹き抜

「これから現場か」

「はい。聞き込みを指示されました」我ながら硬い返事……警察官になって、ここまで緊張したことはないかもしれない。所轄の平の刑事が、本部の捜査一課長と話す機会など、まずないだろう。

「乗っていけ」

「え？」思わず間抜けな声を出してしまった。

「俺はこれからすぐに、厚木《あつぎ》の帳場へ行く。その前にこっちの現場をもう一度見ておきたいから、ついでだ」

「いや、申し訳ないですから」一課長と二人で車に閉じこめられると考えただけで、背中に汗が流れるようだった。

「大丈夫だ。車には五人乗れる」

そういう問題ではないのだが……しかし、梶原はさっさと歩き出してしまった。ついて行っていいものかどうか悩んでいるうちに、梶原は数人の若者に囲まれる。どうやら新聞記者のようだ。これは、救出しないとまずいと思って慌てて後を追うと、次々に飛ぶ質問が村上の耳にも入ってくる。

「被害者の身元はまだ分からないんですか」「強盗ですか？　通り魔ですか？」「目撃者

は出てないんですか」

この段階では答えられない質問ばかりだ。梶原は何も言わなかったが、車まで来ると一度振り返り、記者たちと対峙《たいじ》した。一課長と正面から向き合う恰好になり、記者たちの間ににわかに緊張が走るのが分かる。新聞記者は図々しいものだろうが、それでもこの一課長とは気楽に話せないようだ。

「この後、川崎中央署長が会見予定だ。詳細は広報に確認して下さい」

「課長は会見しないんですか」

「夕方の本部での定例会見では話します。こちらは、もう一つ重大な事件を抱えているものでね」

それが厚木の件か、と村上はピンときた。二つも捜査本部事件を抱えることになったら、一課長は本部の自分の椅子に座っている暇もないだろう。村上は、やけに鼓動が速くなっているのを意識した。

運転担当の若い刑事が車の後ろから回りこんできて、後部座席のドアを開ける。軽い身のこなしで乗りこもうとした瞬間、梶原が村上に向かって、「早くしろ!」と怒鳴る。村上は、尻《しり》を蹴飛ばされたような勢いで駆け出した。助手席に乗るべきなのだろうが、そちら側には記者が集まっているので近づけない。仕方なく反対側に回り、素早くドアを開けて梶原の隣に滑りこんだ。

「出してくれ」梶原が運転担当の刑事に素早く命じる。ネクタイを少し緩めると、「今日ここへ来た警察《サツ》回りの連中は、全員駄目だな」と言った。

「はい？」

「今、ヒントをやったのに、誰も気づいた様子がない」

「ヒントらしいヒントは聞こえませんでしたが」村上は思わず言った。一課長の言葉の中に、そんなに重大なヒントがあっただろうか。

「厚木の件、今日容疑者を引く予定なんだ」

「そうなんですか？」この件は、村上の頭にも入っていた。二週間ほど前に発生した強盗殺人事件。深夜、七十代の夫婦が寝込みを襲われ、二人とも刺された。妻が死亡し、夫も一命を取り留めたものの重傷。自宅に置いてあった現金二百万円弱が奪われていた。

「犯人は、甥《おい》っ子だ」梶原があっさり言った。「四十にもなって無職で、悪い連中とつるんでいる。何度も金の無心に行って断られて、相当頭に来てたんだろうな。悪い仲間を手引きして、家に侵入したようだ」

「じゃあ、強盗グループの犯行だったわけですか」

「強盗グループと言えば強盗グループだな。まあ、多少はてこずるかもしれないが、今日中には何とか落とせるだろう。こっちで事件発生の会見に出てもいいんだが、厚木の方は犯人逮捕のタイミングだから、そっち優先だ。発生の会見よりも、犯人逮捕の会見の方が気分がいいしな」

強面《こわもて》の外見と違い、よく喋る男だ。村上は、吐きそうなほどの緊張感が少しだけ解《ほぐ》れるのを意識した。

「この辺の所轄を回っている記者たちは、本部詰めじゃない。どの社も、川崎支局の若い記者だ。本部とは連絡を取っているだろうが、自分の管轄以外の事件に関しては疎いはずだ」

「ああ……自分のところの事件しか分からないということですね」

「そういうことだ。刑事も一緒だよ。自分が担当する以外の事件については何も知らない。関係ない事件に興味を持つ刑事がいても、困るけどな。まず、自分の捜査に集中してもらわないと」

これは説教なのだろうか、と村上は訝った。自分が影山と組んで仕事をしていることは、一課長にまで漏れ伝わっている可能性もある。

「影山はどうだ」

いきなり問われ、村上は心臓が一気に喉元まで上がってくるような感覚を味わった。黙っていると、梶原は「別に怒ってるわけじゃない」とつけ加えた。

「勝手な人です」先輩批判をするのはどうかと思いながら、村上はつい言ってしまった。

「そうだろうな」

梶原が面白そうに言った。ちらりと横を見ると、かすかに微笑んでいる。それで、彼にとってかつての部下・影山が微妙な立場の人間だということが分かった。「困った奴だが可愛い部下」という感じだろうか。

「君を巻きこんで、勝手に捜査をしていると聞いている」

「はい」

「どうして断らなかった」

「断れませんでした」村上は認めた。「刑事課に上がってすぐに、声をかけられたんです。何の事件かも分からないうちに、聞き込みの手伝いをしろと」

「そうか」

「あの、こういうことをしていると、査定が悪くならないですか？」

梶原が突然、声を上げて笑った。あまりにも普通の、しかも豪快な笑い声だったので、村上は気が抜けてしまった。

「俺は、君の査定をする立場じゃない。心配なら関課長に言えよ」

「そんなこと、言えません」

「俺には言ったじゃないか」

「……すみません」

何だかちぐはぐな会話だが、それでもやはり緊張感が緩んでくるのを感じた。

「十年前の事件は、喉元に刺さった刺《とげ》のようなものだ。俺にとってもな」

「課長も担当していたんですか？」

「俺は当時、一課の管理官で、まさにここの捜査本部に毎日詰めていた。だから、影山の無念さもよく分かる」

「そんなに長い間、背負《しょ》いこむものなんですか？」依然として村上は、影山のモチベーションに関してピンときていなかった。一つの事件に異様な執念を燃やす刑事がいるのは、何となく理解できる。しかし十年前の事件がどうして影山の胸に刺さったのか、納得できる説明はなかった。

「あいつの場合は、な」梶原がうなずく。「途中で捜査から外されたんだ」

「影山さん、何かやったんですか」影山のことだから、誰かを怒らせて捜査本部から追放された、というのもいかにもありそうだ。

「いや」梶原がすぐに否定した。

「じゃあ、どうして――」

「俺が外した」梶原が打ち明けた。「担当の係なのに捜査しないのは異例だが、しょうがなかった」

「何かあったんですよね」村上は念押しした。「そうじゃなければ、捜査本部を途中で外されることなんて、ないでしょう」

「プライベートな問題だから、君に言うつもりはない」

そんな中途半端な……答えを書いた紙は、思い切り手を伸ばせば届きそうな場所にある。ちょっと指先で触れてひっくり返せば、そこに納得できる答えがあるはずなのに。

「その辺については、あまり詮索するな。とにかく、十年前にどうしても外れなければならない事情があったせいで、あいつは未だに忸怩《じくじ》たる思いを抱いているんだ。だから去年、川崎中央署への異動を自ら願い出た」

「十年前は捜査から外されたのに、今はいいんですか？」

「十年経てば事情も変わる。十年前は、俺が説得して捜査から外した。だから今度は、あいつのわがままを受け入れた」

「わがままはわがままなんですよね」

「君も、なかなかしつこいな」梶原が険しい表情を浮かべる。

「すみません、よく言われます」

「怖いもの知らずでいられるのは、二十代のうちだけだ。そのうち、嫌でもいろいろ経験して、黙るべき時が分かるようになる」

「今はいいんですか？」

「いいも何も、実際、好き勝手に話してるじゃないか」梶原がまた声を上げて笑う。強面の態度、物言いは、大勢の前で指示する時だけで、一対一で話していると、案外気安いオッサンなのかもしれない。

「影山さんには、もう一つ問題があるじゃないですか」

「そうだ。君はその件で、監察官に会ったそうだな」

指摘され、どきりとした。この話は、本部ではもう有名なのだろうか。まだ所轄の刑事課に上がったばかり——刑事としてのキャリアを歩き始めたばかりで、既に本部で「有名人」になってしまっているとしたら、あまりいいことではない。自分は責められるようなことはしていないはずだが、そうは考えない人間もいるだろう。警察官は噂が大好きな人種だし、そこに尾ひれをつけ加えるのを楽しみにしている。

「影山さんの動向を見ておくように指示されました」村上は打ち明けた。

「お目付役か」

「そんな大袈裟なものじゃないと思いますけど、とにかく監視しておくように指示されました」

「だったら、影山が去年、何をしたかは分かってるな？」

「はい——概《おおむ》ね」

「そのことであれこれ噂する人間はいる。仲間を切ったわけだから、危険人物と見る人間がいるのも分かるだろう」

「でも、影山さんがやったことは、間違っていないと思います」

「その通りだ」梶原が認めた。「口さがない先輩や同僚があれこれ噂するのは分かるが、俺たちはちゃんとあいつの行動を評価している。だから去年、あいつの希望を受け入れて異動させたんだ」

「ほとぼりが覚めるまで、ということじゃないんですか」

「それもあるが、十年前の事件について、思い切りあいつに捜査させてもいい——俺がそう判断した」

「そうだったんですか……」影山が、関たちの命令にも従わず動いている理由は分かった。彼には強い「守護神」がいたわけだ。一課長が後ろ盾になっていれば、所轄の課長クラスでは本気で叱責《しっせき》はできないだろう。「それにしても、殺人事件が発生したのに現場にも来ないのはどうかと思いますが」

「気にするな。君は君の仕事——この事件の捜査に集中しろ。そしてこの事件が無事に解決したら、また影山を手伝ってやってくれ」

「いいんですか？　署の指揮命令系統が滅茶苦茶《めちゃくちゃ》になりますよ」

「そこは上手く切り抜けろ。君は、十年前の事件を解決したくないか？　未解決事件の捜査は、刑事の腕の見せ所だぞ」

「それは……したいです」あの事件に惹かれているのは間違いないのだ。

「そうだろう？　あの事件は、今のところ県警でたった一つの未解決事件なんだ。とはいえ発生は十年前だし、毎日新しい事件が起きるから、十分な数の刑事を投入するわけにもいかない。だから影山のように、個人的にあの事件に執念を持っている人間が担当する方がいいんだ」

「それで問題ないんですか？」

「影山一人が勝手に動いていることぐらい、俺は何とでも処理できる。もしも有力な手がかりが出てくれば、一気に人手を投入して捜査を進めればいいんだ。手がかりが出れば、だが」

「出ない、とお考えですか」村上はつい聞いてしまった。

「十年経って有力な手がかりが何もない事件を解決するには、幸運も必要だ。しかし、影山には運がない。しかし君には、特別な運があるかもしれない」

「今まで、特にラッキーだったことはないですが」

「影山に目をつけられたことこそ、ラッキーだったんじゃないか」

「まさか」村上はついつぶやいた。

「発生した事件に即時対処するのは、刑事をやっている限り何度でも経験できる。ただし、古い事件を掘り起こすことは、滅多にできないんだ。難しい事件だし、やりがいはある。いい経験になるぞ」

　影山が、そんなことを考えて自分に仕事を振ってきたとは思えない。結局は、自由に使える若手が欲しいだけなのだろう。ただ、彼の強引な指示で、この興味深い事件に出会えたのは間違いないのだが。

「さて……しっかり聞き込みしてこいよ」

　車が停まると同時に、梶原が言った。いつの間にか現場近くまで来ていたのだった。

「ありがとうございました」

「発生した事件の捜査を担当するのも、もちろん大事だからな。解決は早ければ早いほどいい。関の指示によく従って、しっかり仕事をしろ——いや、君は今日、既にポイントを稼いだな。凶器を見つけたのは大手柄だ」

　そう思っているなら、朝の捜査会議で言ってくれればよかったのに。皆がいる前で褒めてくれたら、影山と組んで仕事をしていることで皆が抱いているマイナスの印象を、少しは払拭《ふっしょく》できたかもしれない。

村上はドアを押し開けた。右足を道路につけた瞬間、梶原がまた声をかけてくる。

「影山をよろしく頼むぞ」

そんなこと言われても……影山と梶原の関係は、村上が想像していたよりもずっと深いのかもしれない。二人の間に何があったのだろう？　結びつきの原因は、十年前のあの事件か？

謎は深まる一方だった。

第四章　身　元

1

くたくたになって家にたどり着いたのは、午後十時前。午後七時から行われた夜の捜査会議は二時間近くにも及び、村上《むらかみ》はエネルギーを使い果たしてしまった。会議が長引いた割に、有益な情報はあまりなかった。最大の焦点である、被害者の身元につながる手がかりは皆無。現場では免許証やスマートフォンは見つかっていなかった。犯人が、身元を隠すために持ち去ったのかもしれない。

唯一の成果は、村上が見つけた包丁が凶器だとほぼ断定されたことだ。木製の柄の部分に染みこんでいたのはやはり血液で、血液型が被害者のそれと一致したのである。確定させるためのＤＮＡ鑑定も進められており、明日には結果が出るはずだ。

解剖の結果、被害者の死因は失血死と判断された。現場で見た時には分からなかったのだが、傷は首以外に腹部にもあり、そちらからの出血も相当な量だったらしい。

近所への聞き込みでも、成果はなし。場所も悪かったのかもしれない。現場は公園と線路に挟まれた狭い道路で、近くにはバスの営業所ぐらいしかない。一番近い民家でも現場からはかなり離れており、深夜であっても悲鳴が届くとは思えなかった。

第一発見者は、昨日村上が見て想像していた通り、たまたま現場を通りかかったタクシーの運転手だった。発見──通報時刻は午前三時十五分。さすがにこの時間になると、終電を逃した酔っぱらいの客もいなくなり、運転手は暇になる。サボって休憩するために、あの公園に立ち寄っていたというのだ。最初は、路肩に人が倒れているのを見つけて、酔っぱらいだろうと思ったという。そのままスルーすることもできたが、この運転手は人がよかった。昨夜は冷えこみ、最低気温は氷点下。路肩で寝こんでしまったら凍死しかねないと心配し、車から降りたところで、周囲の道路が血で黒く濡《ぬ》れていることに気づいたのだった。

それで慌てて一一〇番通報したのだが、運転手自身は、遺体以外に何も見ていない。ということは、遺体が発見されたのは、事件発生から少しは時間が経ってからと推測される。

こういうのが刑事としての疲れなんだ、と村上は実感していた。朝、第一報をくれた速水《はやみ》は、別れ際「今日は余計なことはしないでさっさと寝ろよ」とアドバイスしてくれたが、言われるまでもない。朝早かったせいもあるが、聞き込みは空振りの連続で、精神的にも肉体的にも限界だった。風呂《ふろ》もいらない。明日の朝シャワーを浴びることにして、今日はさっさとベッドに潜りこみ、せめて八時間の睡眠を確保しよう。

着替えてさっさとベッドに潜りこみ、スマートフォンの目覚ましを六時半にセットして目を閉じる。一瞬、影山《かげやま》の顔が脳裏に浮かんだが——彼は結局今日も捜査本部に顔を出さなかった——頑張って追い出す。彼の顔が消えると同時に眠りに引きこまれそうになったが、スマートフォンが鳴り出したので一気に目が覚めた。

「クソ」吐き捨てたが、無視はできない。もしかしたら犯人が自首してきて、署は大騒ぎになっているかもしれないではないか。

花奈《はな》だった。おいおい……こっちは寝入りばななんだぜと思ったが、考えてみれば彼女と話すのはこの時間帯が多い。

「はい」小さな怒りを何とか封じこめ、電話に出る。声は萎《しぼ》んでしまった。

「体調、悪いの？」花奈がいきなり心配そうに言った。

「いや、寝てた」

「もう？」

「今朝、早かったんだ。始発電車が動き出す前に叩《たた》き起こされた」

「何か事件？」

知らなかったのか、と少しだけがっかりする。自分の仕事を積極的に話す気にはならないが、彼女には気づいて欲しかった。彼女が大阪へ赴任する時、「新聞はよく読んでおいてくれよ」と頼んでおいたのだが、もしかしたら東京の事件は、大阪では扱いが小さい——あるいは載っていないのかもしれない。

「殺人事件」

「やだ」

「やだって言われても……」村上は苦笑した。

「まずいタイミングで電話しちゃった？」

「そういうわけじゃないけど、ちょうど寝たところだから。何か、話でも？」

「話がないと電話しちゃいけないの？」花奈が少しだけ苛《いら》ついた声を上げた。

「そうは言ってないけど、こっちは自分の都合だけで動くわけにはいかないから」

「そうなんだ」

「おいおい、そういうこともあるって、散々言ったじゃないか」

警察官の仕事については、花奈にしつこ過ぎるほど説明してきた。いつ何時呼び出されるか分からないし、連絡が取れなくなるかもしれないと言っておいたのに、彼女はいまいちピンときていない様子だった。だいたい普通の人は、刑事の仕事の内容など、理解できないのではないだろうか。警察と関わりあいにならない方が、幸せな人生なわけだし。しかし、仮にも刑事とつき合っているんだから、その辺は理解して欲しい……。

「だけど、毎日徹夜になるわけじゃないでしょう」

「そんなことしたら、死んじまうよ。でも、しばらくは連絡できないかもしれない」

「だからLINEも既読スルーだったの？」

痛いところを突かれた。夕方から夜にかけて、彼女から何回かメッセージが入っていたのだが、全部無視してしまった。他愛もない内容だったから、どうでもいいと思っていたのだが……。

「とにかく、重要な事件なんだ」

「どんな？」

「それは、簡単には説明できないよ」

「それじゃ、私は何も分からないじゃない」花奈が不満を漏らす。「どれだけ忙しいか分からなかったら、遠慮した方がいいかどうかも判断できないわよ」

「勝手に捜査の内容は話せないんだ」本気かどうか、刑事課に赴任してきた直後、関《せき》からは釘《くぎ》を刺されていた。捜査では情報漏れが一番怖い。そして情報はどこから漏れるか分からないから、家族など親しい人にも捜査について話してはいけないのだ。

「じゃあ私は、あなたが何をしているかも知らないで、ただ黙って大人しくしてないといけないの？」

「そういうわけじゃないけど……」本当はそうであって欲しかった。だいたい、彼女にはさっさと仕事をやめて欲しい。家にいて、帰りを待っていてもらいたい。そして俺は、仕事と家庭を完全に切り離して、家にいる時は彼女と穏やかな時間を過ごしたい——そう考え、またプロポーズの話を蒸し返した。「それより、結婚の話、真面目に考えてくれてるのか？」

「まだ早いわよ」花奈があっさり言った。「私たち、まだ二十五歳じゃない。今時、二十五歳で結婚する人なんて、いないでしょう」

「そんなこともない」警察の同期も、もう何人か結婚している。子どもができた人間もいた。

「でも私、仕事ではまだ一人前じゃないし」

「それは俺も同じだよ」

「もう少し、二人ともちゃんとしてからでいいんじゃない？　私は少なくとも二年は東京に帰れないんだから」

「そうだけどさ……」

「もう、少ししっかりしてよ」花奈がきつい口調で言った。

「しっかりしてるさ」反論したが、自分でも力がないのは分かっている。

「これじゃ話もできないわよ」

「できるさ」

「できない」

　しばらく言い合いが続いた後、花奈はいきなり電話を切ってしまった。むっとしたが、こういうのは珍しくない。ちょっとしたことで言い合いになることはよくあるし、花奈が突然電話を切ったり、学生時代は家を出て行ったりしてしまったことも何度かあった。花奈は短いが、別に尾を引くわけではない。翌日になると、けろりとしていつもの笑顔を見せる。

　せめてメッセージでも入れておこうかと思ったが、そうするとまたやり取りが始まって、睡眠時間が削られてしまうだろう。

　何だか嫌な予感がする。こういう些細《ささい》なことで、二人の関係に深刻な亀裂《きれつ》が入ってしまうかもしれない。そのうち、ちゃんとフォローしておかないと。会うのが一番いいのだが、この状態ではいつになることやら……今回の事件が解決しない限り、連休などとても取れないだろう。大阪は近いと思っていたのに、今ははるか遠くの街に思える。

　あれこれ考え始めると、眠れなくなってしまった。まったく、冗談じゃないよ……。


「翼《つばさ》君、大丈夫なの？」捜査会議が終わると、裕香《ゆうか》が心配そうに声をかけてきた。今日は二人で組んで、現場付近の聞き込みを続行することになっている。

「何がですか？」

「目が真っ赤よ」

「ああ……ちょっと寝不足で」彼女と喧嘩《けんか》した、とは言えなかった。最後にスマートフォンで時刻を確認したのは午前二時だった。予定の六時半には起きられず、ようやくベッドから抜け出したのは七時過ぎ。遅刻を恐れて、朝食も取らずに朝の捜査会議に参加していた。

「私なんか、一瞬で寝たわよ」

「羨《うらや》ましいです。朝飯も食ってないんですよ」

「じゃあ、現場に行く途中で、何かお腹に入れておく？　コンビニに寄る時間ぐらいあるけど」

「いいですか？」

「十分だけね。あまり遅くなるとまずいから」裕香が人差し指を立てた。

裕香が車を運転し、少し道を外れた。他の刑事に見つからないように気を遣ってくれているのだと分かる。そんなに優しい人だったかな、と訝りながら、村上は無言で感謝した。首都高の浜川崎《はまかわさき》インターチェンジに近いコンビニの駐車場に車を停めるなり、裕香が「私はコーヒーね」と言った。

「え？」

「ちょっと便宜を図ってあげたんだから、コーヒーぐらい奢《おご》って」

「……了解です」

「じゃあ、ブラックで」

先輩のくせにタカリかよ、と苦笑しながら村上は車を降りた。一月の冷たい空気に触れると、急に身が縮こまるようだった。思い切り背伸びして体を解放してやると、首と肩からばきばきと嫌な音がする。

市の中心部から少し離れたコンビニなので、駐車場がやたらと広い。インターチェンジが近いせいだろう、トラックなどの商用車が何台か停まっている。村上はサンドウィッチを二つ、それにブレンドコーヒーのMサイズを二つ買った。本当は少し糖分を入れておきたいところだが、眠気覚ましのためには、ブラックの刺激が欲しい。

裕香にコーヒーを渡し、自分は車の外で立ったまま、サンドウィッチをパクつき始めた。コンビニはしょっちゅう新作のサンドウィッチを売り出しているが、村上が買うのはいつも定番商品だ。がっつりタンパク質を取りたいところだが、朝からカツサンドはきつい。まあ、サンドウィッチの一つは卵だし、レタスのサンドウィッチにはチーズとハムも入っているからいいだろう。

「何で外で食べてるの？」裕香も外に出て来て訊《たず》ねた。

「いや、だって」慌ててサンドウィッチを飲みこみながら村上は答えた。「カップホルダーもないじゃないですか」

「しょうがないでしょう。パトカーなんだから」

実際このパトカーにも、無線などの電子機器が増設されていて、本来カップホルダーがある場所は潰《つぶ》されている。

「すぐ食べ終わります」村上はペースを上げてサンドウィッチを食べ続けた。

「そんなに焦らなくていいから」裕香が苦笑した。

「でも、この時間もサボってることになるじゃないですか」

「そこまで厳密に考えなくていいわよ。それより、昨夜《ゆうべ》はどうしたの？　初めての捜査本部事件で興奮して眠れなかった？」

「そういうわけじゃないんですけど……」

まだもやもやする。本当は、今朝一番でメッセージだけでも入れておこうかと思っていた。さらりと気遣いするだけで、喧嘩ぐらいは忘れてもらえるだろう。しかし少し寝坊したせいで、その暇もなかった。これが今後に悪影響を及ぼさないといいのだが。

サンドウィッチを食べ終え、袋にゴミをまとめる。寒いせいか、コーヒーもすぐに冷えてしまったので、さっさと飲み干した。

「行きましょうか」村上が空のコーヒーカップを袋に入れたのを見て、裕香が言った。

「まだ飲んでるじゃないですか」

「翼君、運転して。私は助手席でゆっくりコーヒーを飲んでるから」

「……了解です」

裕香が、キーを車の天井で滑らせた。それをキャッチした村上は、ボディが傷つくと困るのにな、と心配になった。裕香は時々乱暴になる。そういう性格なのか、自分をタフに見せるためにわざとそうしているのかは分からない。

「ちょっと待って」裕香が薄手のダウンジャケットのポケットに手を突っこんだ。スマートフォンを取り出して画面を確認すると「課長」とだけ言って、電話に出る。どうせ聞こえないのだからとゴミを捨てに行って帰ってくると、裕香の顔色が変わっていた。

「何かありましたか？」

「すぐに車を出して」

言われて運転席に腰を下ろす。エンジンを始動させて「現場ですか？」と訊ねる。

「そうじゃなくて、タクシー会社」

「タクシー？」

「ナビに住所を入れるから、ちょっと待って」

裕香がカーナビを操作している間、村上はハンドルを指先で叩きながら待った。すぐにピンと電子音が響き、ナビが「これより道案内を開始します」と告げる。村上は車を発進させた。

「どの辺ですか？」

「砂子《いさご》一丁目」

「川崎《かわさき》駅の近くですね」

「そういうこと」

「それで、何なんですか？　タクシー会社がどうかしたんですか」

「向こうから連絡があったのよ。もしかしたら、犯人と被害者を見たかもしれないって」

「マジですか」

わざわざ知らせてくれるとは……そんなに正義感の強い運転手がいるのだろうか。その疑問を口にすると、裕香が声を上げて笑った。

「タクシーの運転手さんは、概して協力的よ。一日中街中を走っているからいろいろなものを見るし、最近はドラレコもあるから、証拠が映像で残っていたりするしね。向こうとしても、警察と仲良くしておくと、いいことがあると思ってるんじゃない？」

「交通違反を見逃してもらえるとか？」

「それは交通課の話で、私たちには関係ないわ。でも、だいたい運転手さんは警察に協力的だから、あなたも友好的に対応してね」

「俺が話を聴くんですか？」

「何でも経験でしょう。ただの運転手として、翼君を連れてきたわけじゃないのよ。何でも実地でやらないと」

支離滅裂にも聞こえたが、ここは気合いを入れていかないと。本当に目撃者が出てくれば、捜査は一気に進展するかもしれない。


駅のすぐ近くにあるタクシー会社は、ひどく古びた四階建ての建物で、一階部分に「運転手募集中」の巨大なポスターが貼ってある。そのポスター——実際には看板だったが——も雨に打たれて、色褪《いろあ》せていた。別に看板を変える必要もないのだろう。タクシー業界は常に人手不足と聞いている。要するに、いつでも新しい運転手が必要なのだ。それが完全に解消されるのは、レベル5の自動運転が実現してからだろう。

本社ビルと道路を挟んで向かい側には、タクシーの駐車場がある。一部は露天、一部は建物の一階部分になっているが、こちらの建物も強烈だった。屋根から壁の一部につたが絡まり、何だか廃墟《はいきょ》のようにも見える。やはり「乗務員募集中」の看板がかかっていたが、フォントが今っぽくない。昔の刑事ドラマ、それこそ昭和五十年代のドラマで出てくる看板などでよく見るフォントという感じだった。ということは、四十年前、もしかしたら五十年前の建物かもしれない。

洗車していた運転手に声をかけ、空いていたスペースに覆面パトカーを停めさせてもらう。その後、道路の向かい側にある本社ビルに入った。

二階にある受付で名乗ると、すぐに中へ通された。応対してくれたのは、警察へ通報した配車課長の東《あずま》だった。髪が白くなった六十歳ぐらいの男で、ノートパソコンとUSBメモリを持って現れた。

「早速ですが、ドラレコの画面を見ていただけますか」

「お願いします」自分が率先してやらないと……裕香の指示を思い出して、村上は切り出した。

東がパソコンを操作すると、すぐに動画が再生された。明らかに夜の場面なのだが、感度がいいのか、結構明るく写っている。場所は確かに、犯行現場だった。

「一瞬です」

言われて画面に目を凝らす。車はそこそこのスピードで走っているようで、左側に人影が見えたかと思った次の瞬間には、通り過ぎていた。二人いたか？　いたかもしれないが、今の映像では分からない。

「ちょっと失礼します」

村上はパソコンを自分の方へ引き寄せ、自分で操作した。再生速度を落とし、もう一度確認する。それでもまだ分からない。コマ送りしながら見て、ようやく二人がいると確認できた。

男が二人。ずいぶん背の高さが違う。特に言い争っている様子ではないが、距離は近い。何か内密の相談でもしている感じだった。しかしタクシーが近づいたのに気づいたのか、二人の距離がすっと離れる。そのうちの一人——背が低い方が、はっとしたようにタクシーを見た。ヘッドライトに照らされ、一瞬顔がはっきりと浮かび上がる。

あの被害者だ。

少なくとも服装は同じに見える。ただ、顔に関しては断定する自信がない。昨日見た顔は血塗《ちまみ》れで、おそらく元の顔とは似ても似つかないものだったのだ。

「どうですか？」村上は裕香に判断を委《ゆだ》ねた。

「たぶん、当たりね」裕香が小声でつぶやく。

「ありがとうございます」村上は東に向かって頭を下げた。「この映像、いただけますか？　持ち帰って検討したいんですが」

「そのUSBを持っていって下さい。コピーですから、返却は必要ないですよ」東が愛想良く言った。

村上はUSBメモリを抜き、自分のバッグに入れた。これだけで帰るわけにはいかない。さらに話を聴かないと。

「この時タクシーを運転していた人、いらっしゃいますか」

「もちろんです。待機させています」

「では、すぐに話を聴かせて下さい」東が協力的なのを見ると、運転手にも期待できそうだ。

「今、呼びますから。こちらでいいですね」

「大丈夫です」

言ってはみたものの、ここは事情聴取をするのに適した場所ではない。事務スペースの一角だから、他の社員の目も気になる。しかし、わざわざ会議室を用意してくれと頼むほどではないだろう。

東が電話をかけてから戻って来た。運転手が来るのを待つ間、相手の情報を確認する。

「女性の運転手ですよ」

「そんな遅い時間にも、女性が運転するんですか？」

「タクシー会社は二十四時間動いてますし、今は男も女も関係ないですから……ああ、来た、来た」

東が立ち上がり、運転手に席を譲った。大柄な女性だったので、二人で並んでソファに座ると窮屈だと思ったのかもしれない。村上は即座に「取り敢《あ》えず同席していただかなくても大丈夫です」と東に告げた。上司がいると話しにくいのでは、と想像したのだ。

一人取り残されたせいか、女性は妙にそわそわしていた。村上はまず、型通りに人定から始めた。名前、生年月日、住所と連絡先。

「それでは――川上《かわかみ》さん」手帳に書きつけた川上郁美《いくみ》、四十三歳のデータを確認してから、村上は始めた。「先ほど、ドラレコの動画を見ました。時刻は昨日の午前三時前――正確にいうと、午前二時五十二分でした」

「はい」

「実車中でしたか？」村上はうろ覚えの言葉で訊ねた。客が乗っている時は、実車中と言うのだったのでは？

「ああ、お客さんですか？ いえ、空車でした。ロングのお客さんを乗せた帰りだったんです」

「どちらまで？」

「逗子《ずし》です」

「ずいぶん遠かったんですね。どこからですか？」

「川崎駅前です。駅前で呑《の》んでいて、足がなくなったそうで」

川崎駅前から逗子までだと、四十キロぐらいあるのではないだろうか。結構いい客だったわけだ。

「その帰りに、あそこを通りかかったんですね」

「ちょっと休憩していこうと思ったんです。あの辺で休みを取る運転手は、結構多いんですよ」

第一発見者の運転手も同じように言っていた。市内には、そういうスポットがいくつもあるのだろう。厳密に言えば、公園の裏手のあの道は駐車禁止なのだが、そこまでうるさいことを言う警察官もいないはずだ。

「それで通りかかった時に、二人の男がいるのを見たわけですね」

「はい」

「はっきり見えましたか？」

「ええ。結構身長差があって、凸凹というか」郁美は冷静だった。左右の手を交互に上下させる。「小柄な人の方が、ヘッドライトに気づいてこっちを見て、目が合ったんです」

「どんな様子でした？」

「びっくりしていました。車が通るわけがないと思っていたみたいで」

「二人は何をしていたんですかね」

「喧嘩……というわけじゃないです。話し合っていたようですけど、人に見られたくない感じがしていました」

「それであなたは、スルーして走り去ったんですね」

「人がいると、休憩になりませんから」郁美が肩をすくめる。

「それが昨日の未明……報告が今になったのはどうしてですか」責めるような口調にならないかもしれないと心配しながら、村上は訊ねた。

「夜勤明けで、昨日は休みだったんです。それで夕方まで寝ていたので……ニュースは全然見てませんでした」

「夕刊は？」

「新聞は取っていません」

「事件に気づいたのはいつですか？」

「今朝です。ネットのニュースを見て初めて知って、現場を通りかかっていたことが分かったんです。それで、出勤してきてすぐ、ドラレコの画面を確認しました」

「それが先ほどの動画なんですね」

「はい」

村上はさらに、現場付近にいた二人の様子を掘り下げて聴いた。しかし最初の印象以上の話は出てこない。通り過ぎる一瞬に見ただけなので、ちょっとした印象以外には何も残らなかっただろう。

「この辺、夜中に人がいることはあるんですか？」

「私は見たことないですね。今回、初めて見かけました」

「顔に見覚えはないですね」念押しして確認する。

「ないです」

これで手がかりは切れるか……しかし村上は、まだ諦《あきら》めるべきではないと思い直した。

先ほどの動画は、トータルで三分ほどあった。公園に入る前、高架を右に見ながら走り、公園を通り過ぎ、バスの営業所を左手に見ながら川崎駅東扇島《ひがしおおぎしま》線の跨線橋《こせんきょう》にぶつかって左折するまで。その間、細い道路脇に車が何台か停まっていたのを思い出したのだ。公共交通機関がないところだし、そもそも夜中なので、あの場所へ行くには歩くか車を使うしかない。もしかしたら、二人が乗ってきた車の映像が写っている可能性もある。よし、これを手がかりに何とか捜査を進められるかもしれない。村上は自分に気合いを入れた。

2

二人はそのまま捜査本部に戻り、関たちに映像を見せた。

「こっちは——背が低い方が被害者みたいだな」二度繰り返して見た後、関が顎《あご》を撫《な》でながら言った。「顔ははっきりしないが、雰囲気がそれっぽい」

「先ほど、翼——村上君と話したんですが、この映像に写っている駐車中の車のナンバーを照会すれば、犯人につながる手がかりが出てくるかもしれません」裕香が進言した。

「分かった。映像を本部の捜査支援センターに送ろう」関が宣言した。捜査支援センターは、映像解析などの捜査を行うために、十年ほど前に県警に新設された部署だ。防犯カメラの映像から容疑者を割り出すなど、着々と成果を上げているという。「ただし、向こう任せにしないで、こちらでもやれることをやろう。君たちはしばらく、この件にかかってくれ。まず、写っていた車のナンバーを確認して、それぞれの所有者を割り出す。そのリストができたら、他の刑事も投入して一気に潰していこう」

関の指示通りに、映像の再チェックを始める。普段持ち歩いているノートパソコンの画面では小さいので、刑事課にある二十七インチのモニターのパソコンで確認していくことにした。映像はかなり解像度が高いので、大画面でもはっきり見える。

「三台、ね」動画を三回見直した後、裕香が宣言した。

「三台ならすぐ潰せますね」一気にいけそうだ、と村上は期待した。

「ここに犯人の車があればいいんだけど」裕香は楽天的になれないようだった。

一応、現場付近——公園の東側に停まっていた車は三台だけだと判断し、二人は捜査支援センターの分析結果を待たずにナンバーの照会を始めた。一台はこの近所の住人。一台は横浜《よこはま》市在住の男性、最後の一台は、東京都内の登録ナンバーだった。

「確かに品川《しながわ》ナンバーですね」村上は画面を睨《にら》みながら言った。

「品川ナンバーの車がこの辺を走っていてもおかしくないけどね。多摩川《たまがわ》を渡れば、すぐに東京なんだから」裕香はさほど興奮していなかった。「取り敢えず、関課長に報告して。近所の人の車は、現場で聞き込みをしている刑事に当たってもらって、横浜ナンバーは向こうの所轄に任せた方がいいわね」

「品川ナンバーはどうしますか」

「取り敢えず、上の判断待ちね。警視庁に頼むとなると、ちょっと壁が高いかもしれないわ」

「隣なのに？」

「向こうは天下の警視庁様よ」裕香が表情を歪《ゆが》める。

「それに翼君はまだ知らないでしょうけど、警視庁と神奈川県警は昔から仲が悪いの」

「その噂、聞いたことがありますけど、本当なんですか？」

「昔は、県境で事件が起きると、よく喧嘩してたみたいよ。私が聞いた話だと、町田《まちだ》と緑《みどり》区の境で事件が起きた時に、臨場したうちの捜査一課長と警視庁の捜査一課長が摑《つか》み合いの喧嘩をしたとか」

「マジですか」

「あくまで噂よ」

裕香はそれ以上話を広げようとしなかった。まあ、昔からのライバル関係というやつかもしれない。ただし本当にライバル関係と言えるのか……警察官の数だけ見ても、警視庁は神奈川県警の三倍ぐらいいる。それに何より首都の警察であることでプライドも高いはずだ。向こうからすれば、神奈川県警は単に「隣の奴ら」という感覚ではないか。

「東京へ捜査に行くと、面倒なことにならないですかね」

「現場レベルなら関係ないわよ。ヤバイと思ったら、所轄に挨拶《あいさつ》しておけばいいし。実際には、そういう手順はよく飛ばすけどね。特に緊急時は」

「今回はどうですかね」

「もちろん、緊急時」

関たちに報告すると、方針はすぐに定まった。川崎と横浜の件はすぐに調査に入る。一方東京の方は、村上と裕香がすぐに現地に飛んで調べることにした。まず車の持ち主に電話すればいいのではないかと思ったが、裕香は鼻で笑った。

「いきなり行けば、相手は警戒する暇もないわよ」

「そんなもんですか？」

「いきなり刑事が訪ねて来たら、簡単に嘘はつけないから」

そうだろうか？　もしもこの車の持ち主が犯人だったら、警察が追ってくることぐらい予期して、とうに何か対策を練っているはずだ。

それにしても気にかかる。問題の車はメルセデス・ベンツ。一九九二年製だから、相当古い。間もなく三十年選手になる車が、まだ普通に街を走っているものだろうか。

車に乗りこむなり、村上はその疑問を口にした。

「ああ、あれは名車だから。大事に乗ってる人も多いはずよ」

「そうなんですか？」

「翼君、車は詳しくないの？」

「全然ですね。浅野《あさの》さんは車好きなんですか？」

「そうね。今時流行《はや》らないかもしれないけど、自動車雑誌も買うぐらいだから」

「なるほど」

「コードネームW124。ベンツのモットーって、『最善か無か』っていうんだけど、その理念を一番具現化したのがこのモデルって言われているのよ」

「何だかずいぶん大袈裟《おおげさ》に聞こえますけど」

「それだけしっかりした、質実剛健な車なのよ。ベンツって、決して派手な車のメーカーじゃなくて、ドイツらしい真面目で重厚な車を作るんだけど、W124はその代表ね。バブル期には、日本でもずいぶん売れたみたい」

「でも、三十年も前の車ですよね」

「ちゃんと整備していれば、三十年ぐらい普通に乗れるわよ」

同じ車に三十年も乗るのはどんな人だろう。それこそ質実剛健、堅い商売をしている人が、きちんと整備して大事に乗り続けているのかもしれない。

ナビの指示に従って車を走らせる。住所は品川区北品川《きたしながわ》。最寄駅はJRの品川駅だが、街の喧騒からは程遠い、静かな住宅地だった。

「でかい家が多いですね」村上は思わず漏らした。道路は細いが、その両脇に並ぶ一戸建ての家は、ことごとく大きい。

「この辺、確か御殿山《ごてんやま》って言うんじゃないかしら。名前からして、お屋敷街よね」

家も大きいが、車を見ても高級住宅地だということは分かる。ガレージに入っている車は、ベンツやBMWは当たり前、川崎では生で見たことがないアストンマーティンやフェラーリまである。こんなに道路が狭いのに、幅の広い外国製のスポーツカーを走らせて大丈夫なのだろうかと、余計なことが心配になった。

静かな住宅地でも、コイン式の駐車場はある。村上はそこへ覆面パトカーを停めた。二十分二百円とあったが、この辺ではこれぐらいが相場なのだろうか。

スマートフォンの地図を頼りに、目指す相手の家を探す。駐車場から歩いて二分ほどのところに、三階建ての家を見つけた。外から覗《のぞ》けるガレージには、ボルボの新車がある。門扉には警備会社のシールが貼ってあった。実際には契約していなくても、このシールを貼って泥棒を牽制《けんせい》する家もあるというが、この家の場合、本当に契約しているように見える。正方形のクリアなプラスティック板が表札になっていて、洒落《しゃれ》た書体で「星野《ほしの》」と書かれていた。

「ここね」裕香がスマートフォンをバッグに落としこむ。「インタフォン、鳴らして」

言われるまま、インタフォンのボタンを押す。すぐに落ち着いた女性の声で「はい」と返事があった。この家の人だろうか……その声を聞きながら、村上はかすかな違和感を抱いていた。こんな立派な家に住んでいる人が、川崎で殺人事件を起こしたりするだろうか。

「神奈川県警の村上と申します」

「神奈川……」

「星野さんですよね？　お車のことで、ちょっとお伺いしたいんですが」

「車ですか？」女性の声には、依然として戸惑いがあった。

「はい、九二年製のベンツの――」

「すみません、車のことはちょっと分からないので、お待ち下さい」

いきなりインタフォンが切れた。村上は裕香の顔を見たが、彼女は平然としている。

「奥さんだったら、車のことは分からないかもしれないわね。ご主人の趣味かも」

「ですかね」

相手の反応を待ちながら、村上はガレージに入っているボルボを見た。濃紺のワゴン車。ボルボも質実剛健な印象だ……問題のベンツといい、そういう車がこの家の主人の好みなのだろうか。

いきなりドアが開き、小柄な男が出てきた。七十歳ぐらいだろうか。薄くなった白髪を綺麗《きれい》に後ろに撫でつけ、銀縁のメガネをかけている。グレーのスラックスに、襟つきの分厚いカーディガンという恰好《かっこう》だった。警戒しているわけではないが、明らかに戸惑っている。

門の扉を開けて外へ出て来たので、村上は素早くバッジを示した。

「ベンツのこととか?」

村上はナンバーを読み上げ「あなたの車で間違いないですか?」と確認した。

「ええ」

「どこにありますか? ここには一台しか停められませんよね」

「別に車庫があります。そちらです」

「間違いなくそちらにありますか?」

「どういう意味ですか？」星野が眼鏡の奥の目を細めた。「もちろん、車は車庫にありますよ」

「間違いなく？」村上は繰り返した。

「当然です」

「川崎市内にあったようなんですが。ドライブレコーダーに写っていました」

「はあ？」星野が突然甲高い声を上げた。「まさか。そのベンツなら、ちゃんと車庫に保管してあります」

「その車庫はどこですか？」

「ちょっと……ちょっと待って下さい」

星野が一旦《いったん》家に引っこみ、すぐに上着を着て戻って来た。カーキ色のペラペラの上着に見えたが、最近のアウターは高機能だから、これでも十分寒さは防げるのかもしれない。

「まさか、盗まれたとか……」星野が心配そうに言った。

「車庫はどこにあるんですか」

「すぐそこです」

星野が先に立って歩き出した。村上たちとやり取りするつもりもなさそうで、やけに早足で歩く。本当に車が盗まれたのかと心配しているのかもしれない。もしもそうなら、話はまったく変わってしまう。犯人は、足がつかないように車を盗んだのか……。

二分ほど歩いて、星野が言う「車庫」に到着した。車庫というより駐車場という感じだが、屋根はある。スペースの左右両側に屋根がかかっていて、車は濡れないようになっているのだ。かなり広い敷地で、駐車場所は十六台分あった。一等地の駐車場だから契約料金は相当高いだろうな、と村上は考えた。しかしほとんど埋まっている。東京の駐車場事情は、まだまだ厳しいようだ。

「ああ、やられた……」

星野が、がっくりした声を上げる。駐車場にはゲートもないので、二人は星野の後について中へ入った。星野は「10」のマークがあるスペースの前に立って、呆然《ぼうぜん》としている。

「ここに停めておいたんですか？」

「そうです」

「盗まれたの、気づかなかったんですか」

「川崎市内にあった、という話ですよね？　いつですか？」

「一昨日《おととい》——正確に言うと昨日の未明です。盗まれたのに気づかなかったんですか」村上は質問を繰り返した。

「ええ」

「この車庫は、普段は使わないんですか？」

「基本、保管用なんですよ」

しばらく話しているうちに、事情が呑みこめてきた。星野は品川区内で何件もの不動産を持つ資産家で、この車庫も彼が持っている物件の一つだという。人に貸しているほかに、自分の車の保管庫としても維持している。実際、ベンツが停まっていたスペースの両側には、これも古い外車が入っていた。

「BMWの6シリーズとアウディ・クワトロですか……全部、八〇年代から九〇年代の車ですね」裕香が指摘した。

「バブルの頃で、車の趣味に目覚めた時期でした。その頃人気だった車を何台か買ったんですけど、皆いい車でね。今でもちゃんと整備して乗れるようにしてあります。まあ、最近はたまにしか運転しないんですが」

「メーンの車は、ご自宅にあったボルボですか」裕香が訊ねる。

「ええ。最近の車は壊れないし、運転も楽ですからね。年取ったら、ああいう車に限ります。でも、八〇年代後半から九〇年代前半の車には、何とも言えない味があるんですよ。デジタル化される直前、アナログの極致というか。世界的に景気が良かった時代だから、各社とも金をかけた車を作ってたんですよね」

感慨深げに星野が言ったが、車が盗まれた事実に変わりはない。ここに停められた三台の車の共通点というと、生産年代ぐらいのようだ。星野は、金にあかせて当時の有名な車を選んだのだろう。BMWは優雅なクーペ、アウディは控えめなリアスポイラーつきのスポーツカー、そしてベンツは質実剛健な4ドアセダン。車好きと言っても、あまり凝った趣味とは言えないかもしれない、と村上は皮肉に考えた。首尾一貫していないし、ただブランド名で選んだ感じではないか。

「普段は保管しておくだけで、ここにはあまり来ないんですね？」村上は確認した。

「ええ。たまに転がしてやるぐらいで……下手すると、月に一回も来ないですね」

「防犯上、心配じゃないですか？」せめてゲートなどがあれば、車を盗もうとする人には心理的な抵抗になるはずだが。

「今時、車を盗む人なんてそんなにいないと思いますけどね……防犯カメラもつけてありますし、それで十分抑止力になるかと思ったんですが」

警察的にもそれが救いだった。車を盗んだ人間が写っている可能性がある。事情聴取が終わったら、この映像を回収していかないと。

「最後にここへ来たのはいつですか」

「ええと」星野が、コートのポケットからスマートフォンを取り出し、何か確認した。顔を上げると「去年ですね。十二月三十日」と告げる。

「そんなに前なんですか？　間違いないですか」村上は思わず聞き返した。

「この日に、アウディで箱根《はこね》にドライブに行ったんです」

「その時に、間違いなくベンツはここにありましたか？」

「もちろん」少しむっとした口調で星野が答える。「あるのが当然で、なければすぐに分かりますよ」

しかしこれでは、盗まれた日付は特定できない。防犯カメラは、駐車場に人が出入りすると作動する仕組みになっており、基本的に映像は一週間で上書きされるという。ということは、現在残っているのは一週間前からの動画……取り敢えずはそれで満足するしかないだろう。ただし、そんな以前に盗んだとは思えない。キーなしで盗んで行くと、どこかへ停めておくにも困るだろう。犯行直前に盗んだと考えるのが自然だ。

「盗難防止装置はついていないんですか」

「三十年も前の車ですからねえ……どうしたらいいですか」

「盗難事件に関しては、こちらの所轄が担当します。状況によっては我々も協力します」

「しかし、川崎って……いったい何なんですか」

「それはまだ、何とも言えないんですが」我ながら歯切れの悪い返事だが、これは仕方がない。事件直前に、問題のベンツが現場近くに停まっていたというだけなのだ。事件に関係していた直接の証拠はまだない。

それでも、少しずつ前に進んでいる、と村上は信じたかった。

署に戻ると、状況は少しだけ進展していた。現場近くに停まっていた他の二台の車については、所有者と連絡が取れ、それぞれアリバイが確認できたのだ。川崎ナンバーの車は、近くの住人の所有で、泊まりに来た友人のために車庫を貸し、代わりに自分の車を路上駐車していたのだという。「あそこなら駐車違反の取り締まりはないから」というのが所有者の言い分だった。しかし万が一見回りがあった場合は友人に迷惑をかけたくないから、自分の車を路上駐車したという話だった。

もう一台、横浜ナンバーの車の持ち主は、深夜に知り合いを訪ねて来て、路上駐車しておいたらしい。ずいぶん遅い時間だと村上は訝ったが、どうやら浮気相手の家をこっそり訪ねていたらしい。しかし「間違いなく家にいた」との証言が取れたので、容疑者からは除外された。

残るは品川ナンバーのベンツだ。昼飯がまだだが、食べている暇もない。村上はまず、刑事課の大きなパソコンを使い、裕香と二人で映像を確認した。

動きがあると作動すると言う通り、防犯カメラの映像は途切れ途切れだった。動画の長さは一分から二分。駐車場に入って車を乗り出すだけだから、動きがある時間はそれぐらいだろう。しかしおかげで、早送りで飛ばしながら映像を確認できた。

二時間ほど粘り、夕方になってようやく目当ての映像を見つけ出した。日付は一昨日の夜遅く——十一時半頃。一人の男が駐車場に入って来た。いかにも怪しい……黒い、分厚いコートを着ていて、しかも目深にフードを被《かぶ》っている。防犯カメラは、入り口に一番近い屋根の部分に取りつけられているので、斜め上から見下ろす恰好だった。それ故、フードを被った男の頭しか見えない。顔は全く写っていなかった。駐車場へ入るところを何度も繰り返し見たが、どうしても顔は確認できなかった。せいぜい、かなり背が高そうなのが分かるぐらいだった。

村上は自分のメモを見直した。男。かなりの長身。黒コート、ジーンズ、足元は黒いスニーカー。黒いコートは、おそらく中がたっぷり入ったダウンで、本来の体型は分かりづらい。ジーンズの太さを見た限りでは、太っても痩《や》せてもいない。スニーカーのブランドは不明。分かりやすいロゴなどは確認できなかった。

「問題はこの先よ」裕香が指摘した。

一度映像が止まる。おそらく、作動してから数分経つと、自動的に録画はストップする仕組みだ。三十年前のベンツがどんなメカニズムになっていたかは分からないが、犯人はおそらく、古典的な直結の手口でエンジンを始動させたのだろう。

次の映像は、ベンツが駐車場から出てくるところだった。

「止めて」

裕香が鋭く指示したので、村上は一時停止ボタンをクリックした。ちょうど、防犯カメラがベンツを斜め前から捉《とら》えている。運転席に座る男の姿も写っていたが、相変わらずフードを被ったまま、しかもサングラスにマスクまでかけているので、人相ははっきりしない。顔の九十パーセントが隠れている感じだった。

「これ、顔認識システムで確認できますかね」村上は思わず訊ねた。県警は独自に、写真や映像に写った顔を誰かの写真と照合するソフトを開発している。

「うーん……」裕香が首を捻《ひね》る。「自信ないわね。鼻から上だけでも五割の確率で当たるっていう話は聞いたことがあるけど、これは顔半分がマスクで隠れているし、サングラスも結構色が濃いし……知っている人が見れば判別できるかもしれないけど、機械任せだと無理かもしれないわね」

「他に何か手がかりは……」

「それは、あなたがちゃんと探すのよ」裕香が釘を刺した。「あなたが最初の手がかりを見つけたんだから、責任持ってこのまま再チェックを続けて。私は上に報告しておくから」

「分かりました」

指示されたまま、村上は何度も映像を見直した。しかし、何度見ても車を盗んだ犯人に関する情報は見つからない。自分の観察眼が悪いのだろうかと情けなくなってくる。

いい加減目がしばしばしてきたところで、裕香が戻って来た。

「この件、夜の捜査会議で全員に報告して」

「了解です」

「それと、この車を探すように、網を広げているから」

「見つかりますかね」川崎中央署の管内だけでも相当広い。県内全域が対象となると、車が発見できる可能性は極めて低くなる。犯人が、気の利いた人間だったら、当然県境を越えて都内かどこかで放置しているだろう。そうなると、発見には幸運な偶然が必要になってくる。

捜査会議では、この車の話が中心になった。映像は、また捜査支援センターに回され、さらに高度な分析が行われることになったが、それに加えて車の捜索にも本腰が入った。交通課の応援をもらい、細い路地一本一本まで探す方針が決まったが、そこに過剰に期待してはいけないと村上は気を引き締めた。

会議が終わると、今日の仕事は終了。村上は、警務課が用意してくれた弁当をガツガツと食べた。今日は昼飯を抜いてしまったので、冷め切った弁当でも美味《うま》い。ようやく人心地がつくと、速水がやって来てコーヒーを置いてくれた。

「すみません」

「ここのコーヒー、不味《まず》いけどね」

「眠気覚ましにはなります」

飲んでみると、実際ひどい味だった。しかしこの苦味は、確実に眠気を追い払ってくれる。もっとも今日は、これから仕事はないのだが。本当だったらさっさと寝て、昨夜の睡眠不足を取り返すべきなのだ。

「翼君、今日はお手柄だったじゃないか」

「偶然ですよ。タクシー会社の協力がないと、どうにもならなかったです」

「タクシー会社は大事にしないとね。俺はタクシーに乗った時、できるだけ現金で払って、お釣りはもらわないようにしてるんだ」

「マジですか？」

「小額だけどね。十円、二十円のお釣りだよ」

「何か、恰好いいですね」

「ちょっとした賄賂《わいろ》って感じさ」

コーヒーをまた一口。二口目になると、それほどひどい味ではないような気がしてくる。

「影山さんと連絡取ったか？」

「いえ」

「そうか……殺しの捜査本部なのに、あの人もひどいね。勝手過ぎる。普通なら処分されてるぜ」

「まったく連絡がないんですか」

「みたいだね。こんな状態でも自分の捜査をやってるって、どれだけわがままなのかね」

村上は何も言えなかった。影山の執念も分かる。そして、捜査のトップである捜査一課長がそれを黙認している以上、平の刑事の自分たちが何を言っても、どうにもならないだろう。

「しょうがないですよ」村上は言った。

「あれ？　一緒に仕事をしていると、やっぱり庇《かば》いたくなるのかな？」

「そういうわけじゃないですけど……理解はできます」

「それを庇ってるって言うんじゃないか？」

「それならいいけどさ。これを機会に、影山さんとは距離を置くようにした方がいいんじゃない？　やっぱり、あの人とくっついてると、ろくなことにならないよ」

「庇ってませんよ」

「そんなの、分からないじゃないですか」

「いやあ、読めてるよ」速水が髪をかき上げた。「翼君は、将来ある身なんだから。変な人に摑《つか》まってつまずいたら、馬鹿馬鹿しいだろう」

「自分の身ぐらい、自分で守れます」

「そうか？」速水が溜息《ためいき》をついた。「こんなこと言いたくないけど、俺は十分忠告したからね」

「そんな大袈裟な話なんですか」

「おかしな人間が一人いると、全体に悪い影響が出るからな。君だけじゃない、他の人間まで巻きこまれたら大変だよ。俺たちには、やらなくちゃいけないことがあるんだから」

しばらく影山のことを考えていなかった、と気づいた。本来の仕事に専念していたからだが、何となく心に小さな穴が開いたような気がする。

いつの間にか、影山は自分の中で、大きな存在になってしまっていたのだろうか。

3

よし、今日こそたっぷり寝るぞ。

村上はまた風呂を省略して、ベッドに潜りこんだ。昼間の捜査の興奮は速やかに消えつつあり、あっという間に眠気が襲ってくる。

電話。

クソ、冗談じゃない。いや、花奈だったらちゃんと話さないと……いっそ、先に謝ってしまった方がいいかもしれない。彼女の方では、例によってもう気にしていないかもしれないが、念のためだ。

影山だった。彼の名前では登録していないが——何だか縛りつけられるようで嫌だった——その番号は覚えてしまっている。画面の左上の小さな時刻表示を見ると、十一時だった。何なんだよ……まだ一時間しか寝ていない。レム睡眠から引きずり出されたせいか、頭がクラクラする。喉《のど》も渇いて、不快なことこの上なかった。無視しようかと思ったが、どうせまたかかってくる予感がした。だったらここでさっさと話して、何とか睡眠時間を確保しよう。

「寝てたか」

「寝てました」

「盗難車の犯人を見つけたそうだな」

「犯人はまだ見つけてません。犯人らしき人物が写った防犯カメラの映像を確保しただけです」

「その映像、今、どこにある」

「刑事課ですけど……」そもそも影山は、どこでこの情報を仕入れたのだろう。捜査本部どころか、川崎中央署にすら顔を出していないはずなのに。思わず聞いてしまった。

「どこで聞いたんですか」

「そんなことはどうでもいい」

むっとした口調で影山が言った。彼には、県警内に情報源がいるのではないだろうか。それこそ、捜査一課長とか。捜査のトップと平の刑事が直接つながっているとしたら異常だが、この二人は十年前の事件で共に苦労した絆《きずな》を今でも保っているのかもしれない。

「俺が刑事課へ行ったら、見られるか」

「無理です。念のため、圧縮してロックをかけましたから」

「だったら、ファイルのある場所とパスワードを教えてくれ」

「駄目ですよ」村上は即座に拒否した。「影山さんは、捜査本部に入ってないじゃないですか。というより、自分で入るのを拒否したんですよ？　いわば部外者です。部外者に、捜査の秘密は見せられません」

「ずいぶん強気に言うようになったな」

「影山さんが事情を話してくれない限り、俺はもう協力できません」

影山が黙りこむ。もしかしたら、話す気になったのか？　しかし、寝入りばなを叩き起こされてややこしい話を聞かされても、覚えていられるかどうか、分からない。

「教えられないなら、お前が操作して、俺が勝手にそれを見たことにすればいい」

「何言ってるんですか」村上は思わずきつい口調で反論した。「それじゃ、勝手に見るのと同じじゃないですか。バレたら俺が処分されますよ」

「そんなことにはならない」

「影山さんには、何か後ろ盾があるんですか」

影山が黙りこむ。一課長のことはやはり言いたくないのか……村上の苛々は、次第に怒りに変わっていった。

「切りますよ。十年前の事件の捜査ならともかく、今の捜査については影山さんには協力できません」

「俺も、川崎中央署の仕事をしないってわけじゃない。この前だって、公園で無事に人質を救出したじゃないか」

「あの件は、気まぐれみたいなものでしょう。たまたま現場の近くにいて気づいて、指揮命令系統を無視して自分勝手にやって……影山さん、このままだといつか大怪我しますよ」

「お前に忠告されるとはな」影山が、少し戯《おど》けたような口調で言った。

「影山さん、俺はマジで言ってるんです。それに影山さんが怪我すると、一緒に動いている俺も怪我するんです」

「そんなことにはならない」

「どうしてですか？　やっぱり、強力な後ろ盾があるからですか」

「それについては言えない」

「一課長でしょう」村上はつい口にしてしまった。「十年前、あの事件で一緒に捜査をしていたと聞きました。でも、影山さんは途中で外されたと……何があったんですか」

「あのオッサンから聞いたのか？　余計なことを」影山が吐き捨てた。一課長を平気でオッサンと呼ぶとは、影山はいったいどんな人間なのだろう。

「とにかく、無茶言わないで下さい」

「今回の事件の役にたつかもしれなくても、か」

「……マジですか」

「分からない。確証はない」

「行き当たりばったりじゃないですか。そんな状況で、危ない橋は渡れません。切りますよ」

しかし村上が電話を切る前に、影山の方で切ってしまった。

何なんだよ、いったい……村上はスマートフォンを床に放り投げて布団を被った。しかし、すっかり目が冴《さ》えてしまっている。このまま放っておくと、影山は何か違法な手口を使って動画を見てしまうのではないか？　それがバレたら、問題はさらに大きくなる。

クソ、放っておけない。何故だ？

自問しながら村上はベッドから抜け出し、今日着ていたワイシャツを洗濯カゴから取り出して羽織った。着替えながら、影山に電話をかける。少し話したのだが、彼は感謝の言葉さえ口にしなかった。

本当に、どういう人なのだろう。人間として大事なものが欠けている気がしてならない。もっとも自分がそれを指摘しても、耳を貸すような人でもないだろう。

訂正。人間として大事なものが「いくつも」欠けている。


仕事でもないのに夜中に署に入って行くと、どうも決まりが悪い。午前零時、この時間には当然、当直の人間しかいない。それにしてもいつもの夜より人は少ない……顔見知りの警務課員に聞いてみると、暴行事件が起きて、容疑者の身柄を押さえに行ったのだという。そういう話だったら俺も——と思った瞬間、外が騒がしくなった。

明らかに酔っ払った若い男が、二人の制服警官に両脇を固められ、署内に入って来る。意味不明の言葉を喚《わめ》き、体を思い切り揺らして、戒めから逃れようとした。

そこへ突然、影山が現れる。男の前に立つと、冷たい目つきで顔を凝視した。それに気づいた男が突然動きを止め、すっと二歩下がる。そこを制服警官にまた押さえられ、連れられていった。その顔が腫《は》れている――右目はほぼ塞《ふさ》がり、唇の端で血が乾いて固まっている。

「参ったね、あいつは」中へ入ってきた警務課長がぼやく。今夜の当直責任者のようだ。

「お疲れ様です」村上は頭を下げた。

「ああ、どうした？」

「ちょっと刑事課に用事がありまして……今の、もしかしたら影山さんがやったんですか？」

「あいつがたまたま現場に居合わせて、さっきの犯人を押さえたんだ。相当ひどい様子だったらしいけどな。影山がいなかったら、怪我人が出ていたかもしれない」

「でもあれ、かなりひどく殴りましたよね」

「これが初めてじゃないよ」警務課長が打ち明ける。

「そうなんですか？」村上は目を見開いた。

「影山は、よく夜中にうろついてるんだ。それで、繁華街で暴れている人間を取り押さえたことが二回……これが三回目かな。何のつもりか知らないけど」

村上を巻きこむ前は、たった一人で街を歩き回り、聞き込みをして、手がかりを探していたに違いない。そういう時にたまたま事件に出くわして、乱暴な手段で解決する……そう言えば、鶴川《つるかわ》を取り押さえた時もそうだったではないか。たまたま騒ぎを聞きつけて、勝手にやったに違いない。

あの人の正義感は捻《ねじ》れている。村上には理解不能だった。

「まあ、手柄って言えば手柄だけど、あんなやり方をしてたら、いつか本人が怪我するぞ。こっちの後始末も大変だ」警務課長が溜息をつく。

「何だかすみません」

村上が頭を下げると、警務課長は「あんたが謝ることじゃないけどね」と苦笑した。

村上が二階の刑事課に上がっていくと、既に影山がいた。一騒動起こしたのに、何事もなかったような様子である。

「影山さん、さっきの男は……」

「酔っ払いだよ。だからと言って、人を殴って許されるわけじゃない」

「影山さんもやり過ぎだったんじゃないですか？　怪我してましたよ」

「向こうは何も覚えてないだろう」影山が肩をすくめる。

「そういうのが影山さんの正義感なんですか」

「怪我する人間は少ない方がいいだろう」

彼は既に、大きなモニターのパソコンを立ち上げていた。これは刑事課共用で、ログインパスワードは所属する全員が知っている。影山が知っているのは意外だったが。

「早く見せてくれ」

いきなりかよ……とむっとしたが、村上は立ったままパソコンを操作し、圧縮してパスワードをかけておいた動画ファイルをクリックしてパスワードを入力し、解凍した。

「ここまで入念にやる必要、あるのかね」影山が首を捻った。

「念には念を入れ、です。何かあってからでは遅いですから」あなたのように無茶を言う警察官対策なんだよ、と腹の中で思った。口には出さなかったが。

影山が動画を凝視する。この動画は、昼間のうちに村上が編集して、問題の部分だけを切り出したものだ。犯人が駐車場に入る時と車が出る時、トータルで三分ぐらいにまとめてある。

影山は腕組みしたまま、画面に見入った。見終えると自分でマウスを動かし、最初から見直す。それを三度繰り返すと、いきなり立ち上がった。

「いいんですか？」

「ああ」

「何か分かりましたか？」

「いや」

単なる思い込みかよ、とうんざりした。それでこっちの睡眠時間が削られるんだから、たまったものではない。

「呑みに行くか」

「はい？」

「一杯奢ると言ってるんだ」

「冗談じゃないです。明日も早いんですよ」

「俺がお前ぐらいの年齢の時には、二日ぐらい徹夜するのも普通だった」

「時代が違いますよ」とはいえ、影山の「若い時」は、わずか十年ほど前だろう。その頃はまだ、働き方改革などという言葉はなかったはずだが、警察は昔からあまり無理をさせない組織だったと聞いている。公務員の世界では、余計な残業はご法度なのだ。

「じゃあな」

「あ、いや……」村上は彼の方を向いた。やはり、どうしても放っておけない。「つき合います」

「そうか」

影山はさっさと出て行った。もう少し普通の反応を見せてくれてもいいのに。

さて、彼の酒癖はどうなのだろう。普段の態度を見ていると、いかにも乱暴な呑み方をしそうに思える。しかし今夜は、いい機会かもしれない。捜査一課長から聞いた話を持ち出して、彼の本音を探ってみるのもいいだろう。それですっきりできれば、明日からの仕事に爽《さわ》やかに取り組めるかもしれない。

八丁堀《はっちょうなわて》駅の近くには、「なわて横丁」という渋い呑み屋街がある。先日速水に連れて来られた店もこの近くにあった。昭和の時代から続いているような古い居酒屋が多いのだが、その中で一軒だけ、渋いバーがあった。カウンターしかない店で、カラオケなどの設備もなし。ただ黙って呑んで、さっさと引き上げる止まり木のような店ではないかと村上は想像した。

二人並んでカウンターについたが、店員の反応は鈍い。それを見た限り、影山の馴染《なじ》みの店ではないようだった。

「ここ、よく来るんですか?」村上は思い切って訊ねてみた。

「いや、行き当たりばったりだ」

カウンターの奥の棚を見ると、ずらりとウィスキーが並んでいる。呑めないキャラでいこうと決めてはいたが、ここでは呑まないわけにはいかないだろう。ソフトドリンクがある店とは思えない。

二人ともハイボールを頼んだが、村上は「薄めでお願いします」と小声でつけ加えた。影山がちらりと自分の方を見たのに気づいたが、無視する。かちりと音がした直後に、煙草の臭いが鼻先に漂い出してきた。煙草をくわえた影山が、灰皿を引き寄せたところだった。こういうバーは、最近でも煙草が吸えるのか……狭い店なので煙がすぐに充満し、カウンターの上で渦を巻く。

「梶原《かじわら》一課長と話をしました」

告げると、影山がびくりと体を震わせたが、無視して続ける。

「影山さんを手伝ってやれ、と言われました」

「そうか」影山が低い声でつぶやき、咳払《せきばら》いした。

「今は無理ですけど。新しい事件が目の前にあります」

「そうだな」

「影山さんは、まだ十年前の事件を調べてるんですよね」

「それが俺の仕事だ」

「あの事件については、確かに俺も引っかかってます」村上は打ち明けた。「影山さんが執念を燃やしている事情も分かりました。十年前に、捜査を外れざるを得なかったそうですね？　その時の後悔が残ってるんじゃないですか？　何があったんですか」

「それは言えないな――こんな場所では」

「適当な場所だったら、言う気はあるんですか」

「どうして知りたい？」

「引っかかるからです」

「引っかかったら調べるのは、刑事の基本だな」影山がうなずいた。「ただし、相手が喋《しゃべ》るかどうかは分からない。そして俺は、絶対に喋らない」

いきなり壁を作られ、村上は黙るしかなかった。相手が容疑者だったら徹底して粘るのだが、影山だとそうもいかない。何か話を引き出す手はないかとあれこれ考えたが、寝不足のせいもあって頭が回らない。仕方なくハイボールをぐっと呑んで頭をはっきりさせようとしたが、アルコールが入った状態でまともに考えられるわけもない。

「十年前に捜査を外れたのって、何か問題を起こしたからですか」思い切って失礼な疑問をぶつけてみた。

「上の判断だ。俺には何とも言えない」影山がハイボールを呷《あお》った。弱い炭酸水を飲むような勢いなので、彼が酒に強いのが分かる。

「一課長も、あの事件については悔いを残しているみたいですね。だから、影山さんが一人で動くのを許している。それとも、一課長の特命で捜査しているんですか？」

今も川崎中央署に置かれている捜査本部が頼りないから、一課長が腹心を送りこんだ——いや、いくら何でもそれでは、組織の規範が滅茶苦茶《めちゃくちゃ》になる。それに影山は、あくまで捜査本部には属していないのだ。

「一課長がそんな命令をするわけがない」

「だったら黙認ということですか」

「どうでもいいだろう」

面倒臭そうに言って、影山が煙草を灰皿に押しつけた。残ったハイボールを一気に呑み干し、無言でお替わりを頼む。自分が一口呑んだだけで我慢していたのが馬鹿らしくなってきて、村上も大きく呷った。

いきなり頭がクラクラする。

「別の捜査があって、そちらに回されたって言ってましたよね？　でも、普通はそんなことはないでしょう。一度捜査本部に入ったら、よほどのことがない限り、しばらくはそこで仕事をしますよね？　俺、調べたんですけど、十年前には、大きい事件はあれしかありませんでした。その捜査を放り出すほどの出来事が他にあったとは思えないんです。捜査二課じゃないんですから、内偵している大きな事件というわけでもないでしょう」

影山がかすかにうなずいたように見えた。認めたのか？　だとしたら影山の頑《かたく》なな心に小さな穴を開けたことになる。村上は勢いこんで続けようとしたが、影山は「何も言えない」といきなり遮った。

「影山さん……もしかしたら本当は、何か問題を起こしていたんですか？　それで捜査から外されたとか」

「気になるなら、調べてみればいいじゃないか。お前は刑事だろう」

「容疑者に直接確認できる機会なのに、外堀を埋める必要はないでしょう」

「俺は容疑者か？」

「いや、そういうわけじゃ……」村上は言葉を濁した。何だか考えがまとまらない。もう酔っ払ってしまったのか？

「俺を容疑者扱いするな。今更言ってもどうにもならない事情があるだけだ。穿《ほじく》り返すな。時間の無駄だ」

「しかし……」

「本気で十年前の事件について調べるつもりなら、余計なことを考えないで集中しろ」

「今は、そっちの捜査はできませんよ」

「それは分かってる」

「だいたい、何で俺なんですか」村上は食いついた。「俺が新人で暇そうで、何でも言うことを聞きそうだから声をかけたんですか？」

「そんな風に考えてもらってもいい」

「何だ……がっかりだな」言って、村上はハイボールをぐっと呑んだ。いつの間にか残りは、背の高いグラスの三分の一ほどに減っている。

影山が、お替わりしたグラスを自分の方へ引き寄せた。一口呑んで、新しい煙草に火を点ける。ふと、彼が身にまとっている疲労感が、自分の方にも押し寄せてくるのを意識した。疲れは伝染するものだろうか……何だか目を開けているのもきつくなってくる。

「とにかく、ちゃんと説明して下さいよ。納得できれば、俺はちゃんと手を貸します」

「お前は、そういう人間らしいな」

「え？」

「相手が誰でもはっきり物を言う」

「そんなこと、ないですよ」

「お前、警察学校時代に、教官に逆らって処分を受けたそうじゃないか」

「それは……」村上は口をつぐんだ。あれは、自分の警察官としてのスタート地点における汚点だ。

「セクハラ野郎はどこにでもいる」影山が淡々とした口調で言った。「奴は、昔から悪い噂のある人間だった。そういう人間を警察学校の教官にしてしまったのが、そもそも間違いなんだよ」

あれは……事件になってもおかしくなかった。まだ若い教官が、警察学校の女性生徒に手を出そうとしていた――たまたまその現場に出くわしてしまった村上は「何してるんですか」と大声で叫んでしまったのだ。もしかしたら合意の上でのことで、場所が悪かっただけかもしれないと一瞬思ったのだが、両手首を掴まれて教官に迫られる女性生徒の様子を見て頭に血が上り、叫んだ直後、二人に向かって突進していた。教官を突き飛ばし、女性生徒を救出。派手に尻餅《しりもち》をついた教官は、何も言わずにその場を去っていったが、後日村上は、「乱暴な行為があった」という理由で、寮からの二週間の外出禁止処分を受けた。

村上は、その処分を言い渡した教官に「セクハラ行為があった」と訴えようとしたのだが、口を開こうとした瞬間に「お前がやった理由は分かってる」と言われ、何も言えなくなってしまった。後に問題の教官は異動させられ、セクハラを受けていた女性生徒は、学校を卒業する前に警察を辞めて去ってしまった。

後で分かったのだが、教官によるセクハラは常態的に行われていたのだった。村上がその現場を見てしまったが故に、問題が表沙汰《おもてざた》になるのを避けた県警の上層部は、密《ひそ》かに処分して事を収めたのだ。村上は釈然としなかったが、「本来は、お前も警察学校を追い出されてもおかしくない」と言われ、口をつぐむように厳命された。

そう命じられたら、何も言えない。学校の中でも噂になっていて、同期の連中が盛んに聞いてきたのだが、村上自身があの件について口にしたことは一度もなかった。

「うちは、基本的にクソみたいなところがある」影山がいきなり、乱暴に吐き捨てた。

「昔からいろいろ問題があった。表沙汰になったこともあれば、今でも隠されていることもある。お前は早くから、うちのいい加減な体質を経験したわけだよ」

「俺は……あの時、どうすればよかったんですか。見て見ぬ振りをしろとでも？」

「いや、一ミリも間違っていない。お前がやらなければ、あのセクハラ野郎は、今でも大手を振って歩いていた。クソ野郎は、潰さなくちゃいけない」

朦朧《もうろう》とし始めた村上の頭の中に、ふいに疑問符が浮かんだ。

「ちょっと——ちょっと待って下さい。何で影山さんがそれを知ってるんですか？　あの件、表には出ていないはずなんですけど」

「出てない。正式には、な」

「だったらどうして——」

「一人で生きていくためには、あらゆる情報を収集しておくんだ。誰と誰がつながっているのか、仲が悪いのか、よく問題を起こしているのは誰か。周りの人間関係に常に注意しておかないと、いつ自分に火の粉が降り注いでくるか分からない。そういうことに注意していると、お前が巻きこまれたような一件も、自然に耳に入ってくるんだよ」

「それが、影山さんに何か関係あるんですか」

「お前、今時珍しいタイプだよな。いや、今時でもないか。そもそも警察官にはあまりいないタイプかもしれない」

「どういう意味ですか？」村上はほぼ無意識のうちに、グラスを前に押し出した。お替わり。

「警察官は正義感が強い。正義感が強い人間じゃないと警察官になろうとは思わないだろうな。中には制服フェチの奴とか、ただ威張りたい奴もいるだろうけど」

「ああ……いますね」

「警察官の正義なんて、外に向かってだけ発揮されるものだろう。内輪に対しては基本的に甘い。不祥事があっても、見て見ぬ振りをすることもある。しかしお前は、内輪に対しても正義感を発揮した」

「何も意識してませんけど……」影山は「自分と同じだ」とでも言いたいのだろうか。

「天然の正義の味方か。でも俺はその話を聞いて、お前の存在を頭に入れておいた」

「使える人間として、ですか？」

「いざとなったら、しがらみや内規を無視して動くタイプだってことさ」

「冗談じゃないです」ハイボールが一杯になって戻って来たグラスを、村上は勢いをつけてカウンターにおいた。がつん、と鈍い音が響く。「俺を使うために、目をつけてたんですか」

「それの何が悪い？」

「え？」

「若いうちは、どうせ誰かに使われるんだ。昇任試験を突破して部下を持つようになるには、どうしても十年はかかる。それまではひたすら、上に言われた通りにやるしかないんだよ。だったら、課長に言われようが俺に言われようが、同じじゃないか」

「その理屈、滅茶苦茶ですよ」そもそも影山は自分の上司ですらないのだ。「影山さんが滅茶苦茶なんだ」

「そういうことをはっきり言える人間も、最近は珍しい」

「褒めてるんですか？　けなしてるんですか？」

「どっちでもない。俺は人を褒めたりけなしたりしない」

「意味分からないです」

「一つだけ言えるのは――自分の意思で動ける人間は、貴重な存在なんだ」

「うーん……」村上は思わず黙りこんだ。中身がたっぷり入ったお替わりのグラスを持ち上げ、ハイボールをまた一気に吞む。気になっていることはもう一つあった。「今日の映像の件はどうなんですか？　本当に何も分からなかったんですか？」

「ああ」

「何かあるかもしれないと思ったから、映像を見たかったんでしょう？　何を期待していたんですか」

「何も期待していない」

「寝てるところを叩き起こされた俺の身にもなって下さいよ。だいたい、俺だっていろいろ困ってるんです」

「何が？」

「それは、まあ……彼女のこととか」

「彼女がどうした」

影山に話すのは気が進まなかったが、気づくとすっかり打ち明けていた。プロポーズしたがちゃんと返事をもらえないこと、大阪と神奈川で遠距離恋愛になっていること、結婚の話で大喧嘩してしまったこと——ふと、影山は相槌《あいづち》をうつのが上手いのだと気づく。促されるように、ぺらぺら喋ってしまった。

「男と女のことは——後悔しないようにしろ、としか言いようがないな」

「影山さんも後悔してるんですか？」彼には女性の影がまったく見えないが。

「俺は何も後悔してない。後悔してる暇があったら、犯人を捕まえたい」

「何ですか、それ」

女性よりも仕事、ということだろうか。どっちが大事かなど、そう簡単に言えることではないはずなのに。

「仕事以外には何の意味もないってことだ」

「はいはい」段々面倒臭くなって、村上は適当に返事をした。「影山さんが何を考えてるか、全然分かりません。だいたい、今回の事件には絡んでないじゃないですか。どうして急に映像を見たいと思ったんですか？」

「それは、お前に言う必要はない」

「また秘密主義ですか？　だったら一人でやって下さいよ。俺を巻きこまないで――」

自分の声が聞こえなくなる。次に感じたのは、体がひっくり返り、背中に鈍い痛みが走ったことだった。

スマートフォンの目覚まし時計の音が、どこかおかしなところから聞こえる。胸？　胸って何だよ……村上はもぞもぞと起き上がろうとしたが、全身に走る痛みに邪魔された。俺、何をやってるんだ？

目を開けると、床と同じ視線だと分かった。ゆっくり顔を上げると、見慣れた自分の部屋である。どうやら玄関にいるらしい。状況を認識している間にも、目覚ましの音は鳴り続ける。思い切って体を捻って仰向《あおむ》けになり、背広のポケットに指を突っこんでスマートフォンを取り出した。六時半……いつも目覚ましをかけている時間だ。

ようやく立ち上がったが、体がフラフラしてあちこちが痛む。特にひどいのは胸だ。それはそうだよな、と情けなく思う。家にはたどり着いたものの、ベッドまで行く元気もなく、玄関先で前のめりに倒れて寝こんでしまったのだろう。頭がふらつき、軽い頭痛を意識したが、それほどひどい二日酔いではないはずだ。シャワーを浴びて、水をたっぷり呑めば何とかなるだろう。

まず、洗面所で顔を洗う。温かいお湯が恋しかったが、ここは我慢して、敢えて冷たい水を顔面に叩きつけた。猛烈な刺激で一気に目が覚めると同時に、頭痛が激しくなってくる。本当は浴槽にたっぷり湯を張って、半身浴をして汗を流したいところだが、そこまでの時間がない。

鏡を見ると、疲れ切った男の顔が見返してきた。あーあ、スーツがしわくちゃだ。洗濯機で洗えるスーツだが、今は洗濯している暇もない。冬用のスーツは二着しかないから、早く洗濯しないといけないのだが……。

まったくひどい目に遭った。やっぱり今後は、呑めないキャラを貫き通して、酒席では常に烏龍《ウーロン》茶で通そう。今回は、特に影山が相手だからまずかったのかもしれない。気の合わない人と呑んでいると、悪酔いしてもおかしくないだろう。

長い時間をかけて熱いシャワーを浴びると、ようやく頭が少しはっきりしてきた。その後で飲んだペットボトルの水は天国の飲み物のようで、五百ミリリットルを二口で飲み切ってしまう。冷たさで胃がきゅっと縮み、それでまた酔いが抜けていった。

さて、何か食べられるだろうか。空腹は感じたが、固形物を食べるのは少し不安だ。またコンビニに寄って、ゼリーでも食べておこう。それとスポーツドリンクで、体は完全に目覚めるはずだ。真冬にそういう朝食を摂《ど》ると、体はすっかり冷えてしまうのだが。

着替えて玄関に向かうと、一枚の紙片が落ちているのに気づいた。かくかくとした乱暴な字のメモ。

「呑めないなら断れ」

おいおい——影山か？　そう言えば昨夜は、どうやって家まで帰って来たのか、全然記憶がない。影山が送ってきてくれたのか？

冗談じゃない。これはまさに醜態じゃないか。影山には礼を言っておくべきだろうか。それも何だか違うような気がする。彼が呼び出したからこそ、こんなことになったのだから。

村上は、メモをスーツのポケットに入れて部屋を出た。そのメモは何だか熱を持っていて、服の中で燃え出してしまいそうな感じがした。

4

朝の捜査会議で、村上は眠気と闘い続けた。そのせいで、話の内容が右の耳から左の耳へ抜けていく。会議が終わると、早速裕香にからかわれた。

「今日も寝不足？」

「まあ……いろいろありまして」

「ちょっと酒臭いわよ」裕香が鼻に皺《しわ》を寄せる。「翼君、お酒呑めないんじゃなかった？」

「そうなんですけど、無理に呑まされることもあるじゃないですか」

「今時、そんなの流行《はや》らないでしょう」裕香が首を傾げる。「今の捜査会議で、ちゃんと指示を聞いてた？」

「はあ、何とか」昨日の続きの捜査――盗難車について調べることを命じられたのは、辛うじて覚えている。既に警視庁にも連絡がいっており、現場付近での聞き込みを行うことになっている。

昨日と同じように、裕香と二人で出かける。今日は彼女がハンドルを握った。

「自分、運転しますけど」

「呼気の検査をやられたらアウトかもしれないわよ。警察官が飲酒運転なんて、洒落にならないでしょう」

「そんなに残ってないと思いますけどね」村上は首を傾げた。

「念のためよ、念のため」

裕香の運転は乱暴だ。飛ばし過ぎるわけではないが、急発進、急ブレーキが「急」過ぎる。こういうのが「きびきびした運転」だと思っているなら大きな勘違いで、村上は次第に気分が悪くなってきた。窓を細く開けて冷たい風を車内に入れ、朝方コンビニで買ってきたガムを口に放りこみ、きついミントの味で何とか正気を保つ。

「翼君、昨夜影山さんと会ってなかった？」

「何ですか、いきなり」どきりとして、村上は低い声で訊ねた。

「昨夜、影山さんが暴行犯を捕まえて署に引っ張ってきたでしょう？　その前後にあなたも署に来た――何かあったの？」

「忘れ物です。影山さんには会ってません」

「翼君、言い訳するならもう少し上手《うま》くね」裕香が皮肉っぽく言った。

言い訳は……思いつかない。何も言わない方がいいだろうと判断して、村上はガムを噛《か》むのに専念した。しかし、裕香の追及は止まらない。

「私、何度も忠告したわよね。速水君からも散々言われてるでしょう？　皆あなたのことを心配してるのよ」

「影山さんは、そんなに危険人物なんですか？　浅野さん、直接被害を受けたこと、あるんですか？」

「私はないけど……」裕香が口をつぐんだ。「いろいろ聞いてるから」

「でも、噂だけでしょう？　俺が聞いた限りでは、影山さんの行動で被害を受けた人はいませんよ。敢えて言えば、一人だけじゃないですか」

「垂れ込みで刺された人でしょう？　あれはしょうがないけど、そういうことをする人だっていうだけでも怖いじゃない」

「後ろめたいことがなければ、何も心配する必要はないと思います」影山は、いわば警察内の異分子……それに対して「免疫」が働いているということか。

「私は何もないわよ」裕香が慌てて言った。「でも、影山さんが要注意人物であることに変わりはない」

「俺はそうは思いませんけどね……嫌な人なのは間違いないけど」

「嫌な人ならたくさんいるわよ。影山さんだけじゃないでしょう」

「そうですね」ふいに、昨夜の影山との会話を思い出す。警察学校でのセクハラ騒ぎ。今なら、誰かに話してもいいだろう。「警察学校の教官にもいましたよ。セクハラ騒動を起こした人」

「それで、翼君に刺されたんでしょう？」

「刺してません」村上はすぐに否定した。彼女もこの話を知っているのか……警察の中には、基本的に秘密はないのかもしれない。「たまたま現場に出くわしてしまっただけです。現行犯ですよ。だからあの教官、飛ばされたんでしょう」

「辞めるらしいわよ」裕香がさらりと言った。

「え？」

あの教官は所轄の地域課に異動させられ、交番勤務をしているという話は聞いていた。警部で交番勤務となると、普通は大規模な交番の責任者、「箱チョウ」なのだが、今は平警官の扱いになっているということだった。

「飛ばされてそのままで、本部に戻れる気配もないから、やっぱり諦めたんじゃない？このままずっと腐ってたら、残りの警察官人生も辛いんじゃないかな。やり直すなら、できるだけ早い方がいいだろうし。やり直せるかどうかは分からないけどね」

「さっさと馘《くび》にすべきだったんですよ」村上は語気を荒らげた。「セクハラするような奴が教官をやってたら、示しがつかないじゃないですか。県警全体の責任にもなる。それで被害者が辞めざるを得ないような状況は、絶対おかしいですよ」

「もしもきちんと被害を訴えていたら、彼女は今頃ちゃんと警察官になっていて、教官は馘になっていたわね」

「それはまあ……そうですけど」

村上が聞いた限り、被害を受けた女性生徒は、はっきりと証言しなかったようだ。報復を恐れてかもしれないが、自ら身を引くことで騒動を収めようとしたのかもしれない。完全に被害者なのだが。

「彼女、今、藤沢《ふじさわ》市の職員になってるそうよ」

「そうなんですか？」

「無事にやり直せたのね。ひどい目には遭ったけど、取り敢えずきちんと仕事ができているようだからよかったわ」

「何でそんなこと、知ってるんですか？」

「女性には女性のネットワークがあるのよ」裕香が軽く笑う。「だから、辞めた人に関しても、いろいろ情報は入ってくるわけ。あなた、彼女と話した？」

「いえ」向こうがこちらを避けているようでもあった。教室や廊下などで顔を合わせることもよくあったのだが、絶対に目を合わせようとしなかった。話でもしようものなら、とんでもない不幸が降りかかるのでは、と怯《おび》えていたのかもしれない。それだけ彼女はひどい目に遭ったのだと考えると、村上の怒りは募る一方だった。

「フォローが足りないのよね。あなたは現場の目撃者でしょう？　いわば、被害を直接見た人。そういう人から声をかけられたら、彼女の心の痛みも、少しは癒《いや》されたかもしれないのに」

「すみませんね、気が利かなくて」

「何で声をかけなかったの？」

「え？」村上は、顔が引き攣《つ》るのを感じた。今日の裕香はしつこ過ぎる。「いや、だって……俺も処分を受けましたし」

「二週間の外出禁止でしょう？　そんなの、処分のうちに入らないわよ。教官をぶっ飛ばしたら、普通は退学よ」

「ぶっ飛ばしてませんよ」実際には村上は、その瞬間のことをあまりよく覚えていない。揉《も》み合っている二人に体当たりして分けたのは間違いないのだが、本当に手が出たかどうか……言われてみればそんな気もするし、やはり単に体当たりしただけのような気もする。今となっては再現しようがないことだ。警察学校だからと言って、あちこちに防犯カメラを設置しているわけではない。

「どうせなら、ぶっ飛ばしちゃえばよかったのに」

「そんな無茶な」

「そこまで強硬にやらないと、警察の中の膿《うみ》は出せないのよ。それにあの件は、あなたにとってはマイナスにならなかった」

「二週間の外出禁止は、十分きつかったですよ」村上は正直に打ち明けた。「警察官だからって、常に正義に基づいて動くわけじゃない。いざという時に足がすくんで動けなくなることもある。見て見ぬ振りをすることもある。でもあなたはしっかり動いて、セクハラを表沙汰にした。ちょっと悔しいからあまり言いたくないけど、あなた、県警の中では女性人気は高いのよ」

「そんなの、初耳です」自分が知らないところで、様々な評判が立っているものだと驚く。影山の言葉を思い出した。「一人で生きていくためには、あらゆる情報を収集しておくべき」――村上は孤立して生きていくつもりなどなかったが、彼の言葉は妙な重みを持って胸に迫ってきた。知らぬ間に追いこまれてしまうようなことがないよう、情報を収集しておくのはやはり大事なようだ。

同時に、自分と影山の差は何だろう、と不思議に思う。正義感に突き動かされて動いたのは、自分も彼も同じではないか。

「俺の評判は分かりませんけど、何で影山さんが陰口を叩かれるんですか？　やったことは、俺と同じじゃないですか」

「陰湿だからじゃない？」

「陰湿って……面と向かって本人を非難しても、上手くいくわけがないでしょう。監察官室に情報を提供するのが、普通のやり方だと思いますけど」

「言われてみればそうだけど、うーん……何かな」裕香の言葉が揺らぐ。「影山さんって、あの一件以前にも、いろいろ問題があるって言われてた人なのよ。同僚とは協力しないし、勝手なことばかりしてるし」

「十年前の事件を勝手に捜査してることとかですか？　捜査一課にいた頃も、そんな風にやってたんですか？」

さすがにそれは不可能だと思う。捜査一課は基本的に、係単位で動く。捜査本部が設置されるような大きな事件の場合は、係がユニットとして丸ごと投入されて、捜査を担当するのだ。捜査本部に入っていない時には比較的暇だと聞いているが、本部を離れて自分の好きな仕事だけをしているわけにはいくまい。

「私は詳しくは知らないけど」

釈然としない。何か隠している様子だ。彼女が全部白状するまで話し続けようかと思ったが、スマートフォンが鳴ったので会話はストップした。

「私にも着信があったわよ」裕香が、ジャケットの裾《すそ》のポケットを叩いた。

「同報ですかね」だとすると、重大な話の可能性がある。捜査本部で動く刑事全員が共有しなければならない情報が出てきたとか。

まさにそうだった。

「被害者の似顔絵ができたみたいです」

「どんな感じ？」ハンドルを握ったまま、裕香が訊ねる。

「まあ、似てるんじゃないですかね」村上は、被害者の顔をきちんと正面から見ていない。現場で見た遺体は横向きに倒れていて、見えたのは顔の左側だけだったのだ。

「顔そのものにはほとんど傷がなかったから、きちんとした似顔絵になってるでしょう」

「聞き込みの際に、関係者に見せろ、という指示です」

「そんなに上手くいくとは思えないけど」裕香が皮肉交じりに言った。「まあ、やるだけやってみましょうか」

「これ、すぐ公開するんですかね？」

「少し時間を置くと思うわ。いきなり公開したら、警察が最初からお手上げだと思われるじゃない」

メンツの問題か……正直、馬鹿馬鹿しいと思った。今のところ、被害者の身元につながる材料は何も出ていない。身分証明書の類《たぐい》は見つかっていないし、指紋、DNA型の照合でも合致する人物は把握できなかった。今まで、通り魔のような事件で被害者の身元が分からないことなどあったのだろうか、と村上は訝った。

もしかしたらこの事件は、とんでもない難事件——県警にとって大きな宿題になってしまうかもしれない。

事件発生から一週間が経ち、村上は疲れ切っていた。毎日そんなに遅くなるわけではない——事件発生からしばらくは当直勤務も免除されていた——のだが、どうしても気が張って、一日が終わる頃にはげっそりしてしまう。花奈とも連絡が取りにくく、たまにLINEでやり取りしても妙に素っ気なくなってしまった。先日のぎすぎすした会話で、彼女は本気で怒ってしまったのかもしれない。こういう時は直接会って「ごめん」の一言を言えればいいのだが、今のところそれは無理だ。彼女が東京へ出張して来る予定もない。

手がかりなし、という状態で、疲れに拍車がかかる。特に、被害者の身元につながる材料が一切出ていないことが厳しい。その夜の捜査会議では、翌日、被害者の似顔絵を公開する、と捜査幹部から報告があった。

「一般に情報を求めるようになる事件の捜査は、だいたい上手くいかないみたいだよ」捜査会議が終わると、速水がさらりと言った。

「そうなんですか？」

「だいたい、情報提供を求めても、そんなに集まるわけじゃないから。警察が情報を確保できないぐらいなんだから、一般の情報は期待しない方がいい」

「ああ……だったら、ヤバイですね」

「ヤバイって言うのはまだ早いけど。それより今夜、軽く飯でも食わないか？」

「いいんですか？」村上は目を見開いた。捜査本部が動いている最中に、少し無責任な感じもする。

「いいんだよ。どうせ飯は食わなくちゃいけないし、捜査本部の弁当には飽き飽きしてるんだ」

「確かに」村上はうなずいた。毎晩冷たい弁当では士気も上がらない。

「翼君、酒は呑まないんだよな」

「ええ」先日の醜態を思い出し、村上は即座に答えた。

「じゃあ、本当に飯だけでいこうか。焼肉とか、どう?」

「あ、いいですね」焼き上がる肉のビジュアルを思い浮かべただけで、元気が出てくるようだった。実際、この一週間、まともな食事はほとんどしていない。

「急遽《きゅうきょ》呼び出されたら困るから、この近くの店で、酒抜きで」

「じゃあ、お供します」

近くと言ったが、署の近辺には、焼肉屋はおろか、普通に食事ができる店もあまりない。結局銀柳街《ぎんりゅうがい》に出た。ここなら何でもある。チェーンの店も軒を連ねているのだが、地元の店も繁盛しているのが嬉《うれ》しい。

「安くて美味い店があるんだよ」と言って速水が紹介してくれた焼肉屋は、ファミレス風の造りだった。メニューを見ると、値段は確かに高くない。二人で腹一杯食べても一万円にならないのでは、と村上は計算した。

実際、安いだけではなく美味かった。タン塩から始めてカルビ、ロース、壺《つぼ》漬けの豚肉――長い一枚の肉をハサミで切りながら焼く――と肉を堪能《たんのう》し、野菜もたっぷり食べ、最後は二人とも冷麺《れいめん》で締めた。真冬に冷麺はどうかと思ったが、肉を食べたせいで体温が上がった感じがする。冷たい冷麺で体のバランスが戻り、急に満腹感が襲ってきた。

「いい店ですね、ここ」

「秘密にしておいてくれよ。ここも俺の店なんだ」一年先輩の速水は、着々と縄張りを開拓しているようだ。

「他の署員は来ないんですか？」

「そう。先輩とかいると、落ち着いて飯を食えないからさ。翼君が使うのは自由だけど、俺が飯を食ってるのを見つけても無視してくれ」

「別に、奢ってくれなんて言いませんよ」今日も割り勘にするつもりだった。

「いやいや、彼女と来ることが多いからさ」

「速水さん、彼女、いるんですか？」

「いるよ。交通課で、一歳年上。ミニパトに乗ってる」

誰だろう……川崎中央署の交通課は大所帯で、当直の時ぐらいしか顔を合わせないから、ピンとこない。

「今度、紹介して下さいよ」

「いやあ、どうかな。翼君はイケメンだから、彼女がなびくと困る」

「そんなこと、ないでしょう」

どうでもいい会話を交わしているうちに、気分がぐっと解《ほぐ》れてきた。年齢が離れている先輩たちと一緒だとどうしても緊張してしまうのだが、年齢が近い速水が相手だと気楽に話せる。

会計の時は、きっちり割り勘にした。その時、店員に被害者の似顔絵を見せてみる。聞き込みの時も、その合間に食事をする時も、初対面の人にはこの似顔絵を見せるようにしていた。特に飲食店の従業員は、案外客の顔を覚えているものだから……期待は外れた。レジにいた親切な店員は、他の店員にも確認してくれたのだが、誰にも見覚えはなかった。

そんなに上手くいくわけがないか。しかしこのままだと、被害者の身元も特定できないまま、事件は迷宮入りしてしまうかもしれない。発生からわずか一週間で、大きな壁にぶち当たったような気分だった。いや、そもそも最初からこの壁があって、一歩も前進していないのかもしれない。

外へ出ると、せっかく内側から温まったのに、あっという間に冷えてしまう。銀柳街はいつも通り、大変な人出だ。パトロールの時は大変だった、と思い出す。酔っ払うと、警察官に対してやけに馴れ馴れしく、あるいは攻撃的になる人はいるものだ。

レジでもらったガムを噛みながら歩き出す。速水は川崎駅の方へ消えていった。そのまま電車で帰るのか、あるいはこれから一人で呑みにいくのか……まあ、一時間少しで解放されて、腹も一杯になったから、いい一日の締めくくりだった。

「村上君？」

いきなり大声で呼びかけられ、驚いてガムを呑みこんでしまった。うわ……これ、大丈夫なのかな。

振り返ると、河岡《かわおか》ジムの会長、河岡だった。ちょうどいい具合に出来上がっている。

上機嫌で顔は赤く、足取りが少し怪しい。数人の若者を引き連れている。全員、研ぎ澄ましたような体つきに鋭い目つき——ジムに所属するボクサーたちを引き連れて、呑みに出たのかもしれない。ボクサーというと、酒などに縁がないストイックなイメージがあるのだが。

「やあ、あんたも一杯やってたのか？」河岡が口元に盃《さかずき》を持っていく真似をする。

「いや、飯です。酒は呑めないので」

「そうかい？　その体格だと、いかにも呑みそうに見えるけど」

「いえいえ、とんでもないです……その節はお世話になりまして」

「いや、こっちこそ悪かったね。いい加減な情報で無駄足を踏ませちまって」

「その後、向こうから連絡はないんですか」

「ない」

河岡がふいに手を振って、同行していた若者たちを先に行かせた。二軒目に行くのか、このまま解散なのか……喧騒の中で河岡と二人きりになり、村上は唐突に緊張感を抱いた。河岡は圧が強く、一緒にいるだけでプレッシャーを受けるタイプなのだ。

「いい加減な人間なのかもしれないな。俺も人を見る目がない」

「河岡さんは会われたんですよね」

「ああ」

「どんな人でした？」

「正体はよく分からないが、ちょっと普通の人ではない感じはしたね」

「裏社会の人間とか？」

「そうかもしれない。とにかく、筋がよくなかったんだろうな」

たぶん、河岡がつないでくれた線は使えない。彼が広げた網には、余計なものも引っかかってしまったのだろう。

「影山はどうしてる？」

「相変わらずです」

「あんたたち、忙しいんじゃないの？　ほら、例の……」

「私たちは、ですね。影山さんは勝手に動いてます」

「しょうがねえな」河岡が苦笑した。「でも、許してやってくれよ。ボクシングは個人競技なんだ。のめりこんでいた人間は、どうしても団体行動が苦手になる」

確かに、試合になれば頼れるのは自分だけだろう。しかしボクシングと警察の仕事は違う。警察は基本的に「団体競技」だと分かって入ってきたはずなのに、体と心に根づいたものは簡単には消えないのだろうか。

「影山のこと、よろしく頼むよ」河岡が頭を下げる。「あいつは一人でやれる男だけど、ずっときつい目に遭ってきた。そろそろ楽にしてやりたいんだけど、俺たち外部の人間にできることには限りがあるからな」

素直に「はい」とは言えない。十年前の事件には惹《ひ》かれているが、影山に全面的に協力するかというと、それはまた別の話だ。影山と上手くやっていける人間がいるとは思えない。

　別れ際、村上はスマートフォンを取り出した。聞き込みなどで会った人に、例の似顔絵を見せるのは、完全に習慣になっている。

「この似顔絵に見覚えはないですか？」

「ああ？　誰だい？」

「実は、この前の事件の被害者なんです」村上は声を低くした。「まだ身元が分かってないので、似顔絵で確認してるんですよ」

「さすがに死体の写真は見せられないか」

「ええ」

　顔の前にスマートフォンをかざすと、河岡が顔を近づけた。途端に顔色が変わる。村上のスマートフォンを摑み取ると、すぐに「おい」と太い声を上げた。

「見覚えがあるんですか？」村上は途端に鼓動が跳ね上がるのを感じた。

「こいつは……例の、姿を見せなかった情報提供者がいただろう？　竹上《たけがみ》と名乗った奴だ」

「ええ」

「そいつだよ。百パーセント確実とは言えないが、九十パーセントの自信はある」

第五章　危険な男

1

翌朝の会議後、問題の人物の特定が終わるまで、刑事たちは禁足を命じられた。待つ間は何もすることがない。村上《むらかみ》は捜査本部の不味《まず》いコーヒーをお替わりし、何とか眠気を吹き飛ばそうとした。昨夜、河岡《かわおか》から情報を得た後、関《せき》たちに報告を上げて確認作業に取りかかり、一通りの準備を終えた時にはもう日付が変わっていた。寝不足の日々はまだ続いている。

村上としては悔いが残る。竹上《たけがみ》と名乗った男の電話番号は最初から分かっていたのだから、早くに契約者名を割り出しておくべきだった。約束をすっぽかすような相手だから大した情報ではないだろうと放置して何もしない間に、謎が膨らんでしまった。殺された人間が、十年前の事件について影山《かげやま》に情報を提供しようとしていた——これは偶然なのか？　そして結局、土壇場で面会をキャンセルしたのは何故だろう。十年前の事件と今回の事件がつながっている？

考えれば考えるほど分からなくなる。被害者の身元が確認できたら、この謎は解けるのだろうか。

「翼《つばさ》君、お手柄だったじゃないか」速水《はやみ》がニヤニヤしながら近づいてきた。

「焼肉の効果ですかね」

「だったら毎日焼肉でもいいな」

「太りますよ」

「少しぐらい太っても、仕事が進んだ方がいいよ」

村上は肩をすくめ、コーヒーを飲み干した。眠気覚ましには、この不味いコーヒーよりもガムの方がいいかもしれない。ちょっと外へ出て買ってこようか――。

「契約者、分かりました！」

携帯のキャリアと連絡を取っていた刑事が、大声を上げる。それが合図になったかのように、他の刑事たちが一斉に立ち上がった。立ち上がる必要もないのだが、村上も、空のコーヒーカップを手に、つい立ち上がっていた。

「鹿島悦郎《かじまえつろう》、住所は横浜市神奈川区斎藤分町《よこはまかながわさいとうぶんちょう》――」

そこまで聞いて、村上はすぐにピンときた。自分が通っていた大学のすぐ近くなのだ。

「情報を板書しろ」関が命じると、電話を受けた刑事が手帳を持って、会議室の前にあるホワイトボードに向かった。乱暴な字で、摑《つか》んだ情報を書きつけていく。村上は自分のスマートフォンで問題の住所を検索した。やはりそうだ。東急東白楽《とうきゅうひがしはくらく》駅の西側、まさに駅から大学へ向かう途中……高台へ上がる坂にへばりついたような場所で、小さなマンションがいくつかあったはずだ。そこに住んでいる大学の友人も何人かいた。

関が、本部の管理官、宇津木《うつき》とこそこそ相談し始めた。関が何か告げた瞬間、宇津木の表情が一変する。顔色が白くなり、眉《まゆ》が吊《つ》り上がって険しい顔つきになった。そんなにまずい情報だったのか？　少し離れたところから見ていた村上は、思わず心配になった。

しかし二人はすぐに話を切り上げ、指示を飛ばした。取り敢《あ》えず、当該の住所へ飛んで身元の確認。村上は、速水と一緒に現場へ向かうことにした。

「翼君、この辺よく知ってるんじゃないか？　君の大学の近くだろう」車を発進させるとすぐに速水が言った。

「毎日歩いていた場所ですよ」

「どんなところ？」

「普通の住宅街です。賑《にぎ》やかなのは、東白楽じゃなくて、隣の白楽《はくらく》ですね」

村上は手帳を広げ、情報を頭に叩《たた》きこんだ。とはいえ、現段階で分かっている事実は、それほど多くない。名前、住所、年齢——四十二歳という年齢は、遺体の特徴と一致しているように思える。

「四十二歳ですか……」村上は事前に、現場の様子をグーグルストリートビューで確認していた。当該住所は、いかにも学生向けらしい小さなマンション。その年齢でこういうマンションに住んでいるということは、金回りはよくなかったはずだ。

「まあ、この歳だったら、大学生じゃないだろうね」

「ですね」

速水は首都高を使わず、第一京浜《けいひん》をひたすら横浜方面へ走った。午前九時過ぎ、まだ上りは混んでいるが、下りはそれほどでもない。それに速水は、遠慮なくサイレンを鳴らして他の車を蹴散《けち》らしていく。緊急走行すべきかどうかは難しいところだが。

署から現場まで、三十分弱。途中、細い道路が百八十度曲がる場所があり、速水は何度も切り返してようやく突破した。そうそう、こんな道路があったと思い出す。駅から大学へはここが近道だったのだが、あまりにも坂が急なので避けて遠回りしていた。

細い道路脇に車を停める。本部の刑事たちが乗った車は先着していた。二人が車を降りると、すぐに近づいて来る。

「そこのマンションだ。反応はない」大柄な刑事が報告した。

「鍵《かぎ》は……」速水が訊《たず》ねる。

「不動産屋に連絡して、開けてもらうしかないな。俺たちは近所の聞き込みを始める。不動産屋と連絡が取れて、部屋に入れるようだったら電話してくれ」

「了解です」

速水が当該のマンションを調べ、不動産屋を割り出した。彼が電話をかけて、すぐにこちらへ来るように要請している間、村上は入手したばかりの鹿島の写真を確認した。免許証の写真のコピーで、こちらへ来る間にメールで送られてきたものである。

実際、似顔絵とよく似ていた。免許証の写真はとかく人相が悪くなりがちなのだが、これも相当ひどい。まるでカメラに恨みでも持っているように、睨《にら》みつける写真だった。顎《あご》が細いせいで、顔は逆三角形に見える。口の横に、かなり目立つ大きな傷跡があるのが分かった。遺体を見た時には確認できていなかったが……髪は短い。薄いTシャツを着ているので、夏に撮られた写真だろう。実際、鹿島の誕生日は八月十日だ。

「十五分ぐらいでここへ来るそうだ」速水がスマートフォンを背広のポケットに落としこんだ。「翼君、この辺で不動産屋を待っていてくれないか？　俺もちょっと聞き込みに回る」

「俺も行きますよ」

「誰もいないと、不動産屋も困るじゃないか。来たらすぐ、連絡してくれ」

誰かを待つだけの時間が仕事とは思えないが、それでも速水の指示には一理ある。仕方なく、マンションのホール前に立ち、「休め」の姿勢を取った。何となく、このマンションの警備をしているような気分になる。

腕時計を見ながら待っていると、実際には不動産屋は十二分でやって来た。まだ若い女性で、必死の形相で自転車を押している。

「白楽エステートさんですか？」村上は訊ねた。

「はい」女性が呼吸を整えながら答えた。

「川崎《かわさき》中央署の村上です。鍵は持ってきていただけましたか？」

「はい」

　はい、以外の言葉を発するのもきつそうだった。コートのポケットから鍵を取り出し、村上に向かって差し出す。村上はすぐに、速水と本部の刑事に電話を入れた。

「すぐにうちの上司も来ますけど……」

「待ちません」村上は宣言した。「中に死体があるわけではないですから」

　途端に、女性社員の顔から血の気が引いた。この分だと、彼女は役に立たないな、と判断する。本当は、部屋に入る時に立ち合いが必要なのだが……。

「部屋の広さはどれぐらいですか」

「十畳のワンルームです」

「三〇一号室の鹿島さんが、いつからここに入っていたか、分かりますか？」

「ここでは分かりません。会社の方で確認しないと」

「では、我々が部屋を調べる間に、鹿島さんの情報を集めておいてもらえませんか？　個人情報に関するものなら、何でも構いません」

「契約書の内容はすぐに分かると思いますけど、それ以上のことが分かるかどうかは、何とも言えませんよ」

「できる範囲でお願いします」

　村上が頭を下げたところで、速水たちが戻って来た。村上が鍵を掲げて見せると、本部の刑事が「すぐに入ろう」と指示した。

村上が先に立ち、マンションの中に入った。小さなマンション——四階建てで十六戸しかなかった——だが、オートロックになっていてセキュリティは万全だ。エレベーターが一階に到着して、いかにも女子大生っぽい女の子が出て来る。スーツ姿の四人の男が待機しているのを見て一瞬ぎょっとした表情を浮かべたが、さっと頭を下げると、隙間をすり抜けるように出て行った。

「翼君、こういう時は愛想よくしないと」速水が茶化すように言った。

「俺がですか？」

「君が一番、女の子受けがよさそうだから」

「マジすか」

「無駄口を叩くな！」

本部の刑事が厳しく声を飛ばす。しかし速水はあまり気にしていないようで、かすかに肩をすくめるだけだった。

三〇一号室の前に立つと、村上は鍵を取り出した。

「ちょっと待て」本部の刑事が待ったをかける。「ゆっくりやれ。中に何があるか分からないから、用心していこう」

「了解です」

しかし、ゆっくりと鍵を開けることはできない——というより無駄だ。村上は一気に鍵を回し、ドアノブに手をかけた。そこから、できるだけ時間をかけて引く。人一人が入れるだけの隙間が開くと、素早く速水が顔を突っこんで中を見回した。

「誰もいないようです」

誰も、というのには死体も含まれるだろう、と村上は判断した。鹿島以外の人間がここで死んでいたら、事件はいっそう複雑化してしまう。

「よし、速水が先兵で入ってくれ」本部の刑事が指示する。

「はい——そこまで用心することはないと思いますけど」

「いいから、用心しろ！」

速水は何も言わず、ドアの隙間から部屋の中へ身を滑りこませる。本部の二人の刑事が続いた。村上はその間ずっと、ドアを押さえたままでいた。

三人は玄関先で渋滞していた。後ろから見ると、玄関は二人立っているだけで一杯になってしまうぐらいの広さしかない。そこに三人が立って、現場用のオーバーシューズを履いているのだ。屈《かが》んだり立ったりで、三人の体がしきりにぶつかり合う。村上は三人が部屋に入るのを待って、ようやく玄関に立ってドアを閉めた。

自分も玄関でオーバーシューズを履いて、部屋に一歩を踏み入れる。十畳のワンルームというとそこそこ広いのだが、中はごちゃごちゃしていて、それほど広くは見えなかった。しかも先に三人が入っているので、かなり窮屈な感じになっている。

カーテンは開いていて、弱い日射しが部屋に入ってくる。中の様子を確認できるぐらいには明るかった。汚い部屋だな、というのが第一印象だった。「汚部屋」になる一歩手前。ベッドやデスクはなく、布団が部屋の角で丸まっている。家具らしい家具はローテーブルがあるだけで、その上はビールやカップ麵《めん》の空き容器で一杯になっている。大きな灰皿は床に直《じか》に置かれていて、その周辺には黒い点々が見える。煙草が落ちて、床に焼け焦げを作ったのだろう。これは、出る時に敷金が戻ってこないパターンか……もっとも、この部屋の契約を解除するのは彼ではないが。

三人が、部屋の中を調べ始めた。

「村上は、キッチンをチェックしろ」

本部の刑事の指示を受けて、村上は作りつけのキッチンの前に立った。と言ってもワンルームのキッチンなので、極々ささやかなものである。ガス台の火口は一つだけ。その上に簡単な食器入れがあったので開けてみたが、空だった。調理器具もなし。ここで食事を作ることはなかったのだろう。

冷蔵庫も作りつけの小さなもので、開けてみると、ビールが三本と水のペットボトルが二本入っているだけだった。侘《わび》しい一人暮らしの様子が容易に想像できる。これなら、村上の部屋の方がよほどまし——生活感がある。

部屋の捜索は、一時間ほど続いた。しかし、めぼしいものは見つからず、本人の身元につながるものは出てこなかった。鑑識も到着して詳しく調べ始めたので、村上たちは部屋を出ることにした。

部屋の外では、先ほどの女性社員、それに中年の男性社員が不安げな表情を浮かべて

「もう少し時間がかかりますので、その間、事情を聴かせて下さい」本部の刑事が言って、二人を一階のロビーに連れて行った。小さなソファがあったので二人を座らせ、事情聴取を始める。全員が座れる場所はないので、村上は立ったまま話を聞いた。

鹿島がこの家に入居したのは一年半前。以前住んでいた中区《なか》から引っ越してきたらしい。前の住所は判明したが、そこを調べてもあまり意味がないだろう。ここと同じような小規模マンションらしく、家族と暮らしていたとは思えない。鹿島のことを知る関係者を探し出すには、少し時間がかかりそうだ。

連絡先は携帯電話の番号、保証人はおらず、賃貸保証会社を利用していた。そこに当たれば、少しは話が前進するだろう。一気に全てが分かったわけではないが、確実に前に進んでいるはずだ、と村上は自分に言い聞かせた。

部屋の詳しい調査を鑑識に任せ、村上たちは近所の聞き込みに回った。プライバシー重視の集合住宅のせいか、鹿島とつき合いのある人はまったく見つからない。都会の住宅地はこんなものだと分かっているが、どうにも釈然としない。

昼過ぎ、一時休憩にした。東白楽駅まで降りて行き——まさに降りて行くと言うべき坂道だった——昼食を食べる店を探す。村上の記憶にある通り、手早く食事が取れるような店はほとんど見当たらなかった。駅の反対側、東口でも事情は同じようなものである。結局、学生時代に何度か入ったことのある定食屋に速水を案内した。小綺麗《こぎれい》な喫茶店風なのだが、爆発的な量の定食を食べさせる。学生時代の感覚では割高だったが、給料をもらう身になった今となっては、それほど高くない。五百円台からせいぜい八百円台だった。

ランチタイムを過ぎているせいか、客はほとんどいなかった。二人は店の入り口にあるチケットの自販機のところで、メニューを確認した。そうそう……次第に記憶が蘇《よみがえ》ってくる。量もすごいが、とにかく肉と脂の総攻撃、という料理ばかりだった。チキンカツと鳥の唐揚げを丼飯に載せ、上からこれでもかとタルタルソースをかけた丼など、常に腹を減らしていた学生時代でも持て余したのを思い出す。スタミナ丼はそれ以上で、玉ねぎがたっぷり入った生姜《しょうが》焼きに唐揚げ、カツが載って、温玉で止《とど》めを刺す組み合わせだった。

「なかなか激しそうな店だね」速水が苦笑する。「お勧めは？」

「速水さん、腹減ってます？」

「まあ、普通かな」

「だったら、豚骨ラーメンぐらいにしておいた方がいいかもしれません」

「それをご飯セットにするとか？」

「それだときついと思います」確かラーメンも本格的な豚骨味で、かなりのボリュームだった。何を食べても胃もたれに悩まされそうだと悩んだ末、チキンカツカレーにした。カレーだけだと、量が多過ぎて飽きてしまうだろう。チキンカツならとんかつよりヘルシーなはずだし、何しろ五百八十円だ。

「俺、チキンカツカレーにします」

「いくねえ」速水が面白そうに言った。「俺もそうするかな。チキンカツなら軽そうだし」

軽くなかった。

カレーはやや大盛りという感じだったが、とにかくチキンカツが大きい。掌《てのひら》よりも大きいのが、どんと一枚載っており、しかも切られていない。端から齧《かじ》りついてくれ、ということだろう。数年前の自分なら大喜びしていただろうが、今は見ただけでげんなりしてしまう。

しかし意外に軽く、さっさと食べ進められた。このサイズでとんかつだったら辟易《へきえき》してしまっただろうが、鶏肉《とりにく》だし、衣がサクサクしていて食感が軽いので、何とか全部いけそうだ。カレーは少し酸味が強く、そのせいかご飯が進む。こんなに美味《うま》かったかな、と村上は首を傾げた。あれから数年経って、こちらの味覚が変わったのかもしれない。

「美味いね、ここ」速水が満足そうにうなずいた。細い割に大食いの彼は、このボリュームを苦にせず、村上より速いペースで食べ終えた。「この辺に通うようになったら、毎日来てもいいいな」

「マジで太りますよ」

「こういう忙しい時こそ、エネルギーチャージが大事だから。これで午後も頑張れる」

「ちょっと気になっていたことがあるんですけど」村上は話題を変えた。

「なんだ？」

「この人、何者なんですかね」村上は、鹿島の名前は出さずに言った。

「何者って？　それを今、調べてるんじゃないか」

「上の方が」村上はフォークを持ったまま、天井を指さした。「何か知ってるような感じなんですよ」

「そうなのか？」

「関課長と宇津木管理官が、何だか思わせぶりに相談してたんです」

「それだけじゃ、何だか分からないだろう」

「うーん……勘っていうだけじゃ駄目ですか？」

「それはちょっと買えないな。幹部連中のひそひそ話なんて、しょっちゅうじゃないか。一々気にしてたらきりがない」

「まあ……そうですかね」

「あまり疑心暗鬼になるなよ。疲れちゃうからさ」

「ですよね」適当に話を合わせたが、自分では納得できなかった。

店を出たところでスマートフォンが鳴った。先ほど噂したばかりの関だった。

「課長です」村上は速水に告げた。

「話が終わるまで待ってるよ」

速水が、店の前にある自販機でコーヒーを買った。自分の分だけ。それを横目で見ながら電話に出る。

「今、聞き込み中だな？」

「はい。まだ特に報告はないんですが」

「聞き込みは中断だ。署に戻って来てくれ」

「今、速水さんと一緒ですけど……」

「お前一人でいい」

「え？」

「速水はそのまま現場での聞き込みを続行だ。お前だけ本部に戻れ」

「何事ですか？」自分たちがここで靴底をすり減らしている最中に、何か重大な情報でも入って来たのだろうか。

「それは戻ってから話す。とにかく、大至急戻って来い」

「……分かりました」

命令されれば仕方がない。電話を切って、村上は缶コーヒーを飲んでいる速水に「署に戻ります」と告げた。

「何かあったのか？」

「分かりません。課長、何も言わないんですよ」

「怪しいな……もしかしたら、翼君の観察が正しかったのかもしれない。気をつけろよ。

面倒な仕事を押しつけられたら、逃げる方法も考えないと」

「いや、それはできないでしょう」

「上手《うま》く立ち回れってことだよ」速水がニヤニヤしながら村上の肩を叩いた。「翼君ってさ、声をかけやすいんだよね」

「最年少だからですか？」

「いや、そういうわけじゃなくて、きっちり仕事をしてくれそうだから。だからこそ、影山さんも声をかけてきたんじゃないか？」

「影山さんには、期待なんかされてないですよ」

「課長は期待してるのかもな。何か特命を申しつけられるかもしれないけど、受けるならよく考えてからにしろよ。期待されるのはありがたい話だけど、何でもかんでも人の言う通りにしていたら、そのうち潰《つぶ》れてしまうから」

2

「影山と連絡が取れるか？」署に戻るなり、関が訊ねた。

「電話はできますが……」向こうが出るかどうかは分からない。

「呼び出してくれ。確認したいことがある」

「構いませんけど、反応はないんですか？」

「俺が電話しても出ないんだ」関が顔を歪《ゆが》めた。「奴のわがままには、いい加減うんざりだ……それはともかく、何とかここへ呼び出せ」

村上はスマートフォンを取り出し、影山の番号を呼び出した。すぐに留守番電話に切り替わってしまう。もう一度かけ直しても同じ。留守番電話に切り替わってしまったので仕方なくメッセージを残し、さらにショートメールを送っておいた。

「反応、ないですね」

「そうか……」関が腕組みをした。

「課長、いったい何事なんですか」

「言いにくい話だ」

「俺が説明しよう」管理官の宇津木が渋い表情で引き受けた。

「いや、管理官、それは……」

「この際だから、はっきり言っておいた方がいい。村上を適当に使っただけで、何も教えないのは不公平だろう」

「あまり話が広まると、よろしくないですよ」

「俺は、口は堅いです」村上はつい口を挟んだ。「命令されれば、絶対に口をつぐんでおきます」

「座れ」宇津木が命じたので、村上は椅子を引いて来て座った。宇津木が、「もっと近くへ」と苛《いら》立《だ》った口調で続ける。そんなに近いとかえって話しにくいのではないかと思いながら、村上は椅子を前へずらした。

「影山が、監察官室に垂れ込みをした話は聞いてるな?」

「はい」

「その件は、公式には一切公表されていない。情報提供者の匿名性が守られないと、監察官室への情報提供はなくなってしまうからな」

「そう……ですね」

「だから監察官室は、誰から情報が出たかは一切公表しない。必要な調査をして、適切な処分をするだけだ。影山が情報提供したと言われている件も、本当はどういうことだったのか、公式にはまったく分からない」

「でも、噂が流れているということは、どこかから情報が漏れたということでしょう」

「それは否定できない」宇津木がうなずく。「俺も、噂として聞いた」

「それじゃ全然、情報管理ができていないじゃないですか」村上は思わず指摘した。

「そう言うな」宇津木が唇を歪める。「警察ではよくある話だ」

「それで……その件と今回の一件が、何か関係しているとでも言うんですか?」

「影山の垂れ込みでどんな結果になったか、知ってるな?」

「暴力団員と不適切な関係があった暴対課の刑事が辞めた、と聞いています」

「不適切な関係か……それは簡略版だ」宇津木がうなずく。「より詳細に言えば、問題の刑事は、暴対課の捜査情報をマル対に流していた」

「大問題ですよね」

「大問題だ」宇津木が同調する。「監察官室がチェックしたところ、実際に暴対課が担当した捜査で、空振りに終わったことが何度かあった。主に薬物関係の捜査だが」

「家宅捜索《ガサ》をかけても何も見つからなかった、ということですね」この話は既に今宮《いまみや》から聞いていた。

「そういうこともあった」

それにしてもとんでもない話だ、と村上は言葉を失ってしまった。警察の捜査を、刑事が潰しにかかったことになる。薬物関係の捜査が、細かい情報の積み重ねだということは、村上も知っている。入念な内偵の後、確実にブツがあると判断して踏みこんだのに何も出てこない——担当する刑事たちがどれだけがっくりきたかは、容易に想像できた。

しかしすぐに、頭の中に皮肉が入ってくる。

「それだけの大問題を起こしたのに懲戒解雇じゃなくて自主的に退職って、ある意味おかしくないですか？　馘《くび》——いや、逮捕されても不思議じゃないぐらいの事案だと思います」

「そこは監察官室の判断だから、俺には何とも言えない」宇津木が指先で、神経質そうにテーブルを叩いた。「この事件の登場人物は三人いる。監察官室に情報を入れた影山、暴力団に情報を流して辞めた暴対課の刑事、中内《なかうち》。そして中内から情報を受け取っていた暴力団員」

「はい」急に筋書きが読めてきて、村上は自然に背筋が伸びるのを感じた。「もしかしたら、その暴力団員が――」

「そう、そいつが鹿島悦郎なんだ」宇津木が低い声で認めた。「俺たちは、中内が関係していた暴力団員の名前を知らなかったが、さっき、暴対課から内密で情報が回ってきたんだ」

二人が、慌てて影山を摑まえようとしている理由は分かった。何か情報を摑んでいるのでは、と疑っているのだろう。しかし彼からのコールバックはない――まるで逃げ回っているかのように。

「まさか、影山さんが殺したんじゃないでしょうね」村上はつい言ってしまった。

「いや、それはないだろう」宇津木が即座に否定した。しかしそれを信じているわけではなく、そうであって欲しいと願っているような顔つきだった。「あいつが鹿島を殺す理由は見つからない。やるとしたら中内だろう」

「中内と鹿島はつながっていたんじゃないんですか」鹿島が十年前の事件の情報を提供しようとしていたのは何故か。疑問がどんどん膨らんでいったが、二人に詳しい事情を話す気にはならなかった。影山の動きにつながる話であり、二人がそれを知れば事態はさらにややこしくなる。

「ああ。ただ、その関係のせいで、中内は警察での職を失った。鹿島を逆恨みしている可能性もあるんじゃないかな」

「確かに、それはありそうですね」

「警察を辞めた後、中内がどうしているかは分からない。どこかがフォローしているかどうかもはっきりしない。影山なら何か知っているかもしれないだろう」

「影山さんに連絡できるかどうかは分かりませんけど、監察官室なら、話ができる人がいます」

「ああ？」宇津木が目を吊《っ》り上げた。「何でお前、監察官室に知り合いがいるんだ」

「影山さんの監視を命令されたんです」この件はもう隠してもしょうがないだろうと思い、村上は打ち明けた。

「この前呼ばれたのはその件か？」関が訊ねる。

「はい。監察官室から見たら、影山さんも要注意人物なのかもしれません」

「で、お前はスパイを引き受けたんだな」関が目を見開く。

「スパイ……まだ何も報告していません」

「相手は今宮さんだな」

「それは……」村上は口をつぐんだが、呼び出された時、関には相手の名前を報告していたと思い出す。

「連絡は取れるな？」

「取れるはずです。ただし、ちゃんと情報がもらえるかどうかは分かりません」

「分かった。駄目もとでやってみてくれ」

　確かに俺は、仕事を押しつけられやすい人間かもしれないな、と村上は思った。しかし、こんなに立て続けにややこしい仕事をさせられてはたまらない。ややこしいというか、下手すると警察業務の根幹にかかわるような一件ではないか。

　ずっと手にしていたスマートフォンが鳴る。チラリと見ると、影山からのコールバックだった。とっさの判断で、二人には知らせないようにする。

「すみません、ちょっと別件の電話です」慌てて言って席を立ち、廊下に出る。そこで通話ボタンを押したが、「もしもし」と言っただけで、すぐに廊下の端まで駆けて行った。階段を降り、二階と三階の途中にある踊り場まできて、ようやくきちんと話をする準備ができた。

「どうかしたか」影山はむっつりしていた。すなわち、いつもと同じだ。

「影山さん、今どこにいるんですか？」村上は声を潜めて訊ねた。

「聞き込みだ」影山が無愛想に答える。

「一つ、聞いていいですか」村上はふいに、先日の夜、刑事課で会った時の影山の様子を思い出していた。「この前、刑事課で防犯カメラの映像を見ましたよね？　あの時、何かに気づいたんじゃないですか」

「いや」影山があっさり否定した。

「あの映像に写っていた人が誰か、気づいたとか」彼は映像を見てもまったく反応していなかった——村上にはそう見えたのだが。

「何が言いたい？」

「被害者の身元が分かったんです。暴力団員の鹿島悦郎です。影山さん、この男を知ってますよね」

「いや」またも否定。本当に知らないのか隠しているのか、今の村上には判断材料がない。

「影山さんの情報提供で県警から追い出された中内という刑事から、情報をもらっていた人間です。そういう人間が殺されたとなったら、中内という刑事が関わっていると考えるのは不自然じゃないですよね」

「元刑事、だ」影山が訂正した。

「分かりました——その元刑事の中内という人の連絡先は分かりませんか？」

「俺は知らない。そんなことで、俺を当てにするな」

「捜査本部に来てもらえませんか？　課長が捜してるんですよ」

影山は何も言わず、いきなり電話を切ってしまった。どこまで自分勝手——秘密主義なのかと呆《あき》れたが、今はこれ以上突っこみようもない。しかし村上は、防犯カメラの映像に写った人物が中内ではないかという疑いを拭《ぬぐ》えなかった。刑事課で映像を見た時の影山の態度も不自然だった。新たな視点——車を盗んだ男が中内かもしれないという前提で映像を見直せば、何かが見つかるかもしれない。

どうせ影山は何も言わないだろうから、この件は自分から進言してみよう。その前に、今宮に電話しないと。

捜査本部に戻ると、村上は「失礼しました」と二人に向かって頭を下げ、すぐに「監察官室に連絡します」と告げてまた捜査本部を出た。二人は何も言わなかった。村上がネタ元を守ろうとしていることは、承知しているのだろう。

村上は、落ち着いて話をするために、刑事課に足を運んだ。留守番役として知能犯担当の刑事がいるだけで、しかも電話で話しているので、こちらの会話を聞かれる心配はなさそうだ。

直接、今宮の携帯を呼び出す。監察官室というと会議ばかりやっているようなイメージがあるのだが、今宮はすぐに電話に出た。

「君か……どうした」

「お忙しいところすみません」

「いや、別に忙しくはない」

奇妙な否定の仕方だと思ったが、村上はすぐに本題に入った。

「先日、当署管内で発生した殺人事件の関連です」

「おいおい、うちは捜査部署じゃないよ」

「分かってます」

村上は手早く事情を説明した。今宮は途中から黙りこんだが、メモを取っている様子が窺《うかが》えた。話し終えると、「中内の居場所が知りたいんだな？」とすぐに訊ねた。

「ええ」

「こちらでは把握していない。横浜にいるというのは聞いているが」

「そうですか……」今宮があっさり言ったので、村上は拍子抜けした。先日もそう聞いていたが、実質的に警察から追い出した人間のその後など、どうでもいいということか。

「ただし、調べられないことはないと思う」

「こちらでも行方は追いますが、監察官室で調べていただいた方が早いかと……」

突然、今宮が声を上げて笑った。笑われるような話をした覚えはないのだが。

「ある意味、君はすごいな」

「何がですか」

「監察官室に仕事を押しつける――刑事一年目の人間がやることじゃない。いや、刑事一筋三十年の人間だってそんなことはしない。できない」

村上は耳が赤くなり、鼓動が速くなるのを感じた。確かにその通り――監察官室は、いわば「警察官を調べる警察」だ。警察官の不祥事を調査するのが専門の部署に、殺人事件捜査の協力を依頼するなど、図々《ずうずう》しいにもほどがある。筋違いだと電話を切られて、経歴に非公式のバツ印をつけられても何も言えない。

「すみません。こっちの捜査幹部に脅されました」

「そんなことだろうと思ったよ。分かった、とにかく調べてみる。ただし、うちは手がないから、時間はかかると思う」

「ヒントだけでもいただければ、こちらで一斉にかかって調べることもできると思います」

「まあ……これぐらいは、うちで面倒を見てもいい」

「すみません。お手数おかけします」見えない相手に向かって頭を下げ、電話を切った。

先ほどまで電話していた刑事が、奇妙な目つきで村上を見たが、村上はひょいと一礼しただけで目を合わせず、すぐに席を立った。やらなくてはいけないことが山積みだ。


中内の居場所は、すぐには分からなかった。村上も捜査に加わったのだが、圧倒的に手がかりが少ない。

中内は結婚していて、妻と小学生に上がったばかりの息子がいた。しかし夫婦仲は悪く、中内が警察を辞める三ヶ月ほど前には離婚が成立していた。中内はローンで買った家を出て行き、妻もほどなくその家を処分して、南足柄《みなみあしがら》市にある実家に帰ってしまった。

中内の元妻とは連絡が取れたが、中内の現在の連絡先は分からないという。引っ越し先は不明、離婚してからは携帯も変えたようで、その番号は妻も知らなかった。そんなに簡単に夫婦の縁が切れてしまうものかと村上は不思議に思ったが、妻は中内の現役時代に、既に怪しい雰囲気を感じ取っていたのだという。暴力団とつき合いがあるらしい

——刑事の妻をしていると、そういうことに敏感になるものだろうか。

夜の捜査会議は、事件発生以来初めて沸き立っていた。被害者の身元判明というのは、やはり大きな前進だ。ただし中内の話が出ると、その興奮は速やかに消え去っていった。「元」とはいえ、刑事が犯罪に関わっていたとなると、事はさらに深刻になる。

村上は翌日、鹿島の周辺捜査を命じられた。鹿島が所属する暴力団、洪仁会《こうじんかい》の関係者への事情聴取。いきなりヤクザに話を聴くのかよ、とビビる。それをあっさり速水に見抜かれてしまった。

「別に、ビビることはないよ」

「速水さん、ヤクザに事情聴取したこと、あるんですか」

「ない」速水が即座に否定した。「でもさ、今回、連中は容疑者じゃない。だから、普通に『被害者の関係者』として話を聴けばいいんだよ。鹿島が最近何をしていたかとか、どういう人間とつき合いがあったかとか」

「速水、気楽な話じゃないぞ！」関がいきなり爆弾を落とした。「洪仁会は、中内からの情報提供で警察の摘発を逃れた組織だ。向こうだって、自分たちが微妙な立場にいることは分かっているはずだ。十分ケアして、慎重にやれ」

「了解です」速水がさらりと言った。やはり、事態を深刻に考えているとは思えない。

「洪仁会の連中に会う前に、植田《うえだ》に会っていろいろ教えてもらえ」関が指示した。「事前に、調べられることは調べておくんだ」

「分かりました」

関が離れていくと、速水が舌を出して肩をすくめた。この人は大胆なのか軽いのか……村上は未《いま》だに摑みかねている。

速水がテーブルに置かれた電話を取り上げ、内線番号をプッシュした。すぐに「お疲れ様です」と声を上げる。植田に電話したのだと分かった。

「すみません、速水です。ええ、捜査本部の関係で、ちょっとお話を伺いたいことがありまして。いいですか？　じゃあ、ちょっと下に降ります」言って電話を切る。

「植田さん、まだいたんですか？」

「マル暴担当の仕事は、夜が多いからね。俺たちとは時間がずれてるんだよ」

そう言えば、昼間植田の姿を見ることはあまりない。ずっと夜勤を続けているようなものだろうか。

二人揃って刑事課に入る。植田は一人、ゆったりとコーヒーを飲んでいた。まだろくに話したことがないが、一見したところ、暴力団担当の刑事には見えない。小柄で小太り、人の良さそうな中年男で、背広の内側にニットのベストを着ている。銀縁の丸眼鏡のせいもあって、何だか田舎の高校の先生のようだった。暴力団担当の刑事というと、本人も暴力団員のように強面《こわもて》のイメージがあるのだが。

「洪仁会がどうかしたか？」喋《しゃべ》り方も穏やかで、学校の先生イメージがさらに強まる。

「捜査本部事件の関係なんですけどね。被害者が洪仁会の組員なんですよ」速水が説明した。

「何と」植田が目を見開く。「まさか、マル暴同士の抗争じゃないだろうな」

「それなら当然、植田さんの耳に入ってるでしょう」

「そりゃそうだ」植田がうなずく。「名前は？」「鹿島悦郎」

「鹿島？　そりゃ違うよ」

「違うって、洪仁会の組員じゃないんですか」速水が焦った様子で迫った。

「昔は組員だった。でも、破門になったんだよ」

「もしかしたら、影山さんの件が原因ですか」村上は低い声で訊ねた。

「そういうことだ、新人君」植田が素早くうなずく。「君は、影山の話はどこまで聞いてる？」

「皆さんが知っているのと同じぐらいは知っている……はずです」

「俺たちは、本部やここの生活安全課と共同で、洪仁会の薬物事件を何とか挙げようとしていた。しかしガサをかけても何も見つからない——そういうことが三度続けば、当然情報漏れを推測する。そんな矢先、監察官室が中内を処分した。当然、うちとしても疑って事情を調べたよ。それでだいたい、何があったかは分かった」

「それと、鹿島が破門になったのと、どういう関係があるんですか」村上は訊ねた。

「洪仁会としては、鹿島は便利な存在だった。何しろ警察官を買って、いつでも情報が取れるようにしたんだから。しかしその関係がバレてしまったら、今度は逆効果だろう？　そこを警察に攻められる可能性もある。大きなプラスポイントが、一気にマイナスに転じたんだよ」

「よく分かりませんが……」

「中内を利用できている間は、鹿島は便利な存在だった。しかしその関係が表沙汰《おもてざた》になると、今度は奴がウィークポイントになる。警察官との不適切な関係を、警察が本気で攻めてきたら、穴が開く可能性が高くなるのさ」

「そんなものですか」よく分からない理屈だったが、村上は一応うなずいた。

「まあ、今のは傍証だ。俺たちもはっきり確認したわけじゃない。ただ、鹿島というのは洪仁会から見てもいろいろ問題がある人間で、中内との関係が壊れたのは、破門にするいい言い訳になったのかもしれない」

「なるほど……」

「しかし、あいつが被害者だったとはね」植田がゆっくりと首を横に振る。

「植田さんは、鹿島と面識はあるんですか」

「いや、俺はない。奴は下っ端で、俺らがターゲットにするような人間じゃなかったからな」

　四十二歳で「下っ端」と言われる暴力団員も、なかなか悲しいものがある。そして警察とのパイプを失ったら、組にとっては利用価値のない人間になってしまった、ということだろうか。

「前科もないしな。だから、身元の確認にこれだけ時間がかかったんじゃないか？　逮捕されれば指紋は残るし」

「ええ」

「この新人君が、大きな手がかりをひっかけてきたんですよ」速水が言った。

「何と」植田が目を見開いて村上の顔を凝視する。「君は、幸運の星の下に生まれたのかね。そういうのは大事にしないと」

うなずいたものの、自分でも納得したわけではない。幸運の星の下に生まれたら、普段からもっといい目に合っているのではないだろうか。

村上は河岡に電話をかけた。昨夜は彼から情報を聞いて、慌てて確認に走ってしまったので、満足に礼も言えなかったのだ。

「いやいや、それはいいんだけどね。もしもお礼したいんだったら、一杯奢《おご》ってくれ。今からどうだ？」

「構いませんけど……前にも言いましたけど、俺、呑《の》めないんですよ」

「そうだっけ？　いかにも呑めそうな感じがするけど」

「呑んでもいいんですけど、必ず倒れますから、後始末をよろしくお願いします」

電話の向こうで河岡が豪快に笑った。それから有無を言わさぬ感じで店の名前と場所を告げる。クラブチッタ通りにあるビアレストランだった。

クラブチッタ通りは、チネチッタ通りと交わる短い通りだ。名前の由来は、もちろんクラブチッタ。チネチッタ通りと同様に、どこかヨーロッパを思わせる石畳の街並みだ。銀柳街《ぎんりゅうがい》の、「いかにも川崎」らしいざわざわした雰囲気とは違う洒落《しゃれ》た空気が漂っていて、集まって来る人の年齢層もぐっと低い。村上も、非番の日にはプライベートで来ることがある。いつも若者で一杯で、今夜も通常営業の感じだった。

河岡が指定してきた店は、「マッジョーレ」の一階にあるビアレストランだった。結構遅い時間なのにまだ賑わっており、話をするのに相応《ふさわ》しい場所とは言えない。河岡は先に来ていて、既に生ビールを呑んでいた。そう言えば村上は、まだ夕飯を食べていない。空《す》きっ腹にビールが入るのを想像すると、きゅっと胃が痛くなった。

「すみません、何か食べていいですか？」

「何だ、夕飯食ってないのか」

「今日はいろいろありまして」

「忙しいのはいいこと……じゃないな。あんたたちの商売の場合は」

「ええ」

村上はメニューを眺め、適当に料理を頼んだ。飲み物は結局、烏龍茶《ウーロン》。ビアレストランで烏龍茶はいかにも馬鹿馬鹿しいが、酔っぱらうわけにもいかないから仕方ない。それに、外は身震いするほどの寒さだ。こんなところで冷えたビールをぐっと呑み干すと考えただけで、胃が痛くなってくる。

すぐに出てきたフライドポテトをつまみながら、早速話を進める。

「昨夜《ゆうべ》は本当にありがとうございました。おかげで一気に話が進みました」

「これで、あんたは表彰されたりするわけ？」

「いやあ、どうですかね」捜査途中では、そんな話が出るはずもない。検討対象になるにしても、全てが解決してからだろう。

「影山に聞いたんだけど、警察ってところは、やたらと表彰があるそうだね」

「そうですね」

「学校の延長みたいなんだな。餌で釣るっていうことだろうけど、何だかね」河岡が苦笑する。「そもそも公務員の仕事っていうのは、学校の続きみたいな感じがする」

「確かにそんな感じはします」特に警察の場合は……一人前になる前に、わざわざ時間をかけて警察学校で学ぶせいかもしれない。「昨日の件なんですけど、ちょっと確認させてもらいたいんです」

「いいよ」河岡がジョッキを持ち上げた。「酔っ払わないうちに何でも聞いてくれ」

「河岡さんのところへは、どんな感じで情報が入ってきたんですか」

「それは、詳しくは言えないな」河岡が急に渋った。「網を張った、とだけ言っておくよ。そこに引っかかってきたのが鹿島だった」

「一回、会ったんですよね」村上は念押しした。

「ああ。影山が会う前の、事前の面接みたいなものだ」

「会った印象、どんな感じでした？」村上は声を潜めた。「ヤクザ——元ヤクザなんですけど」

「そんな風には見えなかったな。冴《さ》えないオッサンでね」

圧の強い河岡からすれば、誰でも「冴えない」のかもしれないが。

「そうですか……」

「元ヤクザって言ったね？」

「ええ」

「言われてみれば、まあ、ヤクザっぽい感じがしないでもなかった。と言うか、チンピラかな。上から言われたことをやるだけで精一杯で、自分の金儲《かねもう》けにまでは頭が回らないようなタイプ」

村上はうなずいた。その冴えないチンピラは、夜の路上であっさり殺されてしまった……冴えない人生の、冴えない最期だ。

「会った時に、具体的にどんな話をしたんですか？」

「十年前の事件について、かなり確実な情報がある、という話だった」

「聞き出さなかったんですか？」

「それは俺の仕事じゃない」河岡が肩をすくめる。「それこそ、影山がやらなきゃ。俺はフィルターのようなものなんだ」

「相手が信用できるかどうか判断して、ＯＫならば影山さんに紹介する、ですか……」

それはあまりにも過保護ではないかと思った。一々「門番」を通してから面会するというのは、いかがなものだろう。刑事だったら、まず自分で直接会ってすぐに話を聴くべきではないか。

「まあ、そういうことだ」河岡が決まり悪そうに体を揺らした。「影山も忙しいんだぜ？　情報源に『なるかもしれない』っていうだけで一々会っていたら、きりがないだろう」

「だけど、河岡さんは警察官じゃないんですよ？　トラブルに巻きこまれてからじゃ、手遅れでしょう」

「俺が？　トラブルに？」河岡がきょとんとした表情を浮かべた後、声を上げて笑った。

「馬鹿言うなよ。自分の面倒ぐらい自分で見られるさ」

河岡が右の拳《こぶし》をぐっと突き出した。村上の目の前五センチで止まった拳は、やけに巨大に見えた。

「河岡さん」村上は、間近でぼやける河岡の拳を凝視しながら言った。「相手はヤクザ——元ヤクザですよ。ああいう連中は、肉体的には河岡さんには絶対に敵《かな》わない。でも、悪知恵が働くんです。面倒なことになったら、抜け出せませんよ」

「心配するな、坊や」

坊やと言われてむっとしたが、村上は文句を呑んだ。ここで口喧嘩《くちげんか》しても、何も始まらない。

「俺はあんたより、ずっと社会経験を積んでいる。自分で悪事を働いたことは一度もないけど、悪い連中とのつき合いも多い。ヤバくなったらどうやって身をかわすか、ちゃんと分かってるよ。実際、今まで無事にやってきたんだから、それが一番の証拠じゃないか」

「まあ……そうですね」納得できるようなできないような話だが、一応、村上はうなずいた。「それで、竹上と名乗った鹿島は信用できると思ったんですね」

「ああ。だから影山に紹介することにしたんだ」河岡がうなずき返す。「金もいらないっていう話だったから」

「金を払う予定があったんですか？」村上は目を見開いた。

「場合によっては、だ」

「その金は誰が出す予定だったんですか」

「あまり深く突っこむな。あんたが心配することじゃない」

やはり納得できない。河岡と影山の関係は、まともには思えなかった。二人の人間の間に金が存在すると、話は一気に面倒になる。影山は、個人的に情報提供料を出せるほど給料をもらっているはずがないし、捜査に直接関係ない河岡が出すのは筋に合わない。あるいは二人以外に誰か、善意の第三者がいるのか——そもそも「善意」と言っていいのか？

「彼の様子はどうでしたか？　誰かに狙われているとか、ストーカーの被害に遭っていてるとか、そういう話はしませんでしたか？」

「聞いてないね。軽い調子の男だったんだ」

「そうですか……」

「やっぱり、被害者のことは気になるわけか」

「いろいろややこしい背景があるんです」

「ま、それは……俺は知らない方がいいんだろうな」

「すみません」村上は頭を下げた。「言えないことも多いんです」

「影山もそうだ。肝心なことになると口を閉ざす」河岡が苦笑した。

「河岡さん、影山さんと本当に仲いいんですね。拳を交えた仲っていうのは、ずっと続くものなんですか」

「まあね」河岡は笑みを浮かべたままだったが、ふっと目を逸《そ》らした。

「河岡さん」村上はテーブルの上に身を乗り出した。「いくらいいライバルで、その後親友になったとしても、そこまでやりますか？　親切の域を超えてますよ」

「俺は馬鹿なんだよ」河岡が唐突に言った。

「馬鹿って……」

「自分では男気、とか思ってるけど、側《はた》から見たら間違いなく馬鹿だと思うぜ。あんたの言う通りで、いくら親友だからと言って、ここまでやる必要があるかどうか、分からない——いや、やる必要はないだろうな」河岡が人差し指で頬を掻《か》いた。「感情移入し過ぎるのかもしれない」

「親友だから、という理由だけではないんですね?」村上は指摘した。「何かもっと、あなたの心に刺さる理由がある——違いますか」

「恥ずかしくて言えない」

「はい?」彼の口から「恥ずかしい」という言葉が出てきたのが意外だった。

「言わぬが花って、昔から言うじゃないか。俺が喋ったことが分かったら、影山も激怒するだろうしな。あんたは、あいつが本気で怒ったところを見たことがあるか?」

「いや——ええと、いつも怒ってるみたいじゃないですか」

河岡が短く笑い、「その通りだな」と認めた。

「昔からあんな感じだけど、歳を取るに連れてひどくなってきた感じがする。ただし、十年前の出来事が、あいつを完全に変えたんだよ」

「例の事件ですよね」捜査を外された——そんな事情まで、影山はこの親友に話していたのだろうか。「詳しい事情はご存じなんですか?」

「警察の中で何があったかは知らないよ。でも、あいつに何が起きたかは知ってる」

「それは……」

「あんたは、影山とはどういう関係なんだ?」

「関係も何も、俺はただの後輩です。いいように使われているだけです」

笑いを誘うつもりだったのに、河岡は真顔でうなずくだけだった。

「影山は、人に対する評価が厳しいんだ。俺なんかは、あいつの厳しい基準を何とか突破して、おつき合いさせていただいてるんだよ」

「そんな」

「あいつはこの十年、ずっと一人で動いてたんじゃないかな。それは、人を信用していないからだ。頼りにならない人間と一緒に仕事するぐらいなら、自分一人で何とかする──そういうことだと思う。ボクサーっていうのは、基本的にそういうメンタリティの持ち主なんだ。トレーナーやコーチの支えには感謝するけど、リングに上がったら、頼れるのは自分一人だからな。そういう人間があんたを受け入れたわけだから……どう思う？」

「さあ」村上はまたフライドポテトを一本食べた。この店にきてから口に入れたものと言えば、まだこれだけだ。しかし、きちんと食事できるような雰囲気ではない。

「影山が、あんたを評価しているからだよ。一緒に仕事をしてもいい人間だと判断したんだ」

「だけど俺は、まだ駆け出しですよ？　刑事としては何の仕事もしていない」

「その辺の事情は、俺には分からないけど、刑事になる前だって、交番で警察官として仕事をしてたんだろう？　影山は、それを観察していたんじゃないかな」

「何か変な話です。全然ピンときません」警察学校の件で心を動かされたという影山の言葉も、まだ信じていない。

「まあ、いいよ」河岡ががっしりした顎を撫《な》で、視線を宙に彷徨《さまよ》わせた。「影山が信用していたら、俺もあんたを信用すべきだと思う」

「はあ」

「実は十年前、こういうことがあったんだ」

影山の話は、村上を凍りつかせた。

村上は寒さと中途半端な空腹を抱えながら、ゆっくりと家路を辿《たど》った。影山にこんな事情があったとは……河岡の説明が本当なら、影山が捜査を外された事情も、その後一人で執念を燃やして捜査を続けてきた理由も理解できる。当然、こんなプライベートな事情を自分などに話すわけもない。

河岡がずっと影山を支えてきた気持ちは、理解できる。事情を知ってしまった今、どうすべきだろう。これまでと同じようには、影山と話せない気がする。かといって、逃げるわけにもいかない。

自分も影山を支えるべきではないだろうか。

それができる力量があるかどうかは別にして。

3

植田は「どうせ暇だから」と言って、村上と速水に同行してくれた。本当は暇ではないはずだが、若い二人だけをマル暴の幹部に会わせるのが心配だったのかもしれない。

「組に乗りこむんですか」署を出たところで村上が訊ねると、植田が声を上げて笑った。

「まさか。これは捜査じゃないんだから。一緒にお茶でも飲もうと思ってる」

「お茶？」

「時間的に、朝飯かな。君ら、朝飯は済ませたか？」

「ええ」村上は速水と目を合わせた。速水もうなずく。

「じゃあ、大人しくコーヒーでも飲んでればいい」

植田は、二人をラゾーナ川崎プラザにあるレストランに連れて行った。駅の西側にあるラゾーナ川崎プラザは、住所的には幸《さいわい》区になり、川崎中央署の管轄からは外れる。

「ここですか？」速水が驚いたように言った。「こんな、らしくない場所で？」

ここの名物がパンケーキであることは村上も知っている。一度、この店で花奈《はな》と長時間並んだことがあったのだ。彼女が唐突に「パンケーキが食べたい」と言い出したからだが、食べ終えての結論は「並んでまで食べなくていい」。村上は何とも言えない気分になった。おいおい、今の待ち時間は完全に無駄か？

「わざわざ予約したんですか？　確か、予約も難しい店ですよね」村上は訊ねた。実際今も、店の外には行列ができている。朝九時にオープンしたばかりなのに。

「そこはそれ、常連なりの伝《つて》もあるんだよ。君も使いたければ、俺の名前を出せば大丈夫だよ」植田が笑いながら言った。まるで馴染《なじ》みの居酒屋のことを話題にするような口調だった。

三人ともコーヒーを注文し、植田は自分用にオムレツも頼んだ。食べ物を頼まないのは何だか申し訳ない感じがして、村上もメニューを眺め、トーストだけ追加注文した。百八十円。これで居座られたら店側もいい迷惑だろうな、と思った。

村上としては、中内に関する今宮の捜査が「不発」だったのが痛い。向こうから電話がくるのを待たず、朝一番で電話をかけたのだが、「そんなに急に分かるわけがない」とむっとした口調で返されてしまった。今宮が調べ上げてくれていたら、これから暴力団員と会う必要もないのに。

「冴えないな、翼君」

速水に声をかけられ、村上ははっと顔を上げた。

「ちょっと考え事を」

「朝からあんまり考え過ぎると、髪の毛が抜けるぞ」

「まさか」

「来たよ」植田の一言で、二人は黙りこんだ。

村上は、席に近づいて来る一人の男の姿を認めた。これが洪仁会の幹部なのかと思うと気が抜けてしまう。背は高い――百八十センチはありそうだが、身にまとっているのはかなりくたびれたコートで、どうにも冴えない感じだった。顔にも凶暴さはない。

「あの人ですか？」村上は声を潜めて植田に訊ねた。

「ああ」

「らしくないっすね」速水も疑念を表明する。

「彼は頭脳派だ。暴力には縁がない」

「それじゃ、暴力団とは言えないじゃないですか」村上は反論した。

「昔から、会社を隠れ蓑《みの》にしてしのぎをやる経済ヤクザっていうのがいるんだよ。真っ当な商売をしていたら、日本の経済を回す役に立つはずなのにねえ」

男がソファにゆっくりと座った。歳の頃五十歳ぐらいか。身のこなしは軽く、間近で見ると、さほど老けた感じはしない。

「今日はずいぶん大所帯ですね」男が丁寧な口調で言った。

「若い連中の研修がてらですよ」植田も愛想よく応じる。「速水に村上。うちの強行犯係の若手です。こちらは、専務の森《もり》さん」

専務？　もしかしたら、暴力団担当の刑事特有の隠語かもしれない。社長＝組長、専務＝若頭とか。

「強行犯係？」森がくっと眉を上げた。「うちには普段縁のない皆さんですね」

「今回はあるでしょう」

「ああ」森がうなずいた。「例の一件ですか」

「そう」

「あまりいい話じゃないですね。まあ、まず飯でも食いましょうよ」

「どうぞ、お好きなものを」

森がじっくりとメニューを眺め、ブルーベリーのパンケーキを頼んだ。村上は何故かほっとしてしまった。この店のパンケーキは、ホイップクリームを高さ二十センチほどの高さに盛りつけるのが特徴なのだが、ブルーベリーパンケーキは、クリーム抜きでシロップだけで食べるようだ。山盛りのクリームを見ただけで、胸焼けするかもしれない。

「しかしあなたも、顔に似合わず甘いものが好きだね」植田が呆れたように言った。

「実はね、若い頃は探偵になりたかったんですよ」

「ほう」

「日本でも有名な、『スペンサー・シリーズ』というのがありましてね。料理が得意な私立探偵が主人公なんだけど、彼が朝からブルーベリーのパンケーキを焼くシーンがあって、憧《あこが》れてね……当時は日本では『パンケーキ』なんて言い方はしなくて、ホットケーキだったけど」

「その二つの違いは？」

「正直、明確な違いはないんじゃないかな。厚みがあるのがホットケーキだという人もいるけど、分厚いパンケーキもありますからね。甘いのがホットケーキで、食事用がパンケーキという説もあるけど、パンケーキも甘くして食べるし……まあ、パンケーキが日本ではホットケーキと呼ばれている、ぐらいの違いじゃないですか」

「なるほど。海外ではパンケーキなわけだ」

「日本風に変化したスイーツと言ってもいいんじゃないですか。ホットケーキには明治の匂いがしますねえ」

おっさん二人が朝から呑気《のんき》にパンケーキ談義……村上は次第に頭が痛くなってきた。こういうのも、暴力団担当刑事の仕事なのだろうか。

料理が運ばれてくるまでの間、二人はだらだらと無駄話を続けた。食べ終えるまで、シビアな話はしないつもりかもしれない。しかし食べ始めると、森の方から話を切り出した。

「鹿島らしい最期だったかもしれない」

「えらく冷たい」植田が指摘した。

「辞めた人間だから」

「正確には辞めさせた、でしょうが」

両手にフォークとナイフを持ったまま、森が肩をすくめる。どうにも奇妙な光景だった。何しろ彼の前には、薄いがそこそこ大きなパンケーキが五枚も載った皿があるのだ。一方、植田のオムレツもなかなか強烈だった。たっぷりのポテトやベーコンの上に、かなり巨大な――最低でも卵三つで作ったオムレツが載っている。二人とも朝からよく食べるなと思いながら、村上はバターもジャムもつけないでトーストを齧った。こちらは驚くほど何の変哲もない、ごく普通のトーストだった。

「奴を辞めさせた経緯について、知りたいんだ」植田が切り出した。

「それは、あまり表に出したくない話だよ」森が渋い表情を浮かべる。「分かるけど、彼も、今やうちにとっては被害者なんだ。死んでしまえば、元の肩書きも、どうやって生きてきたかも関係ない。ただ被害者として冥福《めいふく》を祈り、犯人を逮捕するだけです」

「こちらとしては『ありがとう』と言えば感動的な場面になるかもしれないけど、とにかく辞めた人間だから、何も言いようがないですね」森が繰り返した。

「分かるけど、そこを何とか」

「話しにくいですねえ。警察としても話しにくいことなんじゃないですか」

「こちらとしても、極秘裏に処分されたことなんでね。詳しい事情は、表に出ていないんですよ」

「警察も面倒なことで」森がまた肩をすくめる。「いずれにせよ、あいつのことを突っこんで調べると、警察的にもまずいことになるでしょう」

「うちを馘になった男とは、どこで関係ができたのかね」

「あなたとは、そもそもどうやって知り合ったんでしたっけ?」

「まあ……何だったかね」植田が咳払《せきばら》いした。「古い話だ。最初のきっかけなんか、忘れましたよ」

「実は私も忘れてます」森がにやりと笑った。「確かに古い話ですね」

「まあ、そんなことを思い出そうとしても、時間の無駄だね」

「まったく」

二人はしばらく食事に専念した。若い自分たちが口を挟む感じじゃないな、と判断して、村上はここではとにかく黙っていることにした。ベテランの植田に任せておくのが無難だろう。速水も同じように感じたようで、無言でコーヒーをちびちびと飲んでいる。

「それで……鹿島はスパイだった」植田が切り出した。

「うちが命令したわけじゃない。あいつが勝手に情報を持ってきたんですよ。得意満面でね」そう打ち明ける森の表情は、苦々しげだった。

「それで潰れた捜査のことを、今になって蒸し返そうとしているわけじゃない」植田が言った。「問題は鹿島と中内の関係だ」

「噂ですけどね……そもそも、中内という刑事が鹿島をスパイとしてリクルートしたのに、いつの間にか立場が逆転した。うちから情報を吸い取ろうとしたんでしょうが、逆に警察からうちに情報が流れるようになった」

「見返りは？」

森が親指と人差し指を丸め、ＯＫサインを作った。金か……結局中内は、金で丸めこまれて、暴力団の手先になったわけだ。救いようがない。馘こそ相応しい処分だったと改めて思う。

「そちらとしては、どういう名目で破門にしたんですか」

「そこは詳しく言いたくないですね。ただ、情報は必ずしも一方通行じゃなかった。鹿島経由で警察に流れていた情報もあったはずです。こちらから見れば、奴は警察官と不適切な関係を保っていた、ということですよ。おたくで判断したのと同じこと……裏返しみたいなものです」

おいおい、と村上はつい突っこみたくなった。刑事と暴力団員は平時からつき合う。それで双方の間に情報が行き来する——警察にすれば、必ず「入超」の状態にしておきたいのだが、警察の情報が暴力団側に漏れてしまうこともあるだろう。ただしそれが問題になることはあまりない。担当の刑事は、その辺りを上手く案配して動くものではないか。

それにしても植田と森の間では、情報のやり取りはどういうバランスになっているのだろう。だいたい、午前中のこんな早い時間に、ラゾーナで一緒にパンケーキを食べていると、目立ってしょうがないのではないだろうか。バランス云々《うんぬん》よりも、誰かに見られてまずいことになる恐れもある。

「辞めてからの動きは？」

「ま、いろいろやってたみたいですよ。河本良平《かわもとりようへい》、知ってるでしょう」

「もちろん」植田がいきなり、村上に話を振ってきた。「河本良平、知ってるか」

「いえ……」

「川崎では有名な半グレですよね」速水が代わりに答える。「知能犯係の連中が、特殊詐欺の首謀者として追いかけてるけど、なかなか尻尾《しっぽ》を摑ませない」

「こちらのお兄さんの方が、先輩ということかな」森が、村上と速水の顔を交互に見た。

「自分は、まだ新人です」村上は正直に打ち明けた。

「じゃあ、覚えておいた方がいい。河本は厄介な人間だ。いずれ、警察も本腰を入れて捜査することになるだろう」

「そちらにとっても、厄介な人間なんじゃないですか。最近は、ヤクザよりも半グレの方が面倒だと聞いています」村上は少し皮肉を交えて指摘した。

「新人なのに、はっきり言うねえ」森が苦笑する。

「すみません」速水が村上の代わりに頭を下げた。「何でもはっきり言う人間でして」

「なかなか度胸があっていいね」

暴力団員に「度胸がある」と言われても、何の得もない。村上はゆっくりと首を横に振った。しかしすぐに気を取り直し、「河本という男がどうかしたんですか」と訊ねた。

「鹿島は最近、そいつのところで下働きをしていたみたいだね」

「落ちたもんだ」植田が低い声で言った。「河本みたいな連中がいくらのさばってきても、おたくは天下の洪仁会でしょうが」

「いつまでそんな風に言えますかね」森がナイフとフォークを置いて溜息《ためいき》をついた。いつの間にかパンケーキは完食している。「永遠に続くものなんか、何もないと思いますが」

「まあ……そういう話は置いておいて」

植田がフォークを皿の上に置いた。オムレツは半分ほどになっただけ。このサイズだったら自分でも持て余す、と村上は思った。

「河本に当たれば、鹿島のことは分かるかな」植田が訊ねる。

「四六時中一緒にいたわけじゃないけど、ある程度は分かるんじゃないですかね」

「分かった」植田がうなずいた。「じゃあ、そろそろターゲットを変えるとするよ。どこで会える？」

「『ウラヌス』というクラブ」

「『ウラヌス』ね。朝の忙しい時間に申し訳ないね」

「いやいや、パンケーキだったらいつでも歓迎ですから」

「我々はお先に失礼するよ。ごゆっくり」

植田が立ち上がったので、村上と速水はすぐ後に続いた。何だか夢――悪夢みたいな時間だった。スイーツ好きのヤクザと、それに平然とつき合う刑事。警察には、村上の知らない仕事がまだいくらでもある。

4

植田は河本という人間とは直接接点がないというので、村上たちは独力で彼と会う作戦を考えねばならなかった。唯一の手がかり、「ウラヌス」というクラブのオープンは午後六時なので、作戦決行は夜と決まった。

昼間、犯行現場付近の聞き込みを続けながら、村上は気もそぞろだった。先ほどはベテランの植田が一緒だったから、自分たちは口を出さずに聞いているだけでよかったが、今度はそうはいかない。ヤクザより性質《たち》が悪い人間と相対すると思うと、緊張せざるを得なかった。

「ウラヌスって、変わった名前だね」夕方、問題のクラブへ向かう途中、速水が切り出した。

「天王星、だと思います」

「星の名前か。ロマンチック……じゃないな。天王星って氷の惑星じゃないか？」

「そうでしたかね」

「ウラヌス」は、堀之内《ほりのうち》のすぐ隣町、本町《ほんちょう》にあった。交番勤務時代に慣れ親しんだ街で、この店の名前も記憶にあったのだ。入ったことはないが、特に悪い評判は聞いていない。

オープン直後なので、店内にはまだ客はほとんどいなかった。黒服に声をかけ、河本を呼び出してもらうように頼むと、すぐにカウンターに案内される。中でグラスを磨いている男が河本らしい。店を根城にしているというと、奥の隠し部屋でふんぞり返って金の計算をしているようなイメージがあるのだが……ウェイターを隠れ蓑にして、密《ひそ》かに仕事の話もしているのだろうか。カウンターについた時、ここまで案内してくれた黒服が自分を睨みつけたことに村上は気づいた。黒服ではなく用心棒なのかもしれない。

「河本さんですか？」村上は声をかけた。

河本がひょいと顔を上げる。シャープな顔立ちで、眼鏡の奥の目は鋭い。しかし危険さを感じさせるのは目つきだけで、全体的には穏やかな雰囲気だった。年齢は二十代後半か三十歳になったぐらい――自分より少し年上だろうか、と村上は想像した。村上を凝視する間も、グラスを磨く手を止めようとはしない。

「河本ですが」低い声で認める。

「警察です」村上はバッジを示した。

「ああ……そろそろ来るかと思ってましたよ」

「どういうことですか」

「例の件でしょう？　鹿島さんの件」河本があっさり言った。「ちょっと外へ出ましょうか」

村上は、速水と視線を交わした。河本は明らかに自分たちの訪問を予想していたようだが、どういうことだ？

河本はカウンターの中から出て来ると、二人の先に立って店を出た。二人はすぐ後に続いたが、また厳しい視線が追って来る。そっと振り向くと、黒服がまた村上を睨んでいた。そんなに怖い顔をしないでくれよ……と言うわけにもいかず、無視することにした。歩いて階段を降り、外へ出ると河本はすぐに煙草に火を点《つ》ける。外は震えるほどの寒さなのだが、シャツにジャケットという軽装で平然としていた。

「鹿島さんのことでしょう？」

「そうです」村上は答えた。「我々が来ることは分かっていたんですか？」

「いずれは来ると思ってましたよ」平然と河本が言った。「警察のことだから、鹿島さんがうちと関係があることは、すぐに突き止めるだろうと思っていたから」

「それが分かっていたなら、そちらから連絡してもらってもよかったのに」

「それはちょっと気が引けるな」河本が肩をすくめた。「できれば、警察とは関わり合いになりたくないんでね」

「鹿島さんは、あなたたちと組んで仕事をしていたそうですね」村上は話を本筋に引き戻した。

「組んで……いやいや」河本が苦笑した。「組んで、というのは対等の立場でのビジネス、という感じでしょう」

「彼は下っ端ですか」

「それは言いにくいけど……一応、年上の人だからね」

「彼はあなたの指示を受けて仕事をしていた。正確に言えば、そういうことですね」

河本が無言でうなずく。携帯灰皿に煙草を押しこむと、すぐに新しい煙草に火を点けた。

「どんな仕事を？」

「それは言えない」

「違法だから？」

「それも言えない」河本が肩をすくめる。

「彼の仕事が、今回の事件につながっている可能性もあるんですよ」

「もしもそうなら、とっくにこっちも動いてる」

「違うんですか？」

「関係ないだろうな。何かあったとしたら、鹿島さんの個人的な問題だよ」

「彼は、個人的な問題を抱えていたんですか」村上はさらに突っこんだ。

「そんなことも聞いていたけど、具体的な話はしていない」

「しかしあなたは、何かあると分かっていた」

「あの人はさ」河本が、急に面倒臭そうに言った。「しょうもない人だよ。洪仁会にいたっていうから、どんな強面かと思ったら、何だか頼りない人なんだよね。ぎりぎりの仕事を任せられるようなタイプじゃない」

その「ぎりぎりの仕事」は、ぎりぎりではなく完全に違法だろうと村上は踏んだ。いずれはこの河本という男とも、正面から対決しなければならないかもしれない……強行犯係にいたら、事件でも起きない限り無理かもしれないが。

「いつも、何となくびくびくしているようなタイプなんだ。後ろを気にして、誰かに見られてるんじゃないかって怖がっているような」

「誰かに追われていたとか？　洪仁会に？」

「いや、あそこは破門になったんでしょう？　ヤクザのことはよく知らないけど、一度追い払った人間のことは、気にもしないんじゃないかな。奴らもそんなに暇じゃないだろう」

「だったら誰が？」

「さあ」河本が顔を背けた。「ただ、世の中にはしつこい人間がいるって何度も零《こぼ》していたな」

「その相手は？」

「俺は、警察官じゃないかと思うけどね」

「どうして」

「あの人、昔警察とつながってたそうじゃない。洪仁会にすれば、警察のスパイだったわけでしょう」

村上は敢えて否定せずにうなずいた。河本が静かな口調で続ける。

「そういう人って、結局こうもりみたいになって、向こうからもこっちからも恨まれたりするもんだよね」

「まあ、それはあるでしょうね」

「何だったかな……ああ、確か中内とか言ってた」

「間違いない？」村上は彼にぐっと近づいた。

「たぶんね」河本が二本目の煙草を携帯灰皿に押しこんだ。「こういう情報は、高く売れますか？」

「金で情報は買いませんよ」

「金じゃなくて、便宜とか」

そういう交換条件を持ち出すわけか……村上は苛《いら》ついた。これでは鹿島と同じではないか。半グレの連中と深い関わり合いができてしまうと、後々面倒なことになりかねない。

「いいですよ」速水が割って入った。「何ができるかは分かりませんけど、今後も友好関係を保っていくということでどうですか？」

「結構ですね」河本が爽《さわ》やかに微笑んだ。

おいおい、大丈夫なのか？　村上は速水の顔を見たが、まったく平然としている。彼はこんなに度量の大きい――いや、清濁合わせ呑むようなタイプなのか？

「中内とかいう人は、鹿島さんと関係があった？」河本が訊ねる。

「相当な因縁がね」速水が認めた。

「ふうん……ということは、鹿島さんがその人に追われていてもおかしくないんじゃないかな」河本が顎を撫でる。「あんたたちにとっては、中内という人が重要なのでは？」

「おっしゃる通り」速水がうなずく。「居場所、分からないですか？」

「いやあ、うちの網にはかかっていない人ですね」河本がさらりと否定した。「何でもかんでも分かるわけじゃないですよ」

「もしも彼に関する情報が入ったら、教えてもらえませんか？」

「もちろん。ま、今後ともよろしくお願いしますということで」河本が嬉《うれ》しそうに笑った。彼にしたら、警察とのコネクションは絶対に欲しいものだったのかもしれない。上手い具合に餌を投げたつもりなのだろうか。

餌を投げたのはこちらかもしれないのに。


遅くなったので、電話で関に報告した時には、もう捜査会議は終わっていた。今日は特に進展がなく、会議は三十分もかからなかったらしい。

「翼君、今夜はどこかで飯を食って行こうか」背伸びしながら速水が言った。

「いいですよ」村上も急に空腹を覚えた。

「せっかくだから、浅野《あさの》さんも呼ぼうかな」

「浅野さん？　何でですか」

「ストレスが溜《た》まってるみたいだからさ。呑んでストレス解消する人なのに、最近全然呑んでないんじゃないかな」

「浅野さん、そんなに呑むんですか？」そう言えば以前、速水からそんな話を聞いた記憶がある。

「うちの署の酒豪番付を作るとしたら、横綱とは言わないけど、大関は確実だね」

「乱れないからいいんだけどさ。後で面倒を見る必要もないし」

「マジですか」

「面倒を見るって……速水さん、そんなに人に気を遣って疲れません？」

「こういうのが性に合ってるんだよね」速水が笑みを浮かべた。自分のことを職場の潤滑油、とでも思っているのだろうか。マネージャー気質とでも言うべきか……しかしこういうことを自認する人間も珍しい。「酒を呑まない翼君にはつまらないかもしれないけど」

「飯が食えればどこでもいいですよ」

「じゃあ、この前の店はどうかな」

「例のビアホールですか？」

「そう」

「もちろん、ＯＫです」先日のランチはお得で美味かった。酒抜きでも、夜の料理も期待できるだろう。

「じゃあ、早速」

速水が電話をかけ始める。裕香《ゆうか》はすぐに乗ったようで、会話は短かった。電話を切ると、速水が親指と人差し指で丸を作る。

何だか微妙に気が重い……本当は、呑気に三人で宴会をしている場合ではないだろう。かといって、これから何かができるとは思えない。途中のささやかな息抜きも大事なんだと自分を納得させようとしたが、どうしても澱《おり》のようなものが残るのだった。

大関じゃなくて横綱でいいんじゃないか、と村上は呆然《ぼうぜん》とした。裕香は、最初の一杯のジョッキを、わずか二口で呑み干してしまった。まるで水を飲むように——いや、空気を吸うようにビールを呑む。

村上はやはり烏龍茶をもらい、ちびちびと飲んだ。今日は食べることに専念しよう。本格的なドイツ料理を出す店なので、当然多種多様なソーセージにザウワークラウトがある。村上は黒パンをもらい、それで小さなソーセージとザウワークラウトを挟んでサンドウィッチにした。腹に入ってしまえば同じなのだが、こうやって食べると「酒の肴《さかな》」ではなく「食事」の感じになる。

「翼君、ずいぶん洒落た食べ方するのね」アルコールが入って少しだけ表情が緩んだ裕香が、早々ちょっかいを出してきた。

「サンドウィッチだと思えば、飯になるじゃないですか」

「お酒を吞まない人は、いろいろ大変よね」

「まあ、こういう席では何かと工夫が必要なんです」

しばらく意味のない馬鹿話が続いたが、やがて裕香が急に真剣な表情を浮かべた。

「今日の捜査会議に、影山さんが来てたのよ」

「マジですか」村上は目を見開いた。あの人が署に来るなんて……もしかしたら先日の夜中、二人で刑事課に行って以来かもしれない。

「課長も困ってたんだけど、追い出す理由もなかったみたいで……それで、終わってからすぐに、影山さんが関さんに突っかかっていったの」

「何なんですか、いったい」

「捜査に加えてくれって言ったみたい。今更よね」

「確かに……今更ですね」相槌《あいづち》を打ちながら、村上は嫌な予感を抱いた。もしかしたら影山は、何か独自に情報を摑んだのではないだろうか。

「関課長も辟易して、何とか追い払ったみたいだけど、どうしたのかしらね」

「影山さんの考えていることなんて、俺には分かりませんよ」速水が肩をすくめる。

「本当に？　翼君は、何か知ってるんじゃないの？」

「いや、特には」村上は言葉を濁した。実際、彼が何を摑んで何をやろうとしているか分からないから、はっきりしたことは言えない。

「影山さんの自分勝手は、目に余るわよね」裕香が溜息をついた。「ああいう人が一人いると、全体の雰囲気が悪くなるし、困るわ」

「浅野さん、管理職みたいじゃないすか」速水がからかった。

「うるさいわね」

裕香がポップコーンを摑み、速水に向かって投げる。速水が大袈裟《おおげさ》に痛がる振りをして「食べ物を粗末にしちゃ駄目ですよ」と笑いながら忠告した。

「はいはい」軽く言って、裕香が二杯目のジョッキを空にした。

「俺……」村上は烏龍茶のグラスを両手で持った。頭が熱かったが、掌に伝わる冷たさで何とか落ち着く。「影山さんには、何か特別な事情があると思うんですよ」

「事情って？」速水が訊ねる。

「十年前の事件にこだわる理由。誰もそれを知らないから、おかしく思えるんじゃないかな」知っている人間はいる。おそらく捜査一課長は全ての事情を把握していて、影山を「泳がせている」はずだ。村上も、河岡に聞いた限りで状況は分かっている。

「翼君は何か知ってるのか？」速水が疑わしげに言った。

「いや、そういうわけじゃないですけど」村上は口を濁した。「確かに影山さんは変わった人ですけど、ただ変わってるだけじゃ、あんな風に一つの事件にむきになったりしないでしょう」

「まあね」裕香が認める。「でもあの人、他の刑事と話そうともしないから、本音が分からないじゃない。彼と普通に話せて、本音を引き出せるなんて、翼君ぐらいじゃない？」

「俺だって、何も分かりませんよ。影山さんが本音を話すとしたら、十年前の事件を解決した時ぐらいじゃないかな」

「あれ、本当に解決できるのかな」裕香が首を捻《ひね》った。「完全に止まってるでしょう？今更新しい証拠が出てくるとは思えないし」

止まってはいない。少しずつだが、新しい情報は出てきているのだ。それが有効な情報かどうかは関係ない。事件について何か知っている人間がいて、警察として掘り起せる可能性が残っているわけだから、いつか必ず事件は解決する——そう信じたかった。

「何とかなりますよ」村上は言った。

「翼君、本当は何か摑んでたりして」速水がジョッキの縁越しに村上を見た。「それで密かに事件を解決して、本部長表彰を狙っているとか」

「別にそんな気、ないですよ」

「ま、いいけど」裕香が少し白けた口調で言った。「翼君も、意外と秘密主義よね。最初に刑事課へ上がって来た時には、素直な若者だと思ったのに」

「素直ですよ」

「素直過ぎて、影山さんに悪影響を受けたのかな」速水が茶化すように言った。

「確かに素直な人ほど、影山さんみたいな人の悪影響を受けがちかもしれないわね」裕香が同調した。

「そうかもしれません」村上は認めた。実際、影山からなにがしかの影響を受けていても不思議ではないのだ。しかしそれが悪いことかどうかは、自分では判断できない。二人は明らかに、村上が影山の悪影響を受けて変わってしまったと考えているようだったが。

「影山さんには、絶対に何か事情があるんです」村上は、少しだけ突っこんで話した。

「十年前の事件に今でもこだわり続け、何とか解決しようとする事情が」

「翼君、本当は何か知ってるんじゃないの?」すかさず裕香が突っこんできた。

「いや……まあ……」言い過ぎだと悟ったが、今更どうしようもない。「言えないこともあります」

「だったら、中途半端なこと、言わないの」

「すみません」村上は素直に頭を下げた。それで本当に納得したとしたら、二人は刑事として大したことはない。ちょっとでも気になることがあったらしつこく突っこんでくるのが、できる刑事ではないだろうか。


久しぶりに腕立て伏せ、腹筋とトレーニングメニューをこなし、シャワーを浴びて、村上はベッドに入った。花奈のことは気になっているが、これから連絡を取って、またややこしい話になったら、明日の仕事に差し障る。何とか直接会ってしっかり話をしたいのだが、今のところその時間が取れない。もしかしたらこのまま駄目になってしまうかもしれないと思ったが、それで悩むこともなく、いつの間にか眠りに落ちてしまった。

そしてスマートフォンの着信音で起こされる。最近、こんなことばかりだ。長生きできないかもしれないなと思いながら、村上はスマートフォンを摑んだ。ちょうど午前零時……間違い電話であって欲しいと思ったら、河岡だった。この人は、時間の観念がないのだろうかと少しむっとしながら、村上は電話に出た。

「ちょっといいか」

「構いませんけど、真夜中ですよ」

「それは分かってる。向こうが焦ってるようなんだ」

「向こう？」河岡が何を言っているか、さっぱり分からなかった。

「秋川《あきかわ》という人間を知らないか？」

「いえ」まったく心当たりがない。

「昔、うちのジムに通っていた人間なんだが、俺に連絡してきてね。あんたに会いたいという話だった」

「何で俺のことを知ってるんですか？」

「さあ……向こうは会ったことがあると言っていたが」

一方的に面識がある——警察用語で「片識」というやつだ。よくある話だが、自分が誰かに一方的に知られているとしたら気味が悪い。

「会いたいって……会うのは構いませんけど、今からですか」

「向こうは、今しか空いてないって言うんだ。仕事の都合だと思うが」

「そうですか……まあ、しょうがないですね。行きます」

「俺もつき合おうか？」

「大丈夫です。一人で問題ないですよ。こんな遅い時間につき合わせたら、申し訳ないですから」

「俺は別にいいんだけどね」河岡はどこか不満そうだった。この人も世話焼きというか、好奇心旺盛《おうせい》というか……何にでも首を突っこみたがる人は本当にいるのだな、と村上は驚いていた。

「河岡さんの紹介なら、危ないことはないでしょう。それより、影山さんには連絡したんですか？」

「いや。秋川は、あんたを名指しで言ってきたもんでね」

ということは、影山の知り合いではない――やはり自分だけが一方的に知られている相手なのだろう。少し不安ではあったが、河岡の紹介ならば問題ないだろう。河岡を百パーセント信用していいかどうかはまだ分からないが、自分の勘は「ＯＫ」を告げている。

しかし、本当にこんなことが――夜中の出動が続いたら、長生きできそうにない。警察官は、退職した後の余命が短いとよく言われるが、それがリアルな意味を持って村上に迫ってきた。警察官を辞める日など、まだ数十年も先なのに。

幸いというか、待ち合わせ場所は歩いて十分ほどしかかからない場所だった。しかし、吹きさらしの公園か……念のため、保温力の高い下着を着こみ、分厚いセーターを着用した上でダウンジャケットを着た。首元にはマフラー、そして手袋で完全装備完成だ。問題の公園は、たちばな通りに面した一角で、周りは完全な飲み屋街である。夕方など、ここに陣取って缶ビールや缶酎《ちゅう》ハイで気軽な宴会を楽しんでいる人をよく見かける。

足を踏み入れてみると、公園というより「空き地」だった。子ども向けの遊具はいくつかあるが、ベンチすらない。下は砂利敷きで、潤いもクソもなかった。しかもビルの谷間のせいか、やけに強い寒風が吹き抜ける。これですっぽかされたらマジで怒るぜ……と思いながら、村上は周囲を見回した。公園内には数人の人間がいる。この寒空の下、やはり缶酎ハイでの宴会を楽しんでいるようだ。酒呑みというのは、呑める機会があれば絶対に逃さないんだな、と呆れる。

一人だけ、ぽつんと立っている男がいた。滑り台の近くの木に寄りかかって、煙草に火を点けようとしたところだった。ライターの火が灯《とも》り、男の顔を照らし出す。それで正体が分かった。「ウラヌス」の黒服だ。

男が村上に気づいて、ひょいと頭を下げる。襟にボアのついた、腰まである革ジャケット。脚の形がそのまま分かるスリムなジーンズに、編み上げのブーツの紐《ひも》を半分ほど締めて履いている。

「あなたが俺を呼び出したんですか」

「遅くにすんません」

黒服がまた頭を下げたので、村上は一気に気が抜けた。「ウラヌス」で顔を合わせた時は、まるで村上を敵と認識したように何度も睨みつけてきたのに。

「名前は？」分かっているが確認する。

「秋川さん」村上は無意識のうちに頭を下げた。改めて見ると年齢は自分と同じぐらいで、二十代半ばから後半のようだ。下半身がほっそりしている割に、上半身にはみっちり筋肉がついている。「店が終わってからだと、この時間になるんですか」

「いや、今日は早番だったんで、早い方です」

「そうですか……ボクサー？」

「昔は」秋川が素早く首を縦に二度振った。「河岡さんのところでお世話になってました」

「プロだった？」

「プロテストは合格したんですけどね。デビュー戦の前に目がヤバイって分かって、結局やめました」

「網膜剝離《はくり》ですか？」強烈なパンチを浴び続けるボクサーの職業病のようなものだ。

「そこまではいかなかったけど、続けたらいずれは……ということで」

「それで今は、『ウラヌス』で働いているんですか」

「こんなこと言っても信じてもらえるかどうかは分かりませんけど、河本さんとは、あの店の仕事以外では関係ないですからね」

　村上は素早くうなずいた。彼自身は半グレではない、と言いたいわけか。今のところ、本人の言い分を信じるしかない。

「それで、わざわざ俺を呼び出したのはどうしてですか？　俺が川崎中央署の人間だということは分かってるんでしょう？」

「店で、鹿島さんの話、してましたよね」

「そう、それを聴きに行ったんです」

「俺、何度か鹿島さんと呑んだことがあるんですよ」

「仲がよかったんですか？」これは大きな情報になるかもしれない。村上は前のめりになっていると思われぬよう、敢えて声を抑えて訊ねた。

「そんなには……呑んだのも二、三回だから」

「それでも、亡くなったのはショックだったんじゃないですか」

「それはまあ、ねえ」右手の人差し指と中指で挟んだ煙草の先から灰が落ちた。それに気づいたのか、慌てて口元へ持っていって、急いでふかす。まだ十分長かったが、そのまま携帯灰皿に押しこんだ。「まあ、いろいろヤバそうな人ではあったけど」

「どうヤバイか、知ってましたか」

「警察と揉《も》めた――というか、警察とのパイプ役を失敗して、破門されたんでしょう？　最近、あっちの筋も人手不足だっていうのに、よほど怒らせたんでしょうね」

その言い分に、村上は思わず笑いそうになった。人材難の業界の求人傾向を分析するような口調だったのだ。しかし秋川は真面目な表情のままだった。

「あの人、何か狙ってましたよ」

「狙ってたっていうのは、金儲け？」

秋川がうなずく。今度は、いかにも嫌そうな表情を浮かべている。

「非合法な金儲けということですね」

「たぶん。ヤバイネタを摑んでるって言ってましたから」

「具体的には？」

「お巡り……警察官に関する情報みたいですよ」

不祥事だろうか。警察官だって、脛《すね》に傷を持っている人間は少なくない。例えば中内のように――中内？　鹿島のような人間が、何人もの警察官とつながっているとは思えない。組内部の評価を聞いた限りでは、とても「使える」人間とは思えなかったからだ。

そう考えているうちに、ピンときた。

「もしかしたら、中内という警察官？」

「何で知ってるんですか？」秋川が目を見開く。

「彼は警察官じゃない。元警察官だ」

「ああ……俺はそういう事情は知らないけど、確かに中内という名前は聞きました」

「中内をどうしようとしていたんだろう」

「そこまでは知らないけど」

ここが山場だ、と村上は悟った。秋川が本当に何も知らないのか、あるいは惚《とぼ》けているのかは分からない。しかし何としても、彼が持っている全ての情報を搾り取り、必要ならさらに網を広げていかないと。

村上は、粘り強く話を聴き続けた。彼からはそれ以上情報を得られなかったが、より詳しい情報を入手できる相手を摑んだ。

こんな夜中にも動いている人間がいる——それは村上にとってはラッキーだったが、さすがに疲れた。ほとんど寝ていない状態でシビアな話をしたせいか、頭痛がしてきたぐらいだった。

それでも午前四時、村上は重要な情報を抱えて署に到着した。自宅へ戻ってもよかったのだが、少しでも寝ると、起きられる自信がない。そもそも寝つけるとは思えなかった。だったら署で情報をまとめ、徹夜で次の捜査に臨もう。

いや、新しい捜査を始めなければならない。この情報をどこへどうやって持ちこむかもポイントだ。まだ存続している捜査本部へ話をすれば動きは早いはずだが、自分にはその伝がない。

となると、まず関に話すしかないだろう。話しておけば、一応指揮命令系統を守ることにもなる。

署の一階にある自動販売機でブラックの缶コーヒーを買い、刑事課の自席につく。考えをまとめるには、それなりの時間と広い「場所」が必要だ。パソコンでメモを打ちこんでいっても考えがまとまらないと思ったし、手帳のページも狭い。村上は、コピー機からＡ４の紙を一枚抜いてきて、デスクに置いた。ペンを構え、関係している人の名前を書き出し、それぞれを線で結んで説明を書き加えていく。こういうこと――考えを図式化するのに適したソフトもあるというが、支給のパソコンには入っていないはずだし、入っていてもいきなりは使いこなせない。

Ａ４の紙が次第に黒く埋まってくる。こんな短時間で、よくぞこれだけの情報を集めてきたものだと我ながら感心したが、書きこみ過ぎて読みにくくなってしまった。新しい紙を持ってきて、「清書」の作業に移った。先ほど書いた「下書き」を元に、読みやすく、綺麗に書き直していく。下書きの紙は丸めて足元のゴミ箱に捨てた。

これでよし……いや、まだ穴はある。とはいえ、これはいずれ埋められるのではないだろうか。

いずれにせよ最優先事項は、中内を見つけ出すことだ。今のところ手がかりは何もないが、捜索に集中すれば、それほど時間をかけずに捜し出せるだろう。よし。朝の捜査会議で進言――いや、その前に関に話をしよう。関は朝、直接捜査本部へは行かず、まずここに顔を出すはずだから、その時に話をすればいい。

壁の時計を見上げる。午前五時四十五分。なんだ、まだ結構時間があるじゃないか。七時半に起きれば、関にややこしい報告をする時間は十分あるはずだ。机に突っ伏し、腕に額を載せて目を閉じる。興奮しているからどうせ眠れないだろうなと思ったが、あっという間に意識がなくなってしまった。

「——村上」

声をかけられ、はっと顔を上げる。焦点が合わない……首を激しく振り、何とか眠気を追い払った。追い払ったつもりだが、動きを止めるとがくんと首が落ちてしまいそうになる。

「何だ、泊まったのか」関だった。

「はい。いえ……」

「はっきりしないな」

「ちょっと夜中に色々ありまして」

「何で夜中に仕事してるんだ？　俺は何も指示していないぞ」関は本気で怒っているようだった。労務管理が仕事の刑事課長にすれば、自分の知らない間に刑事が勝手に動き回っているのは許せないだろう。

「いや、急に情報提供がありまして」チャンスだ。今のところ刑事課には関と自分しかいない。壁の時計を見ると七時四十五分で、捜査会議が始まるまでまだ時間がある。

「お前、いつの間にネタ元を作ったんだ？」

「仕事をしていたら、いつの間にかです。それで、ぜひ課長のお耳に入れておきたいことがあります」

「つまらない話だったら、後にしてくれ」

「十年前の殺人事件についてです」

「ああ？」関が眉を吊り上げる。「今お前は、この前の事件を担当してるんだぞ。まさか、影山にそそのかされて、勝手にそっちの捜査をしてるんじゃないだろうな」

「そんな暇がないのは、課長もお分かりでしょう」村上はつい反論した。「昨日はたまたま、情報提供者と話ができたんです」

「それで、なんだ」関は苛ついた様子だった。「時間がない。手短に話せ」

村上は、缶コーヒーに手を伸ばした。全部飲んでいないはず……三分の一ぐらい残っているのが重さで分かった。それを一気に飲み干し、気合いを入れてから説明を始める。関は最初、不機嫌な表情でただ話を聞いていた。しかし途中で何かが引っかかったようで、質問を挟み始める。その質問は、村上自身も疑問に思っていたことで、さらに捜査を進めないと穴は埋まらない。それでも何とか最後まで説明し終えると、関は「可能性はあるな」と結論を出した。

「可能性、ですか」村上が想像していたよりも薄い反応だった。

「肝心の中内から話を聞けていない以上、何とも言えない。証言だけ、それも傍証みたいなものじゃないか」

「分かりますけど……」

「分かった。この件は、今回の事件とも結びついている可能性がある――お前はそう判断するんだな」

「はい」

「だったら、捜査本部の連中も使って、一気に捜査を進めよう」

「もしも外れていたら――」

「その時はその時だ。今は余計なことを考えるな」関が受話器を取り上げたが、思い直したように戻す。「今日の捜査会議は飛ばす。まず今の件について、本部も含めて話し合う」

「はい」課長は本気だ、と分かった。気持ちが引き締まるのを感じると同時に、村上は軽い恐怖も覚えていた。一人の人間が、どこまで組織を引っ掻き回せるのか。

どこかと電話し始めた関を横目に、落ち着け、落ち着けと何度も自分に言い聞かせる。ふと気づくと、先ほど丸めて捨てた紙がない。他のゴミはそのままだから、誰かがあの紙だけを持ち去ったのだ。

電話を終えた関が、唐突に村上に訊ねた。

「そう言えば、ここに影山が来なかったか？」

「え？」

「俺が来る時、廊下ですれ違ったんだよ。こんな朝っぱらから何をしてるかと思ったんだが……」

「まずい！」

村上は思わず叫んで立ち上がった。実際、まずい。そういえば、まとめた情報を書いた紙は、デスクに置きっぱなしだった。影山はそれを見てピンときて、ゴミ箱を漁《あさ》って下書きを見つけたのかもしれない。

「どうした」関が怪訝《けげん》そうな表情を浮かべる。

「ヤバイです」

「何が」関の顔に苛立ちが混じる。

「今の情報、影山さんも知った可能性があります。すみません、俺のミスです」

「影山が？」関の顔色が変わった。「クソ、奴の様子がどこかおかしいと思ったんだ。あんなに焦っている奴は見たことがない」

「影山さんを捜して止めないと、何をするか分かりません」

「あの馬鹿野郎が……私怨《しえん》で動くのは許されない」

「何か私怨があるんですか」分かっていて、村上は敢えて訊ねた。この課長がどこまで知っているか、探りを入れてみたい。

「十年前の事件を勝手に捜査しているのは、私怨以外の何でもないだろう。十年前に、何かあって奴が捜査本部を外されたのは、俺も知っている。それを恨みに思ってるんだろう。お門違いだよ」

「そうですか……」詳しい事情は知らないようだ。ほっとしたものの、完全に安心はできない。

影山は暴走する可能性が高い。それを止めないと、最悪の結末が待っているだろう。

第六章　たどり着いた先

1

関《せき》は予告通り朝の捜査会議をキャンセルし、代わりに宇津木《うつき》、それに十年前の事件の捜査を担当している刑事二人を招集して緊急の打ち合わせを行った。当然、村上《むらかみ》も参加する。

「――以上、複数の証言から、中内《なかうち》氏が十年前の事件に関与していた可能性が出てきました」報告を求められた村上は、その説明で締めた。

「それは……」ずっと黙って聞いていた、十年前の事件の捜査本部に今も詰めている刑事・滝川《たきがわ》が声を上げる。「ちょっと無理があるんじゃないか？　あくまで傍証だろう」

「はい」村上はうなずいて認めた。「それは否定できません。しかし、違うとも言えないと思います。周辺捜査を進めていけば、必ず真相に辿《たど》りつけるはずです」

「しかし、鹿島《かじま》に接触していた人間がそんなにたくさんいるかどうか……」滝川が腕組みした。

疑念を抱いているというより、そもそもやる気がない感じ……さもありなん、と村上は思った。滝川のことはよく知らないが、四十歳で巡査部長ということは分かっている。二年前にこの署に赴任してきて、未解決事件の捜査を任されているのだが、本人の感覚では「押しつけられた」だろう。発生から八年が経ち、何の手がかりもなく捜査が凍りついてしまった事件を担当しろと言われたら、誰だって「閑職だ」と気分を悪くするだろう。「専従」というと聞こえはいいのだが、どうせ解決しないのだから、任期の間、適当に時間を潰《つぶ》しておけばいい、と後ろ向きの気持ちになっていても不思議はない。

実際、滝川の目は死んでいる。

時効がない以上、凶悪事件に関しては永遠に調べていける——調べなくてはいけないのだが、仕事として取り組むのはきついのだ、と実感する。

「宇津木さん、本部への報告をお願いできますか」関が頼んだ。

「ああ。今の状況には、本部も興味を持つと思う。必要なら、捜査一課からさらに人員を投入して、きっちり捜査を仕上げることだ。今回の捜査と合同になるだろうな」

「分かりました。刑事たちには夕方の捜査会議で説明します。村上、お前はこの件でハブになれ」関が指示した。

「ハブ？」

「十年前の事件と今回の事件は、関係がある可能性が高い。両方の面倒を見る人間が必要だろうが」

「あの……俺でいいんですか」駆け出しの自分が？　ピンとこない指示だった。

「お前が引っ張り出してきたネタだから、お前がやるんだ」関の声は硬かった。

「……分かりました。それと、影山《かげやま》さんのことなんですが」

「分かってる」関の声のトーンが一気に下がった。「影山の捜索も大事だ」

「取り敢《あ》えず、電話してみます」

「影山が、これまで勝手に捜査をしてきたのはやはり問題だ。しかし、今回の件は、奴がやってきたことと被《かぶ》るはずだ。影山なりに集めた情報もあるだろう。今は、あいつの力が必要だ」

「よし」宇津木が話をまとめにかかった。「村上から説明があった情報を基礎にして捜査を広げていく。いくらでも調べようはあるだろう。村上は捜査本部で待機。影山と連絡を取ることに集中しろ」

「了解です」

これで事態は一気に動くはずだ。村上の眠気は完全に吹っ飛んでいた。

影山が摑《つか》まらない。

午後になってもまだ連絡がつかず、村上は焦り始めた。彼一人が暴走したら、まとまるものもまとまらなくなってしまう恐れがある。仕方なく、関に提案した。

「ちょっと影山さんの家に行ってみようと思います」

「まだ連絡、つかないのか」

「ええ」

「そうか……」

関が顎《あご》を撫《な》で、宇津木と視線を交わした。宇津木がうなずき、「この件は一時停止しよう」と宣言する。

「影山さんを捜さなくていいということですか？」

「他にやることもある。現段階では中内の捜索が最優先だ」

「しかし、影山さんのことも気になるんですが……」

「今、そこに人手を割いている余裕はない」関が断言して、メモを差し出した。「お前はその住所へ行ってくれ。今、浅野《あさの》が現場に向かっているから、合流して事情聴取だ」

受け取ったメモには、住所と名前が書いてある。

「どういう人ですか？」

「県警のOBで、中内の師匠格の人間だよ。浅野が掘り出してきたんだが、念のためにお前も一緒に話を聴いてくれ。家族同然につき合ってきたという人だから、何か知っているかもしれない」

「……分かりました」

嫌な予感が胸の中に渦巻いているのだが、その正体が分からなかった。しかし命令には従わざるを得ない。村上はまず裕香《ゆうか》に電話を入れ、状況を確認した。

「今、移動中。遠いのよ」裕香が声を潜めて言った。電車に乗っているのだろう。

「行き先は小田原《おだわら》ですよね」

「今、横浜《よこはま》なんだけど、向こうへ着くのは夕方ね」

「じゃあ、車を出します。現地で合流しましょう」

「助かる。じゃあね」

電話を切って出動の準備を整えたが、何とも釈然としない。唐突に、自分が何を心配しているか、気づいた。

影山が事件の真相に気づき、一人で裏づけ捜査をしていったら、最後はどうなるだろう。自ら犯人に手錠をかけて、捜査本部に引っ張ってくる？　普通の刑事なら当然、そうするはずだ。しかし影山は今、普通の刑事ではない。関が「私怨」と言っていたが、実際、関が正体を知らない私怨を影山は抱えているのだ。

やはり影山を捜したい。しかし中内を見つけるのも優先度が高い仕事だ。体が二つあれば、と村上は本気で思った。

首都高の横浜北西線から東名《とうめい》高速、小田原厚木《あつぎ》道路経由で、署から小田原まで一時間以上かかった。同着になるかなと思いながら、村上は車を走らせた。小田原といっても最寄駅は国府津《こうづ》。小田原東インターチェンジで降りて、少し東へ戻る恰好《かっこう》になる。現地合流の予定だが、裕香は困っているのではないだろうかと想像した。国府津駅からはかなり遠いので、歩いたら相当時間がかかりそうだ。

目的の家の前に車を停めると、ちょうど裕香が到着したところだった。鼻が赤くなっている。西湘《せいしょう》バイパスを挟んで海と対峙《たいじ》するので、強烈な海風が常に吹きつけてくるのだ。

「海が見えるいい場所にある家だけど、冬は地獄でしょうね」裕香が正直に言った。

「ですね……アポは取ったんですか？」

「一応。今は働いていないそうだから、家にいるわ」

「じゃあ、行きますか」

村上は第一声を裕香に任せた。裕香が引っかけてきた情報だし、ここは彼女が話すのが筋だろう。

中内の先輩刑事、花田《はなだ》は現在六十五歳。定年後に生まれ育った小田原に戻って家を建て、しばらくスーパーの警備員として働いていたのだがそれも辞め、今は悠々自適の年金暮らし——という情報を、裕香が既に摑んでいた。

花田は、六十五歳という年齢よりもずっと老けて見えた。小柄で、髪はほとんどなくなり、服装も茶色いシャツにグレーのズボンで若々しさがまったくない。警戒するように、眼鏡の奥の目を細めている。裕香は愛想良く挨拶《あいさつ》したのだが、あまり効果を発揮していない様子だった。

それでも「後輩」が二人訊《たず》ねて来たというので、家には入れてくれた。通されたのはリビングルーム。彼以外には誰もいないようで、お茶も出なかった。それでも、十分過ぎるほど暖房が効いているだけでありがたい。村上は、一瞬凍りついた体がすぐに解凍されるのを感じた。

リビングルームの窓からは、西湘バイパス越しに海が見える。西湘バイパスがなければ、最高の眺めだろう。その分、潮風を受けて車が錆《さ》びるのは早そうだが。

「それで？　中内の件だって？」花田が切り出した。

「ええ」裕香が答える。「彼の居場所を知りたいんです」

「住所は……昔住んでた場所は分かるよ。でも、今はそこにはいないだろうな」

「ええ」裕香がうなずく。「携帯の番号はどうですか」

花田が、ローテーブルに置いた携帯――ガラケーだった――を取り上げ、確認する。眼鏡を外して顔を近づけ、しばらく画面をスクロールしていた。やがて番号を告げたが、裕香はすぐに首を横に振った。村上にも記憶がある。捜査本部で摑んでいた現役当時の番号で、今は使われていない。花田の情報もアップデートされていないようだ。

「あいつは辞めた――実質的に馘《くび》になったそうだな」花田が逆に訊ねる。

「はい」村上はうなずいた。

「まあ……しばらく会っていないが、昔から危なっかしい人間ではあったんだ」花田がいきなり打ち明けた。

「そうなんですか？」

「あいつと初めて会ったのは、川崎《かわさき》中央署時代だよ。俺は巡査部長で、その頃は二年に一度所轄を異動して、若手の教育係をするのが専門みたいになっていたんだ」

「その時に花田さんの下についたのが、中内さんなんですね」

「ああ。こう言っちゃなんだが、なかなかとっぽい奴でね。とっぽいって分かるか？　最近はあまり使わないかもしれないけど」

「生意気だとか粋がっているとか、そういう意味ですよね」

「そう」花田がうなずく。「警察官にもいろいろな人間がいる。真面目一辺倒、杓子定《しやくし》規の人間もいるし、調子のいい奴、ちょっと悪い奴、様々だ。警察で仕事をしているうちに、ある程度は枠をはめられるけど、生来の性格っていうのはなかなか変わらないものだ」

「中内さんは、そういう感じの人だったんですね」村上は念押しした。

「ああ」

「十年前に事件が起きた時は、どんな感じだったんですか」こらえきれずに、村上は質問を挟んだ。

「よくやってたよ。初めての捜査本部事件で張り切っていた。当時、一番いい手がかりを摑んできたのはあいつだったからな」

「それは、ストーカーがいたという話ですね」村上は午前中、影山からの連絡を待ちながら当時の捜査資料をじっくり見ていたので、ある人物に疑いの目が向いていたことは知っていた。営業職として各地の会社を回っているうちに、平野《ひらの》玲香《れいか》に目をつけた取引先の人間がいた、という話だった。すぐに容疑は晴れたのだが、しばらく捜査本部の動きはその男に集中していた。

「そうだ。そのストーカー——確か、沢田《さわだ》という名前だったな。そいつを引っかけてきたのが、中内だった」

「結局、裏は取れなかったんですよね」

「アリバイを確認するのに、一週間ぐらいかかったのかな」花田が自分の掌《てのひら》を見詰めた。「なかなか強情というか、警察に対して非協力的な人間でね。しかし結局、完全なアリバイが確認できた。最後は激怒して、警察を訴えると捨て台詞《ぜりふ》を残していったよ」

「その件、中内さんにはマイナスにはならなかったんですか？」

「いや、特には……それぐらいのことはよくあるだろう」花田が目を細める。「捜査が最初から最後まで、何のトラブルもなく上手《うま》く進む時の方が珍しいんだから」

「ですよね……」

「それでですね」裕香が話を引き取った。「その後あなたと中内さんは、同時に本部に上がっていますよね」

「ああ。俺はもう五十五を過ぎて、そろそろ定年が見えてきていた時期だった。所轄を回る生活も悪くないけど、最後のお勤めは本部で……と思って、希望を出してたんだ」

「もともと、暴対畑なんですよね」

「若い頃はね」花田が耳を掻《か》いた。「刑事の仕上げとして、若い頃に慣れていた分野に戻るのもいいと思ったんだよ。中内は暴対課を希望していたわけじゃないけど、とにかく人事だから、素直に従った」

「中内さんは、暴力団と不適切な関係ができて、辞表を出さざるを得ませんでした」

「そう聞いてる。馬鹿な奴だ……俺は散々警告したんだけどな」

「そうなんですか？」裕香が目を見開く。

「あいつはすぐに、暴力団捜査に夢中になった。本人にも、少しそういう体質があった……暴力団担当の刑事が、そのうちヤクザみたいになっていく話は、あんたたちも聞いたことがあるだろう」

「ええ」裕香がうなずく。

「奴は、暴力団にくっつき過ぎた。早い段階から、適切ではない関係になっていたようだ。ポイントは酒と女だな。俺がいた頃は、金の関係はなかったようだが」

「忠告はしたんですか？」

「もちろん」強張《こわば》った表情で花田が答える。「若い奴を、おかしな方向へやってしまうわけにはいかないから。あいつは、それなりに仕事はできたんだ。だけど、気をつけないと危ない方向へ流れてしまう恐れがあった。具体的に言えば、女で失敗しそうなタイプだったからな」

「結婚していたはずですが」

「結婚した直後から、いろいろ問題があったんだよ。女をあてがわれてね」

「それで、暴力団に買われたわけですね」裕香が指摘した。

「そういうことだ。まったく、情けない話だが……」花田が溜息《ためいき》をつく。「何度も忠告したんだが、奴は結局、俺の言うことになんか耳を貸さなかったな」

「そんなに女性問題があったんですか」村上は思わず訊ねた。「確かに、いい加減な警察官も多いかもしれませんけど……」

「あれは病的だ」

病的――その言葉が村上の頭に染みこむ。裕香も黙りこんだ。話した花田自身、嫌な思いをしたようで、顔を歪《ゆが》めて沈黙している。やがて咳払《せきばら》いすると、「噂で聞いただけだけどな」とつけ加えた。

「どんな噂ですか」村上は一転して意気込んで訊ねた。

「噂は噂だ」花田が急に頑《かたく》なになった。「いい加減なことは言いたくない――俺はもう警察官じゃないけど、警察官時代の教えはまだ身に残ってるよ」

「単なる噂でも、我々には大事なんです」

「要するに……違法行為があったという噂だ」花田が打ち明けた。

女性問題で違法行為というと、痴漢かレイプだろうか。時々痴漢で逮捕される警察官はいるが、レイプとなると例は少ない。被害者が届け出ないことも多いのだが……いずれにせよこれは大きな情報だ。中内がもしも女性に手を出していたら――これまで断続的に集まってきた情報がつながり始める。

「そういう話は、隠しておけないものじゃないですか？　隠していてばれたら、大問題になるでしょう」

「かといって、裏が取れない話はねえ」花田が顎を撫でた。

「中内さんは、そういうことを人に喋《しゃべ》っている可能性があります。我々も、そういう筋から同じような情報を聞いているんですよ」村上はさらに花田に迫った。

「まさか」

「中内さんは、警察を辞めて自棄《やけ》になっているのかもしれません。犯罪に関わっている可能性もある。できるだけ早く止めたいんです」

「しかしね……」花田が腕組みをした。

「例えば、警察の中で特に親しかったのは誰ですか？　同期とか——親友と言える人も、一人ぐらいはいるでしょう」

「所轄時代——川崎中央署にいた頃、よくつるんでいた人間はいたな」花田が明かした。

「誰ですか」村上は身を乗り出した。

「こういうことを無責任に言っていいものかどうか」花田が渋る。

「これは捜査です」村上は強い口調で断言した。「人が一人死んでいる。どうしてもはっきりさせなければなりません。OBとしても、ぜひご協力をお願いします」

花田が黙りこむ。しかしその沈黙は、長くは続かなかった。すぐに話を聞けそうな相手が判明する——捜査の線はまだつながっている。

2

横浜方面へ向から車中、裕香はずっと不機嫌に黙りこんでいた。

「どうしたんですか？」首都高の横浜公園インターチェンジが近づいてきたところで、村上はとうとう我慢できなくなって訊《き》いた。

「さっきの、中内さんの親友だけど……」

「北里《きたざと》さんですか？」花田が教えてくれた「中内の親友」は三十五歳で、今は山下《やました》署の地域課に所属している。まだ署にいるのを電話で確認し、自分たちが到着するまで待っているように頼みこんでいた。

「まったく偶然だけど、ちょっと前にお見合いした相手なのよ」

「マジですか」思わずハンドルをきつく握り締めてしまう。「でも、接点はないですよね」

裕香はずっと、初任地の川崎中央署に在籍している。一方北里は、村上が調べた限り、一度本部に上がって通信司令室で勤務していたが、警部補の昇任試験に合格して、去年の秋に山下署の地域課係長に栄転していた。管理職としての研修のような異動である。

「警察には今でも、そういうことにお節介を焼く人がいるのよ」

「仲人《なこうど》大好き、みたいな？」

「本部の警務課に、石橋《いしばし》という警部がいるんだけど、その人がまさに仲人が趣味なのよ……警察官はさっさと結婚すべし、という考えに凝り固まっていて、常に県警の独身者情報をアップデートしてるぐらいだから。実際、一日のうち大半は、自分の席からあちこちに電話をかけて見合いを勧めてるそうよ。本人に直接言うこともあるし、上司を動かすことすらあるらしいわ」

「暇……なんですかね」村上も呆《あき》れた。確かに「警察官は早く身を固めるべし」と警察学校時代から冗談めかして言われてきたが、それはひどく古い慣習に思えた。世の中には結婚しない、結婚しても子どもを持たない人が増えているのに、警察官だけさっさと結婚しろというのは、何となく理屈が合わない。

「私の場合、関さんから話が回ってきたの」

「課長が？　そんなことをするタイプには見えませんけど」

「関課長でも断れない相手がいるのよ。それで、しょうがなくて一回だけ会ったけど、もう全然合わなくて」

「どんな人でした？」

「むさいオッサン」

裕香が一言で切り捨てたので、村上は思わず声を上げて笑ってしまった。彼女とはそれほど年齢が変わらないし、そもそも中内の同期ということは三十五歳だ。三十五歳でむさいオッサン扱いされたら、本人もたまらないだろう。

しかし実際、むさいオッサンだった。とても三十五歳には見えない。それほど背は高くないのに、腹が突き出てしまって体重だけは重そうだ。そのせいで制服が体に合わず、ズボンがずり落ちかけている。もしかしたら、中華街の入り口にある山下署に異動してきたせいで食べ過ぎて、体重が増えてしまったのだろうか。

北里はすぐに、裕香に気づいた。一瞬驚いた表情が、困ったような笑みに変わる。先に口を開いたのは裕香だった。

「その節はどうも……失礼しました」もごもごと挨拶する。

「いや、こちらこそ」北里が頭を下げる。「こっちも、どうしても断りきれない話で……あなたには申し訳ないことをした」

「じゃあ、お互い様ですね」

和解……のような感じもするが、二人のやり取りはひどく他人行儀だった。ぎこちない雰囲気を簡単に拭《ぬぐ》うことはできそうにないので、村上は自分が前に出て話を聴くことにした。

既に署は当直体制に入っていたが、夜勤の担当者が警務課付近に集まっているのが常なので、ここでは話はできない。北里は二人を署長室に入れた。勝手に署長室に入っていいものかと驚いたが、考えてみればここは、署員にも話を聞かれない一番安全な場所なのだ。

「中内の話だって?」北里が、村上に向かって切り出した。彼にしても、裕香とは話しにくいようだった。

「中内さんが、女性問題でいろいろトラブルを起こしていたと聞いています」

「まあ……」北里が人差し指で頬を掻いた。「事実も噂も含めて、いろいろなことがあった」

「女性と無理やり関係を持つようなことも？」

「あいつは、酔っ払うと無駄にお喋りになるんだ。そういうことを、自慢げに話すこともあった」

「最低ですね」裕香が感情的に吐き捨てる。まるで自分が被害に遭ったような、嫌そうな口調だった。

「最低野郎だけど、仕事はできたからね」

「それで最後は、暴力団と通じて追い出される――そういうのは、仕事ができたとは言わないでしょう」裕香は辛辣《しんらつ》だった。

村上は彼女に目配せして黙らせた。悪口は後でいくらでも聞きますから……意図が通じたのか、裕香が口をつぐむ。

「ストーカーをしていたことはありますか」

「本人が何をしていたかは分からない。ただ、ストーカーになってもおかしくないぐらい、執着していた女がいたのは間違いない」

「手当たり次第に女性に手を出していたわけじゃないんですか？」

「そういうこともあったけど、異常に執着する相手もいたんだ」

いったいどういう人なのだろう。村上には理解不能だが、そういう性癖の人間もいるということか……。

「その相手は誰ですか」

「知らない」すぐに否定したが、北里は目を逸《そ》らしていた。

「知ってますね？」

「知らない」

単純な押し問答が続くうちに、北里の額に汗が滲《にじ》んできた。

「北里さん、何か知ってますよね」村上は言葉を変えて追及した。「知っているなら、今ここで喋って下さい。我々は、殺人事件の捜査をしているんです。これは何にも増して優先されると思いますが、どうですか？」

「それは分かるけど……」

「だったら話して下さい」

「俺は、上手く昇任試験に合格した。まだ上に行くつもりもある」

「分かります」

「この件は、ずっと気になってはいた。もちろん確証はなかったけど……今さら言えない。言えば、自分がずっと情報を隠していたことになってしまう。それが表沙汰《おもてざた》になったら、今後の昇進に差し障るんだよ」

「積極的に捜査情報を提供しなくても、罪に問われることはありません。犯人を匿《かくま》ったら話は別ですが……北里さんは、そういうことはしていないでしょう？」

「もちろん。しかし俺は、一般人じゃない。警察官だ。何か知ったら、きちんと情報を上げる義務がある」

「何で言わなかったんですか」

「中内はどうしようもない奴だけど、俺にとっては親友だ。親友を切るようなことはできない。それにそもそも、確証はなかった」

「だったら、こうすればいいじゃないですか」村上は両手を組み合わせた。「今になって思い出した、ということで。十年前は、ささいなことだったので気に留めてもいなかったけど、我々と話しているうちに記憶がつながって、怪しいと思い始めた。そうすれば我々は情報を手に入れることができるし、北里さんも責任を問われることはありません。責任を問われないように、我々が調整しますよ」

「そんなに上手くいくかね」北里は不安を隠そうともしなかった。

「警察官は警察官同士、庇《かば》い合うものでしょう。俺たちは別に悪いことをしているわけじゃない――でしょう？」

自分を納得させるように北里がうなずく。しかし力はなく、まだ気持ちを決めかねているようだった。

「俺たちはまだ、何の書類も作っていません。だから、今出た話はまだ証拠として残らない。今後はともかく、今は単なる情報提供として、話をしていただければと思います」

北里が話し出した。村上が昨夜摑んだ情報にも一致する。結局、十年前の事件が、現在まで尾を引いているわけだ。長い年月……しかしこれで、事件は解決する。

おそらくは、最悪の形で。

刑事たちは、夜までフル回転した。とうとう中内の居場所が割れた——今でもつき合いのある北里が、ついに情報を提供したのだ。最初からこの線を追っていたら、もっと早く中内を見つけられたかもしれない。

関たちは、張り込み班を組織した。これから二十四時間体制で、中内の家を張りこむ。それで何とか、身柄を確保する方向に持っていく予定だった。影山に対する監視も決まった。何を考えているか、どんな行動に出るか分からない。

「奴は信用できないからな」室谷《むろたに》が吐き捨てる。「密告者は密告者だ。組織に対する裏切り者だから」

村上は反発しようとしたが、室谷の嫌悪感に押されて何も言えなかった。

「いいか、影山が何かやったら、確実に押さえろ。遠慮する必要はない——いや、奴が何をやっているか、必ず材料を摑め」と他の刑事に檄《げき》を飛ばす。

影山を容疑者扱いするのか……反論しようと思った瞬間、村上は中内の捜査から外された。

「行かせて下さい」村上は食い下がった。こういうのは最初が肝心だ。

「お前は、昨夜《ゆうべ》もここで夜更かししてただろうが」関が平然と言った。

「夜更かしじゃなくて徹夜です」

「だったらよけいまずい。これからお前を一晩中張り込みさせると、労務上問題になるんだ。お前は、明日の朝一番から張り込み。今日はゆっくり寝ておけ」

そこまで言われると、どうしようもない。村上は引き上げることにしたが、どうしても引っかかることがあった。

影山。彼は間違いなく、自分が摑んだ情報の大部分を知っている。その情報を摑んでどう動くかは予想できないが、嫌な予感が消えない。結局村上は、一番近い人間——裕香と速水《はやみ》に相談した。二人とも朝からずっと動き回って疲れている様子だったが、村上の話は聞いてくれた。

「影山さんにもこの情報が伝わってるの？」裕香が目を見開いた。「そんなこと、一言も言ってなかったじゃない」

「本筋の捜査で手一杯で、喋ってる暇もなかったじゃないですか」村上は反論した。

「俺は、不安なんですよ。十年前の事件の実態を知ったら、影山さんがどんな動きを見せるか、分からない。ヤバイ方向へ突っ走ったら、何が起きるか分からないじゃないですか。影山さんを、またトラブルに巻きこむわけにはいきません」

「監視をつけたんだろう？　それに任せておけばいいじゃないか」速水は乗り気になら

なかった。

「自分で何とかしたいんです」

「どうしてそんなに影山さんを庇うの?」裕香が不思議な表情で訊ねる。「影山さんって、結局自分勝手な人じゃない。十年前に捜査本部から外されて、今になって勝手に捜査を始めてる——それ以外にも同僚を告発した」

「その同僚はクソ野郎だっていうことが、今日だけでも分かったじゃないですか」村上は吐き捨てるように指摘した。

「それはまあ……そうだけど」

「翼君の正義感も分かるけど、影山さんを庇い過ぎだと思うよ」速水が裕香に同調した。「だいたい、影山さんとは会ってまだ間もないじゃないか。それなのに、どうしてこんなに入れこむかな」

「それは……」

村上は影山の過去の事情を知っている。しかしそれを二人に告げていいかどうか、分からなかった。プライベートにかかわる話だし、しかも裏は取れていない。

「曖昧《あいまい》な話ですみませんが……」結局村上は、中途半端な情報を出さざるを得なかった。「実は全て話すわけにはいかないが、何も言わないままでは二人は納得しないだろう。この件、影山さんの個人的な問題に関係していると思います」

「まさか、被害者と知り合いだったとか?」裕香が訊ねた。

「おそらくそうです。直接知らなくても、間接的には知っていたと思います」それを調べる方法もあるが、今は時間を割く余裕がない。「俺は、この話を聞いた時に、影山さんが十年前にどうして捜査を外されたのか、そして今になってなお捜査に執念を燃やしているのは何故か、理解できたと思います。俺は……影山さんに事件を解決させてあげたいんです。大きなお世話かもしれませんけど、影山さんに花を持たせたい。そうしないとあの人、いつまでもゾンビみたいにフラフラしてますよ」

「ゾンビか」速水が顎を撫でた。「考えてみれば俺、影山さんのことはほとんど知らないんだよな。直接話したこともないし。噂を聞いて、ヤバイ人なんだろうなと思いこんでただけだ」

「ヤバイことはヤバイわよ」裕香が指摘する。「でも、ちゃんとした理由があるとしたら、それを無視する訳にはいかないわね。翼君、話してくれるつもりはないの？」

「ないです。具体的には……詳しく話すと、プライバシー侵害になります」

「そう……」裕香が速水と視線を交わした。それから自分と速水を交互に指さし「どうする？」と訊ねる。

「しょうがないな」速水が膝《ひざ》をぽん、と叩《たた》いた。「自分で何とかしたいんだろう？　他の監視とは関係なく？」

「はい」村上はうなずいた。

「じゃあ、俺が先に行きますよ。一応、浅野さんは先輩だし。力仕事は、まず後輩が担当します」

「了解。翼君、どういう手を考えているの？」

「家まで行って、影山さんと話します。影山さんだって、家には帰るでしょう。帰るまで待つつもりです」

「監視している連中とぶつかったら？」裕香はまだ心配していた。

「適当に言い訳します」

「手伝うけど、これは一回貸しだからな」速水が人差し指を立てた。

「分かってます」

「じゃあ、そういうことで」裕香が欠伸《あくび》を嚙《か》み殺して立ち上がった。「もしも何かあったら、すぐに連絡して」

「分かりました」村上は思い切り頭を下げた。「ありがとうございます」

「速水君が言う通り、あくまで貸しだからね」裕香は村上に向かって人差し指を突きつけた。「必ず回収するわよ」

この件が無事に片づけば、二人にはいくらでも奢《おご》ろう。ボーナスを注ぎこんだっていいぐらいだ——次のボーナスは半年も先だが。

影山は、川崎中原《なかはら》署管内に住んでいた。最近、川崎市内では一番忙しい警察署である。武蔵小杉《むさしこすぎ》駅周辺にタワーマンションが次々に建ち、人口が急増したからだ。人口が増えれば、一定の割合で悪い人間も入って来るもので、街のパトロールを担当する地域課は大忙しと聞いている。

とはいえ、影山の自宅の最寄駅は武蔵小杉ではなく、南武線《なんぶ》の平間駅《ひらま》だった。幸区《さいわい》との区境に近い小さな川――用水脇のマンション。

二人は午後九時過ぎ、マンションに到着した。署を出てから、急いでカレーを食べてきたので、夜中まで張り込みが続いてもエネルギーは持つ。

「で？　翼君の作戦は？」速水が訊ねる。

「正直、決めかねてます。このままインタフォンを鳴らして話をするか、それとも張り込むか……」

「張り込むっていうのは、帰って来るのを待つ、ということだろう？」

「ええ」

「だったら、まずインタフォンを鳴らしてみればいい。いなかったらそのまま張り込み。別に悩むことなんかないよ」速水があっさり方針を口にした。

「それでいきましょう」

影山が車を持っていないことは分かっていた。動くには公共交通機関を使う。終電まで張っていれば会えるはずだ、と村上は想像していた。

「インタフォンは、翼君が鳴らした方がいいね。俺がいきなり話したら、影山さんも用心するだろう」

「分かりました」

言って、マンションの玄関ホールに向かって歩き始めた瞬間、村上は固まってしまった。ホールからちょうど影山が出て来るところだったのだ。村上は反射的に下がり、マンションから離れた。速水も慌ててついて来る。

「何だよ、翼君」速水が小声で抗議した。「出て来たんだから、話をすればいいじゃないか」

「ちょっと様子を見ましょうよ」村上は、影山が独自に中内と接触するのでは、と想像していた。影山なら、それぐらいのことはしそうだ。だったら彼を泳がせておいて、中内のところまで誘導してもらうのも手ではないか。だいたい、「一緒に捜査しましょう」と誘っても、彼が乗ってくるとは思えない。自分一人だったらともかく、こうなると速水が一緒なのが痛い。万が一に備えて同行を頼んだのだが、結果的にはそれがマイナスになってしまっている。

「尾行だな……分かった、俺が先導する」速水が言った。「翼君はすぐに気づかれそうだからね」

「お願いします」これは、速水の判断に一理ある。

先導役を譲り、村上は速水の十メートル後ろをキープすることを意識しながら歩き出した。尾行に関しては、警察学校で「理屈としては」教わったのだが、実際にやるのは初めてだ。マジかよ、と一瞬で鼓動が速くなる。これから尾行する影山は刑事——つまり尾行のテクニックを持った人間である。そういう人間は、尾行に気づく嗅覚《きゅうかく》も持っているのではないだろうか。

　影山は川沿いの道路から外れ、すぐに平間駅の方へ向かった。ここから動くには、やはりまず駅か……平間駅入口の交差点を直進し、小さな商店街を通り過ぎ、南武線の踏切を横断した。平間駅の入り口は、影山の家と反対側に、一ヶ所しかないようだ。その前の道路にはコンビニや洋品店、銀行のATMコーナーなど、どこでも見られる光景が広がっている。

　影山が改札に入った後も、速水は後をつけなかった。

「行かなくていいんですか？」

「この駅は小さいし、南武線はそんなに本数もないから。ホームで一緒になると、すぐにバレる。ギリギリで乗りこみたいんだ」

「でも、上り下りどっちのホームにいるか、分からないじゃないですか」先ほど踏切を渡った時に見た限りでは、いわゆる相対式ホームで、上りと下りは別だった。

「そこは何とか……二人いるんだから、チェックはできるよ」言いながら、速水は改札脇にある時刻表を確認した。村上も背後から覗《のぞ》きこむ。速水は「本数もない」と言っていたが、実際には上り下りとも、結構頻繁に電車がくる。

「行かないとまずいですよ」

「そうだな」同意して、速水が改札に入った。村上もすぐ後に続く。「翼君、下りをチエックしてくれ。俺は上りのホームを見る」

「見つけたら即連絡、ですね」

「そういうこと」

手前が上り、奥が下りホーム。村上は跨線橋《こせんきょう》を通って、小走りに下りホームに向かった。ほとんど人はいない――影山の姿がないことはすぐに分かった。戻ろうとした瞬間、スマートフォンが鳴る。「上り」と短く、速水からのメッセージが入っていた。

跨線橋を駆け上がって上りホームの方へ戻ると、速水が改札のすぐ近くで待っていた。無言で、ホームの先の方を指さす。村上には、影山の姿は確認できなかった。

「真ん中辺りにいる」

「分かれて乗りますか？」

「その方がいい。俺は同じ車両に乗るから、翼君は一つ後ろで」

「了解です」

電車が来て、二人は素早く移動し、所定のポジションに落ち着いた。村上は一つ後ろの車両なので、当然影山の動きは見えない。結局川崎まで、速水からは連絡がなかった。おそらく川崎で降りる――中内の家の最寄駅は川崎なのだ――と判断し、村上はホームへ出た。ここでまた迷う。南武線のホームにはいくつも階段があり、影山がどこを使うか分からない。気をつけないと、正面から鉢合わせということにもなりかねない。村上は最後尾の階段近くにいるのだが、ここはただの跨線橋で、他の乗り場につながっているだけのはずだ。改札へ行くには、別の階段を使わねばならない。

「中央南改札」とだけメッセージが入る。これで十分だ。村上は中央付近の階段を使って改札を抜けた。中内の家の場所を考えると、このまま中央東口に出るはずだ。

川崎駅は巨大で無機質だ。特に、店舗が閉まっている夜のコンコースにいると、それを強く感じる。天井部分は円筒を半分に割ったような作りで、装飾は少ない。今は、時計台の周りのベンチに数人が腰かけているだけで、行き来する人も少なかった。

すぐに速水を見つける。予想通り、改札の右側——中央東口方面に向かっていた。

「捕捉《ほそく》しました」とメッセージを送って、近づき過ぎないように気をつけながら尾行を再開する。

川崎駅の東側は、普通に街に出るだけでもかなり時間がかかる。JRの東側に京急《けいきゅう》が走っていて、その高架を抜けないと街に出られないのだ。中内の家——この辺から歩いて十分ほどだ——まで行くのかと思ったら、地下道をずっと通って、京急の駅の方へ向かって歩いて行く。結局そのまま改札に入り、右手にある大師《だいし》線のホームへ向かった。

大師線は四両編成と短いので、気づかれずに尾行するためにはさらに気を遣う。村上は影山を直視できていないだけに、なおさら不安だった。

速水からは連絡なし。用心して、一番後ろの車両に乗った。大師線は朝夕のラッシュ時以外には運行本数が少なく、今——午後十時台には四本しか走ってない。次の出発は十時八分。こんな遅い時間にどこへ行くのか、村上の頭の中は疑問符で一杯だった。

発車まで二分。速水から「前から二両目。隣の車両で張れ」と連絡が入った。この時間でも、車内はそこそこ混んでいる。人にぶつからないように気をつけながら車両を移動し、前から三両目の車両の一番前まで移った。そこへ行っても、前の車両の様子は窺《うかが》えない。どこで降りるか分からない以上、前の車両に移って監視した方がいいのではないか？

しかし考えているうちに、電車は発車してしまった。じりじりしながら、緊張感を切らさないようにする。速水からの連絡も間に合わないだろうし、一々確認するしかない。京急川崎の次の駅、港町《みなとちょう》駅に着いたところで、ホームに顔を突き出す。速水が降りて来た。わずか一駅乗っただけか……急いで車両から出て、速水の背中を追い始める。この駅で降りる人はほとんどいないので、今度は影山の姿もはっきりと見える。丈の短いダウンジャケットにジーンズという軽装で、せかせかとした足取りだった。北口を出て、駅前にある広場を横切り、多摩川《たまがわ》に続く道路に出る。そう言えばこの近くにある中華料理屋に、影山と聞き込みに来たことがあった。あれがずいぶん昔のことに思える。

影山は踏切を背に、多摩川に向かって歩き始めた。先日来た時には気づかなかったのだが、駅前には高層マンションが建ち並び、いかにも最近の都会という光景になっている。

一分ほど歩くと、もう多摩川だ。河川敷との間には、細い道路。速水はその道路を渡らず、歩道で立ち尽くしている。強い川風に煽《あお》られ、彼のコートの裾《すそ》がはためいた。近くに影山がいる気配がないので、村上は思い切って速水に近づいた。

「影山さん、どこへ行ったんですか」

「河川敷に降りた」速水の口調には戸惑いがあった。

「じゃあ、行かないと」歩き出すと、速水に腕を摑まれる。

「駄目だ。河川敷に降りたら向こうに気づかれる」

河川敷に何の用事だ？　疑問が頭の中に満ち始めた時、「おい」と声をかけられた。慌てて振り返ると、本部の捜査一課の刑事だった。どうしてここに？　謎は膨らむ一方だった。

「お前ら、ここで何してる」

隠してもしょうがないと思い、村上は「影山さんを尾行してました」と打ち明けた。

「影山を？」暗がりの中で、刑事の顔が歪む。「何であいつを？」

「分かりません」言いながら、この刑事が何をしているかはすぐに分かった。「中内もここへ来てるんですか？」

「ああ。さっき、河川敷に降りて行った」

つまり、二人は河川敷で会っている？　村上は歩道から一歩足を踏み出したが、速水にまた腕を摑まれた。

「本部に連絡する。連中に気づかれないように注意して監視してくれ」

本部の刑事に指示され、二人は道路を渡った。土手の上は細い砂利道になっており、その向こうが河川敷だ。この辺では河川敷はそれほど広くなく、暗闇の中、水の気配が感じられる。川向こうは、煌々《こうこう》と灯《とも》ったマンション群――東京だ。

砂利道に出て河川敷を見下ろすと、二人の人影が見えた。摑み合っている。村上にも怒声が聞こえたが、何を言っているかは分からない。そのうち、右にいる人間――中内か影山かは分からない――がばっと離れた瞬間、炎が高く上がった。

人が燃えている。

「クソ、何なんだよ！」

叫ぶなり、速水が走り出す。村上もすぐに後を追った。右側にいた男がその場を離れ、こちらに向かって全力で駆けて来る。中内か、影山か……炎がさらに大きくなる。燃えている人物がもがいているせいか、炎は左右に大きく揺れて、やがて倒れた。枯れた芝に燃え移って、パッと火の粉が散る。

「待て！」こちらに向かって来る男に向かって速水が叫び、大きく手を広げる。男は、速水とぶつかる直前に鋭くステップを切ったが、速水もその動きについていった。ダンスを踊るように合わせて動き、右足を大きく突き出す。男の足が引っかかり、バランスを崩して倒れそうになったが、何とか踏みとどまる。村上は素早く男に近づき、肘《ひじ》を首筋に叩きこんだ。逮捕術の基礎は身についているのだが、とっさにそれが出ない。しかし男の体は、肘打ちの衝撃でぐらついた。一度離れた村上は思い切り足を上げて、胸元にキックを見舞った。蹴《け》りがもろに入って、男が仰向《あおむ》けに倒れる。

「速水さん、確保！」

転んで慌てて立ち上がった速水が、男に飛びかかった。男は影山ではない――中内だ。

「影山さん！」村上は叫び、燃えながら芝の上を転がっている影山に向かって猛ダッシュした。ダウンジャケットは燃えやすいのか、上半身が火だるまになっている。きつい油の臭いが鼻をついた。村上は慌ててコートを脱ぎ、大きく広げて、影山に向かって叩きつけた。何度も何度も繰り返し――ほどなく炎が小さくなってくる。

「影山さん！」もう一度叫び、ダウンジャケットを脱がせようと手をかけると、村上のスーツの袖《そで》に火が燃え移る。慌ててスーツを脱ぎ捨て、ワイシャツ一枚になって消火作業を続けた。

「……生きてるよ」

影山の声が聞こえたので、村上はその場にへたりこんでしまった。近くにペットボトルが転がっているのに気づいて、そっと足で押しやる。中に入っているのは、おそらく何かの油だ。凶器――証拠だと思うが、近くにこんなものがあったら危なくて仕方がない。

村上は自分のコートを使って手をカバーし、何とか影山のダウンジャケットの前を開けた。そのまま思い切り引きずり下ろす。下はセーター……焦げ臭い刺激臭が鼻を突いたが、セーターはあまり焼けていないようだ。むしろ剝《む》き出しになっていた首と顔に火傷《やけど》が目立つ。特に顔の下半分は真っ赤で、相当重傷だ。髪は焼けてチリチリになってしまっている。

先ほどの捜査一課の刑事が駆けつけてきて、どこから持ってきたのか、ペットボトルの水を影山の顔と喉《のど》にかける。焦げ臭い臭いがさらに強まったが、影山はそれでだいぶ楽になったようだ。

「覚えておけよ」捜査一課の刑事がペットボトルを自分のバッグにしまいながら言った。「水かお茶は絶対持ち歩け。何かの時に必ず役に立つ――早く中内を押さえろ！」

見ると、速水はまだ中内を制圧しきれていなかった。かなりダメージを与えたはずなのに、組み敷かれた中内は必死に暴れており、速水は手錠をかけられない。

村上は、中内を押さえにかかった。袈裟《けさ》固めで首と肩の動きを止めると、速水が素早く離れて、中内の左手首に手錠をかける。カチリ、という冷たい音を聞いた瞬間、中内の体から急に力が抜けた。これが終わりの音――自分でも何人もの人間に手錠をかけてきた中内なら、それはよく分かっているはずだ。

精根尽き果てた。その場にへたりこんでしまいそうになったが何とか立ち上がると、現場がさらに騒がしくなっているのに気づく。新顔の刑事が二人……今夜は三人で中内を尾行していたのだ、と思い出す。一人を尾行するには多過ぎるが、それだけ逃したくない相手だったのだ。

最初に現場に来た刑事が電話を終え、他の二人の刑事にあれこれ指示する。救急車は要請したが、まずは水の確保……死ぬほどの火傷ではあるまいが、とにかく冷やさなければならない。すぐ側には多摩川が流れているが、その水は使わない方がいいだろう。確か、駅の近くにコンビニエンスストアがあった――ダッシュすれば、往復五分はかからないだろう。その前に救急車が到着すれば御の字だ。

慌ただしく時間が過ぎる。村上はコンビニエンスストアまで走り、一リットルのペットボトルを三本買ってダッシュで現場に戻った。二本を使って影山の頭から肩までをびしょ濡《ぬ》れにし、残った一本をゆっくり飲ませる。髪からは水が垂れ、火傷のせいで左目が塞《ふさ》がりつつある。顎の火傷は相当重傷で、肉が覗き、しかもそれが熱で固まっていた。

影山が少し動く度に、苦しそうな呻《うめ》き声を上げる。

「大丈夫ですか」

「生きてる」

生きてるとはいっても……セーターは着たままなので、体にどれだけ火傷を負っているかは分からない。実際、セーターも焼けていた。今は平気そうに見えているが、後で急に容態が悪化することも珍しくない。

ようやく、遠くから救急車のサイレンが聞こえてきた。ほっとして立ち上がり、土手まで確認しに行く。救急隊員を影山のところまで案内し、自分も病院まで同乗していこうと思ったが、影山に止められた。

「お前は来るな」小声だがしっかりした命令口調だった。

「いや、しかし……」

「俺は勝手にやったんだ。お前には関係ない」

「無茶言わないで下さい!」

「中内はお前が調べろ」影山がかすれた声で指示した。

「え?」そんなことができるわけがない。取り調べは、もっとベテランの担当だ。

「俺に対する暴行——現行犯で逮捕したんだから、当然お前が調べろ」

ストレッチャーに乗せられた影山が手を伸ばし、いきなり村上の胸ぐらを摑んだ。

「落として俺に伝えろ」

この人は何も変わっていない——しかし今、村上は、影山がここまで意固地になる理由を知っている。

3

川崎中央署へ戻って一段落した時には、既に十一時半になっていた。捜査幹部は勢揃いしているし、夜の仕事が入っていない裕香も顔を見せている。

「影山さん、大丈夫そう?」裕香が、さすがに心配そうに訊ねる。

「話はできてます。でもまだ治療中なので、何とも言えません」

「そう……それであなた、どうするの?」

「何がですか?」

「中内を調べる？」

「ああ……どうしましょうか」

「やる気、ないの？」

ないわけではない。むしろ自分で直接確認してみたいことがいくらでもあった。しかしそんなことが許されるとは思えない。自分は刑事課で一番の下っ端なのだ。

「やる気があるなら手を挙げて。手を挙げないと、いつまでも人に踏みつけられたままで一生終わるわよ。最初の段階で、やる気があると見せつけておけば、何とかなるから」

「そんなものですか？」

「経験から言ってるから、間違いないわ」

裕香がうなずく。彼女も何か失敗したのだろうか？　自分の経験をベースに警告してくれているのかもしれない。

「分かりました」言って、村上は唾《つば》を呑《の》んだ。これは大勝負になる。

会議室の前方にいる関のところへ向かうだけで、動きがギクシャクしてしまう。彼が電話を終えるまで、「休め」の姿勢を取って待っていた。受話器を置いた関が、怪訝《けげん》そうに村上を見上げる。

「何だ」

「中内の本格的な取り調べは、明日の朝からですよね」

「そうだ」

「俺にやらせて下さい」

「ああ？」関が眉《まゆ》を吊《つ》り上げる。「そういうのはお前の仕事じゃないぞ。まだ早い」

「中内の一件を掘り起こしたのは俺です。その流れでやらせてもらえませんか？」

「駄目だ、駄目だ」関が首を横に振った。「これは極めて重要な事件なんだ。本部の捜査一課に任せる。取り調べの専門家がいるからな」

「お願いします」村上は頭を下げた。勢いよく元の姿勢に戻ると、「それが、影山さんを救うことになります」と宣言する。

「影山を救う？」

「真相が分かれば、影山さんは救われるはずなんです」おそらく彼は、十年間苦しんできたのだ。もう十分だろう。「俺が自分で落として、直接影山さんに伝えたいんです」

「どうしてそんなに影山にこだわる？　お前、あいつと何か特別な関係があるのか？」

「何もありません。でも、影山さんがどうしてあんな風になってしまったか、今の俺には分かっています。影山さんも被害者なんです」

「どういうことだ？」

迷う。これは影山のプライベートにかかわる問題で、彼の許可なく勝手に話していいとは思えない。しかし今、自分が取り調べを担当するためには、関に事情を明かす必要がある。やるか——こんなことが影山にバレたらただでは済まないかもしれないが、その時はその時だ。

落として俺に伝えろ――それが影山の指示なのだし。

村上が事情を話すと、関の表情が微妙に変わる。村上は、止めの一撃を小声で放った。

「この件は、捜査一課長も知っているはずです」そこまで詳しく話してはくれなかったが、影山との関係を考えれば、知らない方が不自然だ。だからこそ、十年前に影山を捜査から外したのだろう。

「一課長が？」

「だから一課長は、この一年ぐらいの影山さんの動きを黙認したんです」

突然、隣に座る宇津木が咳払いした。そちらに目を向けると「そんなこと、でかい声で言うな」と忠告した。

「しかし――」

「その件を知っている人間は多くないんだ。広める話でもない――まあ、いい。お前、やってみろ」

「はい！」村上は思わず直立不動の姿勢を取った。

「そう張り切るな」宇津木が苦笑した。「うちの刑事を一人つける。お前が下手なことを言ったらすぐに警告する――取り調べは即刻中止だ。上手くやれよ」

「分かりました」

一礼して、速水と裕香の下へ戻る。報告すると、裕香が満足そうな笑みを浮かべてうなずいた。

「じゃあ、今夜はできるだけちゃんと寝ておくことね」

「寝られそうにないですけどね」村上は両手で顔を擦《こす》った。

「無理にでも寝ないと駄目だよ」速水が忠告する。「寝不足は取り調べの大敵だから」

「何ですか、それ」

「今作った格言だ」

軽い笑いが弾《はじ》ける。二人の表情は明るいが、村上は素直に笑えなかった。

これからが本当の勝負。事態がどう動くかは、これからの自分にかかっているのだ。


一旦《いったん》寝に帰った村上は、翌朝午前七時過ぎに家を出た。案の定、あれこれ考えてよく眠れなかったので、頭がぼうっとしている。せめてもと、歩いて出勤する途中、コンビニエンスストアでサンドウィッチを二つ買いこみ、量だけはたっぷりの朝食を摂《と》った。とはいえ、コンビニのイートインコーナーで食べたので、忙《せわ》しなく、味気ない。ついでに買った新聞を確認してみたが、昨夜の一件はまだ記事になっていなかった。時間が遅かったので間に合わなかったのか、あるいは何か意図があって発表を遅らせているのか。SNSもチェックしてみたが、昨夜の騒ぎはまったく話題になっていないようだった。夜中に人が通る場所でもないし、一番近いマンションからでも少し距離がある。ベランダに出て多摩川を眺めている人がいれば気づいたかもしれないが、あの寒さだとわざわざそんなことをする人はいないだろう。

何となくほっとする。新聞で社会面のトップを飾るような事件を担当するとなると、どうしても緊張してしまうのだが、世間に知られていないと考えると、少しは気楽に取り組める。

朝の捜査会議が終わって、午前九時。村上は初めて、取調室で中内と対峙した。元刑事なのだが、今ではその面影はまったくない。昨夜逮捕された時に着ていたコートは脱ぎ、今はシャツにセーター姿だ。そのセーターはサイズが合っておらず、ひどくぶかぶかに見える。警察を辞めてから痩《や》せたのだろうか、と村上は想像した。髪を短く刈り上げているのも、髪型に金と手間をかけないようにするためかもしれない。

目元には小さな火傷の跡がある。昨夜、影山に火をつけた時に、自分にも飛び火したのだろう。取り敢えずこの程度の火傷で済んでよかった、と村上は胸を撫で下ろした。これなら話をするのに問題はない。

中内は、どこかぼうっとした様子だった。寝不足というわけではなく、強烈なパンチを食らって倒れた後にようやく立ち上がったボクサーのような感じ。実際、昨夜の出来事は、彼のようにろくでもない人間にも衝撃を与えたはずだ。

「川崎中央署の村上です。取り調べを担当します」

「えらく若い奴に任せるんだな」中内が馬鹿にしたように言った。「それともあんた、何か特殊能力の持ち主なのか？」

「いえ」村上は短く否定した。「しかし、あなたに関する情報ならたくさん持っています」

「例えば？」

「あなたは十年前、ある女性に対してストーカー行為をしていた」

短く指摘して口をつぐんだ瞬間、中内の眉がぴくりと動いた。効いている……中内のダメージの度合いを想像しながら、村上は続けた。

「あなたの悪い評判はいろいろ聞いています。しかも最近はそれが、ヤクザとの絡みの中で生まれた。それを知った影山さんが、あなたを告発したのは当然です」

「人を切るような奴は、警察官の風上にもおけない！」

「馬鹿なこと言わないで下さい」村上は呆れながら、彼の本音を探った。本当にそんなことを思っているのだろうか。だとしたら、この男の倫理観は、普通の人間と完全にずれている。

「違法なことをしたら、警察にいられるわけがないでしょう。影山さんの行為は、完全に正当かつ真っ当ですよ。さて……」村上は両手を組み合わせ、テーブルの上に身を乗り出した。「あなたを買った暴力団員が、殺されました。鹿島悦郎《えつろう》。正確には彼は、暴力団員ではなく、元暴力団員ですけどね。あなたとの一件があった後、組を破門になったことは知っているでしょう？」

「ああ」

中内が短く認めた。どうやら完全黙秘で通すつもりはないようだ。こういう時はむしろ、会話のコントロールが難しいのではないだろうか。筋道だって話してくれればともかく、頭に浮かんだことをそのまま口にされたら、話がまとまらない。

「彼を殺したのはあなたですね」村上はずばり指摘した。まだ直接の証拠は見つかっていないのだが、状況を考えればそうとしか思えない。

「馬鹿言うな」中内がそっぽを向いた。しかし、怒っているわけではない。声は震えているし、体は小刻みに揺れている。追い詰められている——昨夜の影山に対する殺人未遂は現行犯逮捕だったから、逃げられないのは分かっているはずだ。

「あなたにすれば、鹿島とつきあってしまったことがそもそもの間違いだった。あなたは暴力団担当の刑事として、組内部の情報提供者に鹿島を選んだ。しかし鹿島にすれば、あなたこそが情報提供者だった。あなたから警察の家宅捜索《ガサ》情報を聞き出し、組は危ないところで何度も危険を脱した。代わりにあなたは、彼から女や金の供応を受けていた——否定しても無駄ですよ。監察官室の調べに対して、あなたはそう認めている」

「今更そんな話を蒸し返してどうするんだよ」

「どうして影山さんを殺そうとしたんですか？」

「ああ？」急に話が飛んだせいか、中内の顔に戸惑いが浮かぶ。

「あなたは昨夜、影山さんを焼き殺そうとした。私たちが現場で見ていますから、これは間違いありません。人を殺そうとするのに、あんなやり方を選ぶのは、普通はあり得ない。残酷過ぎます。どうしてあんなことをしようとしたんですか？」

　中内が黙りこむ。しかし、唇の端が痙攣《けいれん》するように動いているので、彼が動揺しているのは明らかだった。村上は椅子に背中を押し当て、彼との間に少し距離を置いた。

「よほどの恨みがあったから──違いますか？　影山さんは、あなたの人生を滅茶苦茶《めちゃくちゃ》にした人だ。警察を辞めて一年経ったぐらいでは、恨みは消えない。でも、影山さんを殺そうとした理由は、それだけではないですね？」

　依然、沈黙。ここが勝負所だと読んで、村上は一気に攻めた。

「ここから先には私の想像も入っています。しかし、聞いて下さい」

「喋るのはあんたの勝手だ」

「あなたは酒癖が悪かった。酒が入ると、危ないことでも平気で喋ってしまう」

「らしいな。そういうのは自分では気がつかないけど」

「それで、あなたは墓穴を掘ったんじゃないですか」

「さあな」

「警察を辞めてからも、あなたは鹿島さんとつき合っていたんですね？」

「腐れ縁だよ」

「一緒に酒を呑むこともあった。その中でつい、十年前のことを話してしまったんじゃないですか」

　一瞬で、中内の顔が蒼褪《あおざ》める。今の一撃は効いた、と村上は確信した。もう一度、テーブルの上に身を乗り出して、低い声で続ける。

「鹿島さんは、十年前の事件について、我々に情報提供しようとしていた形跡がありま
す。しかし気が変わったのか、結局我々が彼の話を聞くことはなかった」話したらまず
い、と土壇場で判断したのかもしれない。自分から情報が漏れたことが分かったら、中
内に始末されると考えたのかもしれない。
「鹿島が……」中内が険しい表情を浮かべる。
「あなたは十年前、平野玲香さんに対してストーカー行為をしていた。それがエスカレ
ートして、彼女を襲って殺してしまった」
「何も言わない」
「鹿島さんに話したということは、他の人間にも伝わっているんですよ」村上ははった
りをかけた。「あなたは、暴力団とつながっていただけじゃない。人殺しでもあった」
「違う！」
「何が違うんですか」
中内が苛立《いらだ》ち、焦っているのは見ているだけで分かったが、何故か村上はまったく平
然としていた。相手が焦るほど、こちらは冷静になるものだろうか。
「俺は殺していない」
「ストーカーをしていたことは認めますか？　実際彼女は、不安になって知り合いに相
談していた。こんな情報は、十年前にも分かっていたはずですよね？　しかし捜査は進
まなかった。何故でしょう」

「そんなこと、俺が知るか」

「あなたは十年前、川崎中央署の刑事課にいた。当然、事件の捜査本部にも入っていた。解決しないのも当たり前ですよ。犯人が捜査本部に入っていて、捜査の方針を歪めたんですから」

村上は影山に指示された後、捜査資料を読みこんだ。その中で、どうにも不可解だったのが、捜査方針の大きな転換である。最初の大きな手がかりとして出てきたのが、中内が摑んできた情報、被害者に対するストーカー行為である。しかし一週間ほどでその線での捜査は打ち切られ、ストーカーをしていたとみなされた三十二歳の会社員、沢田涼太《りょうた》は、警察に対して激しい捨て台詞を吐いた。中内の完全なでっち上げだったのだから、当然である。その後は別のストーカー説、通り魔説、知り合いによる怨恨《えんこん》説などが出たが決定打はなく、捜査は迷走してしまった。

村上は足元に置いていた資料をテーブルに載せた。資料庫から持ち出した、当時の捜査会議の議事録。それほど詳細なものではなく、箇条書きのメモ程度だが、流れは分かる。

「発生から一週間後、あなたは聞き込みの結果として、平野玲香さんがストーカー被害に遭っていたという報告を上げた。この情報で、捜査本部はストーカーによる犯行説に傾いて方針を定め、ストーカーをしていたとされる男に対する捜査が進められました。しかしこの線は、完全な外れでした。何故なら、あなたが偽の情報を持ちこんできたからです」

「馬鹿な」

「あなたは、自分に嫌疑がかからないように、捜査本部の方針をねじ曲げたんだ」

「そんなことができるわけがない」

「有力な情報だと判断すれば、捜査本部は一人の刑事の報告だけでも動くはずです。十年前はあなたも若かった。でも、刑事の習性については、よく分かっていたんですね。捜査が一週間、同じ方向で続いてしまうと、その後の方針転換は難しい。本来の手がかりは、どんどん薄れてしまいます」

無言。しかしそこで、村上はさらに奥の手を出した。

「あなたは二世警官だ。お父上は、山下署長まで勤めた人ですね。そういうお父さんの下で育ったら、子どもの頃からいろいろな話を聞かされて、警察官とはどういうものか、自然に分かるようになるでしょう」速水もそうだが、警察官には二世、三世が多い。ある意味政治家と似たようなものだ。

「親父は関係ない！」

突然、中内の口調が変わった。焦り。そしてこめかみに汗が一筋流れる。

「そうですか」これが使える、と村上は判断して、自分のスマートフォンをテーブルに置いた。「あなたのお父上は、あなたが逮捕されたことをまだ知りません。しかし、一年前に警察を辞めたことに関しても、相当お怒りのはずですよね？　あなたは警察一家の恥さらしだ。その上今度は人を殺した。お父上は、どう考えるでしょうね。もしかしたら、最悪の事態が起きるかもしれません。お父上は、実績があり、プライドも高い人でしょう。しかも、山下署長を最後に退任されてからまだあまり日も経っていないし、現在も県の交通安全協会会長という要職にある。自分の息子が人を殺した——それを聞かれた時に、どう判断するでしょうね。あなたに対して何をするか。自分はどうするか。考えて下さい。このまま黙っていたら、何も分からないまま、お父上も苦しむことになります。それでいいんですか？」

「こんなんじゃなければ！」

中内が叫び、両の拳《こぶし》をテーブルに叩きつけた。それでも村上は、まったく動揺しなかった。落ち着いている……自分がこんなに冷静だとは思ってもいなかった。

「警察一家に生まれていなければ、ということですか？」

「俺は、警察官になんかなりたくなかったんだ！　俺は……俺はもっと自由に生きたかった！」

自由に生きる——自由に酒を呑み、自由に女を抱き、自堕落に生きたかったのか。そんな生活の最後に待っているのは、だいたい破滅だ。借金で首が回らなくなるか、誰かの尻尾《しっぽ》を踏んで痛い目に遭う。少なくとも彼は生きているのだから、自分が中内を救ったと言ってもいいだろう。

救う意味があるかどうかは分からなかったが。

午前中の取り調べでは、中内はまだ犯行を認めなかった。粘れば、まだ逃げられると思っているのかもしれない。

村上は食事を抜いて上に報告し、さらに証拠固めで複数の人間に電話した。中でも一番時間をかけたのが、中内の父親との会話である。事情を知った交通安全協会の会長は絶句したが、それでも警察官と父親の立場の間で瞬時悩んだ末、警察官としての立場を取ったようだ。問題も二度目となると、覚悟ができていたのかもしれない。

父親はいつでも協力する、と請け合ってくれた。何ならすぐに面会に行ってもいい、と。それは断ったが、取り調べのために彼の名前を使ってもいいという許可を村上は得た。

これで十分だろう。警察一家に生まれたこと自体が、彼にとって大きなプレッシャー、もしかしたらコンプレックスになっていたのは間違いない。それが犯行の遠因になっていた可能性も否定できない。そこを突いていけば必ず落ちる、と村上は今や確信していた。

取り調べを再開する直前、トイレに寄った後で、村上はふと花奈《はな》の顔を思い出した。電話でぎくしゃくしてしまって以来、ろくに話もしていない。今は話すタイミングではないのだが、今でなければいけない気がしている。向こうもちょうど、昼休みの時間ではないだろうか。

「今、話して大丈夫か？」

「大丈夫だけど……」花奈はすぐに電話に出てくれたが、反応は冷たかった。

「俺、これから一人の人間の人生を変えてしまうかもしれないんだ」

「どういうこと？」花奈の声に、さらに疑念が強まった。「何かやったの？」

「ちゃんとした仕事だよ。でも、警察官の仕事は、望まなくても他人の人生を変えてしまうことがある——今日、それを思い知ったんだ」

「最初から分かってたことじゃないの？」

「もっと気楽に考えていたんだ」村上は打ち明けた。「犯人を逮捕してそれでハッピーエンド——刑事ドラマみたいにさ。でも本当は、逮捕してから始まるんだよな。取り調べして、自供させて……それがむしろ本番なんだ」

「今、そういうことをしているの？」

「ああ」

「そうなんだ……私もね、入社する前とはずいぶんイメージが違うな、と思ったことは何度もあったわ」花奈が打ち明けた。「営業って、相手があってのことだから、とにかく人と会うのが仕事で、自分の時間なんか持てないと思ってた。でも実際は、そんなこともなかったのよね」

「そう言ってたね」大阪へ引っ越す直前に彼女から聞いた記憶がある。いわく「拍子抜けだった」と。

「今は直接会わないで、オンラインで商談するのも普通だし、そういう時って、余計な営業トークはいらないのよね。いきなり話に入ったほうが、お互いに面倒がないみたいな感じで。面倒臭くなくていいけど、ちょっと寂しいわ」彼女は話し好きだ。本題に入る前の前振りが長くなり過ぎて、肝心の話に入らないまま終わってしまうこともある。

「そもそも、大阪に支社を置いておくのも意味がないんじゃないか？」オンラインなら、どこにいても仕事はできる。

「そうよね。私がもっと偉かったら、支社は全部廃止して、本社を川崎に置くように進言するけど」

「え？」

「それならあなたの近くにいられるじゃない」

「ああいや、……そう、かな」唐突な話に、村上はしどろもどろになった。

「あなたも変わらないわね」花奈が声を上げて笑った。「力はあるのに、全然出し切れていない」

「力って言われても、君は俺の仕事の内容をそんなに知らないじゃないか。言えないことばかりだし」

「だから、仕事の種類なんて関係ないのよ。仕事の能力も含めた人間力？　みたいなもの？」花奈が迷いながら言った。「あなたにはそういう力があるんじゃないかしら。そういうの、自分で分からないかな」

「全然分からない」

「じゃあ、あなたの最大の弱点はそれね。自己分析力がないこと。要するに、もっと自信を持っていいと思うのよね。信じる通りにやってみればいいじゃない」

「それで失敗したらどうするかな」

「警察の仕事に、失敗は許されないんでしょう？」

「もちろん」

「じゃあ、失敗しないようにやって」花奈が、素っ気ないほどの口ぶりで言った。

「そんなこと言われても」

「私は、警察の仕事に関しては素人だから何も言えないけど、とにかく失敗しないでね。それと、二月にはそっちへ行くから」

「出張？」

「ついでに、遅い冬休み。部屋、ちゃんと綺麗《きれい》にしておいてね。散らかってるの、嫌いだから」

「それは知ってるよ。なあ、結婚の話だけど——」

「焦らないで。私たち、まだ二十五歳よ？　考える時間はたっぷりあるでしょう？　あなたは焦り過ぎなのよ」

　電話を切った後、村上は顔が緩んでいるのを感じた。花奈はくるくる機嫌が変わる、扱いにくい女性なのだが、利点はある。今日のように最高潮の状態にある時に話をすると、自分にとっては最高のエネルギーになるのだ。

留置担当の話によると、中内は出された昼飯の弁当にほとんど手をつけなかったという。諦《あきら》めて全てを自供するか、まだ誤魔化す方法があるかもしれないと考えているのか。気持ちは両極端に揺れて、飯どころではないのだろう。

村上はそこを突いていくことにした。一種の脅迫だが、上手く言葉を操って何とかしよう。

「お父さんと話しました」

中内がびくりと身を震わせる。はっと顔を上げて村上を睨《にら》んだが、目には力がない。

「すぐにでもここへ面会に来るとおっしゃっていましたが、会いますか？」

「冗談じゃない」中内がもごもごと言った。

「会いたくないんですか？」

「会わない」希望ではなく宣言だった。

「あなたは警察一家――あなたで三代目なんですね。しかも、親戚《しんせき》にも警察関係者が多い。神奈川県警で中内家といったら、誰からも敬意を払ってもらえる存在だった。あなたがあんなことをするまでは。本当は、警察官になんかなりたくなかったんですよね？」

「ああ」中内が認める。

「しかしあなたは、お父さんに逆らえなかった。希望してもいない警察官になって、それでも仕事はある程度きちんとこなしていたんでしょう。でも、いくつか大きな失敗があった。そもそものつまずきは、十年前に平野玲香さんを殺したことですね」

「刑事は、街を歩く」

「ええ」何を言い出すかと思ったが、村上は話を合わせた。

「街を歩けば、いろいろな人間に会う。特に女……警察のバッジを出せば誰とでも話せる。俺はバッジがなくても、いくらでも女を引っかけることはできたけど」

村上は無言でうなずくだけにした。相槌《あいづち》を打つのも汚らわしい話だ。しかし今の話で、中内は一線を越えたと村上は感じた。「いくらでも」。病的な女好きだと白状したも同然である。

「そのうち、本当に気に入った女とも会う」

「それが平野玲香さんですね」

中内がかすかにうなずく。何かを絞り出すように、両手をきつく握り合わせた。

「殺すつもりは……なかった」

「ええ」

「彼女が言うことを聞かなかったから、しょうがなかったんだ」

「それで、夜中に路上で襲って殺したんですね？」

「ああ」

「間違いありませんか？」

「間違いない」

村上は、ゆっくりと息を吐いた。山は越えた――そもそもの始まりが確定したのだから、後は順番に切り崩していけばいい。それはさほど難しくないだろう、と村上は読んだ。

「あなたは、川崎中央署の捜査本部で、自分が犯した事件の捜査を担当していた。途中で捜査をかく乱するような情報を流して、犯人――あなたに辿《たど》りつかないように捜査を妨害した」午前中の話を繰り返す。

「ああ」

「その後あなたは本部に異動し、暴力団担当の刑事になった。そこで鹿島という人間と因縁ができて、それがきっかけで影山さんの告発を受け、警察を辞めざるを得なかった。警察一家の人間として育ったあなたにすれば、大変なショックだったでしょうね」

「全否定、だ」中内がうなずいた。「自分のそれまでの人生の全否定だ。我慢して警察官になったのに、俺には何もなくなった。全てを失ったんだ」

「ある意味あなたは、鹿島に利用された」

「利用……そうだな」中内が唇を噛んだ。一気に白くなるほど強い噛み方だった。「あんなクソ野郎に利用されていたと思うと、自分が嫌になる」

「クソ野郎だと思いますか？」

「ああ？」

「鹿島悦郎はクソ野郎だと思いますか」村上は繰り返した。

「ああ」中内が大きく息を吸った。膨らんだ胸がゆっくり萎《しぼ》んでいく。「間違いなくクソ野郎だ」

「だから殺したんですか？　それだけじゃないでしょう。あなたは女性に弱いけど酒にも弱い。一緒に呑んだ時にでも、十年前の事件について、つい鹿島に話してしまったんじゃないですか？」前回言った話を繰り返す。

「――そうだ」中内が認めた。

「いつですか？　警察を辞めてからですか？」

「辞める前だ。そして鹿島は、組を破門になって、いろいろ困っていた」

「それであなたは、鹿島から脅迫されたんですね？」

中内が、悔しそうな表情を浮かべてうなずいた。鹿島という人間が、中内の人生をずたずたに切り裂いてしまったのは間違いない。自分が今、中内の人生を大きく変えようとしているのと同じように、鹿島も中内の人生を変えたのだ。

「あんな野郎に脅迫されるなんてな……俺も落ちるところまで落ちたな」

「金を要求されたんですか」

「ああ」

「払った？」

「まさか」中内が鼻で笑った。「払う代わりに――」

「殺したんですね」

取調室に嫌な沈黙が満ちる。ここまでは何とか順調に話していたのだが、さすがに中内も、一番重要なポイントをぺらぺら喋るのは気が引けるのだろう。

「殺したんですね」

村上が強い口調で繰り返すと、中内がかすかにうなずいた。

「確認します。きちんと口にして下さい。あなたが鹿島さんを殺したんですか」

「そうだ」

認めた――村上は背筋を伸ばして、緊張感を持続させるように自分に強いた。

「そのために、都内の駐車場からベンツを盗んで犯行に使った」

「ああ」

「そのベンツは今、どこにあるんですか？」

「乗り捨てた……座間《ざま》の、相模川《さがみがわ》沿いの砂利道だ」

村上は詳しい場所を確認した。住所までは分からないが、近くに墓地、それに野球のグラウンドがある場所だというから、すぐに割り出せるだろう。

「十年前の事件の捜査が今も続いているのは分かっていますよね？」

「もちろん」

「あなたは、影山さんも殺そうとした」

指摘すると、中内がまた唇を噛んだ。元刑事らしく、必死に計算しているのが分かる。二人殺して、さらにもう一人を手にかけようとしたわけで、裁判員の心象は最悪になる。

「あいつがいなければ、俺はまだ警察にいた。普通に仕事をしていた」中内がぼそりと言った。

「影山さんが、あなたのキャリアを壊したんですね？」

「余計なことをしやがって……ああいうお節介野郎はどこにでもいるんだろうけど、まさか自分がそういう人間に絡むことになるとは思わなかったな」

「だから、影山さんを殺そうと思った」

「……ああ」

「完全に筋違いですよ」

「何だって？」

「あなたは影山さんに感謝すべきなんだ。もしも鹿島との関係がばれずに、今でも警察にいたらどうなっていたと思います？　あなたは暴力団に決定的なリークをしていたかもしれない。その結果、自分で辞表を書いて辞めるんじゃなくて、逮捕されていたかもしれない。そうでなくても、鹿島はあなたをしゃぶり尽くしていたかもしれない。そうなったら地獄だったでしょう」

無言。村上はさらに畳みかけた。

「鹿島にとって、警察官を辞めたあなたには、利用価値がなかったでしょうから、関係を切ろうとしたかもしれません。しかしあなたたちの関係はずるずると続いた」

「だから？」

「結局全て、あなたが招いた事態です。鹿島を殺したことも、影山さんを手にかけようとしたことも、全部あなたの責任だ。他人のせいにするわけにはいかないでしょう」

「俺に反省しろって言うのか？」

「反省は求めません。俺は警察官です。事実を知りたいだけです」

「あんたも、結構変わってるな」中内が鼻を鳴らした。「こういう時、取り調べじゃなくて説教する刑事もいるんだけど」

「説教する価値のない人間もいるんじゃないですか」

中内の顔が引き攣《つ》ったが、反論はしなかった——できなかった。

4

事件は大きな波紋を呼んだ。犯人は元警察官——いや、十年前の事件発生当時は現職の刑事で、しかも自ら起こした事件を捜査していたというのは、あまりにもスキャンダラスである。新聞はともかく、週刊誌のデジタル版やテレビのワイドショーは派手に伝えていた。村上たちには「マスコミとの接触は絶対に避けるように」と厳しくお達しが出た。

代わりに矢面に立っているのは、捜査一課長の梶原《かじわら》と警務部である。中内が自供した翌日には、県警本部長が自ら謝罪会見を開く羽目になった。その様子をテレビで見ながら、キャリアの人も大変だよな、と村上は溜息をついた。地位も高いし、給料もいいのだろうが、何かあるとポジションを賭《か》けて頭を下げねばならない。

影山の火傷は最初に見た時に想像したよりも重傷で、胸から顔にかけて、広くⅡ度の状態になっていた。特に首と顔の下側がひどく、症状が改善した後は、何度か形成手術を受けることになりそうだ。

面会が許可された日の夕方、村上は一人で病院に赴いた。病室に入って驚いたのはその殺風景さ……誰も見舞いに来た様子がない。花もなければ果物もなし。もっとも、果物を持ってきても、食べられるかどうかは分からないが。

影山は静かにベッドに横たわっていた。顔の下半分が包帯に覆われているが、辛うじて口は見えている。チリチリに焼けてしまった髪の毛は、病院の方で刈り上げたようで、丸坊主になっている。ルックスは完全に変わってしまっていた。

「話せますか」

村上が問いかけると、影山が短くうなずいた。ほっとして、スポーツドリンクのペットボトルを手渡す。

「何だ、これ」影山の声はしわがれていて、喋るのは実際には苦しそうだった。

「見舞いです」

「いくらだ？　百五十円の見舞いか？」

「値段のことなんか聞きますか？　これなら飲めるでしょう」

「まあな」

しかし影山は、自分でボトルの蓋《ふた》を開けられなかった。手も火傷していて、特に左手は指先以外、包帯が巻かれていたのである。村上はボトルを受け取ると、キャップを捻《ひね》り取り、さらにストローを差して渡してやった。影山がストローをくわえ、ゆっくりとスポーツドリンクを啜《すす》る。厳しい表情に変化はない。

「痛みますか？」

「当たり前だ……このストロー、紙か？」

「当然です。今はだいたいこうですよ」

「気持ち悪いな」

「すぐ慣れます」

影山はさらにスポーツドリンクを啜った。顎に力が入らないのか、一気に飲むのは無理なようだ。

「話してくれ」

「影山さんが先です」

「何だと？」

「事件の関係で、影山さんからの事情聴取も必要です。先に俺に話しませんか？」

「断る」

「じゃあ、取り引きしましょう」村上は椅子を引いてきて座った。「これまでの中内に関する取り調べの詳細は話します。その後で、影山さんも話してくれますね」

「……取り敢えず、話してみろよ」

促され、中内から引き出した話を順を追って説明する。我ながらスムーズだ。中内とじっくり対峙したことで、自分も刑事として一皮むけたと思っている。影山は質問も挟まず——喋るのが辛《つら》いのかもしれない——ただ村上の話を聞いていた。

「で？」一段落つくと、短く訊ねる。

「影山さんに聞きたいのは、今回の件でどちらが先に声をかけたか、です。影山さんだったんでしょう？」

影山は何も言わなかったが、村上はそれを「イエス」と受け取って続けた。

「影山さん、刑事課で俺のメモを見ましたね？　見たどころか、俺がゴミ箱に捨てた下書きを拾って行った。それで状況が全部分かったんでしょう」

「一つ、教えてやる。重要な書類を捨てる時は、必ずシュレッダーを使え。そうじゃなければ、そもそも紙のメモは作らないで全部覚えろ」

「メモは作りますけど、処分するようにします」村上は肩をすくめた。「そんなに記憶力、よくないので……それで影山さんは、今回の鹿島殺しが中内の犯行で、十年前の事件の犯人も中内だと確信した。それで、中内の居場所を探り出して対決することにした」一旦息を切って、村上は影山に迫った。「殺すつもりだったんですか」

「俺は刑事だ。刑事は人を殺さない。逮捕して、署に連れて行くつもりだった」

「一人で危ないとは思わなかったんですか？　危うく殺されるところだったんですよ」

「結果的に、俺は死んでない」

「俺たちが影山さんの後をつけてなかったら、死んでました」

「お前……」影山の目が細くなる。「尾行してたなら、人が燃やされる前に何とかしろ」

「すみません」村上は頭を下げた。「正直、俺は影山さんが中内を殺すと思いました」

「どうして」

「十年前の事件は、影山さんにとって極めて個人的なものだったからです。影山さんがどうしてまともに捜査ができなくて外されたのか、どうして今でも執念を持って捜査しているのか、今は分かっています」

「誰に聞いた」

「捜査の結果です」

「そうか……で？」

「被害者の平野玲香さんのお姉さん、香苗《かなえ》さんと影山さんは、交際していた」

包帯に包まれた影山の喉が上下する。当たりだ、と村上は確信した。そもそもこの件は、香苗に直接会って確認したから間違いない。彼女は遠い目をして話してくれた。

「香苗さんは当時、結婚していた。つまりあなたたちは、不倫関係にあったわけです」

「言い訳するつもりはないが、彼女の結婚生活はもう破綻《はたん》していた」

「あなたは、玲香さんとも顔見知りでしたね。恋人の妹さんだから、当然でしょう。そして、玲香さんは殺された。あなたは激怒したはずです」

「お前は捜査一課長――梶原さんを知ってるんだよな？」

「ええ」

「あの頃俺は、一課の管理官だった梶原さんの直属の部下だった。梶原さんは鋭い人だから、俺の様子がおかしいことにはすぐに気づいたんだ。事情を聞かれて、俺は全部喋った。梶原さんに嘘はつけないからな」

「それで捜査を外れた――梶原さんの判断で外されたんですね？」

「ああ」

「でも、影山さんにとっては大事な事件だった」

「当たり前だ。だからずっと……十年間ずっと、密《ひそ》かに捜査しながらチャンスを狙っていた」

「自分で犯人を逮捕して、ケリをつけるチャンスですね」

影山が「ああ」と言ったが、うなずくこともできない。最も重傷だった首を自在に動かせるようになるのは、まだまだ先だろう。

「中内のことは、完全に偶然だったんですね。最初からあの人を疑っていたわけじゃないんでしょう？」

「そうだ」

「今回は本当に、たまたま偶然で犯人だと分かった――このこと、香苗さんには話したんですか？」

「いや」

「影山さんが直接話せば、喜ぶんじゃないですか」

「彼女とはもう何年も会っていない。俺は最初、彼女のために事件を解決しようとしていたけど、いつの間にか、事件に惹《ひ》かれてしまったんだ。捜査に夢中になる俺を見て、彼女の気持ちは変わった。でも俺は、事件を諦められなかったんだ。あの事件で、俺たちの人生は別の方向へ分かれてしまった」

「それでも捜査はやめられなかったんですね？　後悔してないんですか」男と女のことは後悔しないようにしろ、と影山が言っていたのを思い出す。

「後悔はない。後悔しても無駄だ」

村上はうなずいた。今は、影山の気持ちが少しだけ理解できるような気がした。花奈との関係が一時ぎくしゃくしていた時、二人の歩む道は分かれてしまうと覚悟した。男と女の関係は、些細《ささい》なことで簡単に崩れてしまうだろう。自分は、花奈と何とか関係を修復できたと思うが、影山はそうはいかなかった……唐突に、この男に対する深い同情を感じる。

「十年前、事件は防げなかったかもしれない。でも、すぐに解決していれば、こんなことにはなっていなかったはずだ。俺が十年間、何を考えていたか、分かるか？」

「犯人を逮捕すること」への執念というか、それしか考えられなくなってしまったのだ。決して健全な仕事ぶりとは言えない。周りが煙たがるのも分かるし、さらに中内を告発したことが、それに輪をかけた。自分で自分を追いこんでしまったようなものだろう。誰の責任にもできないし、それは影山自身がよく分かっているはずだ。

「俺は彼女のためにも、どうしても事件を解決したかった。しかし、梶原さんは、プライベートな動機での捜査は許されないといって俺を外した。そのせいで、俺はかえってむきになったんだ。もしかしたら、十年を無駄にしたのかもしれない。あの事件に拘《こだわ》らなければ、もっといろいろなことができたかもしれない」

「刑事としての他の仕事、ですね」

「ああ。この分じゃ、しばらく仕事もできないだろうな。処分される可能性もあるし、潮時かもしれない」

それに対して、村上は何も言えなかった。身の引き時は人それぞれだし、他人が口を挟めることではない。いや、親しい仲なら突っこんだ話も可能だろうが、自分は影山と知り合ってまだ間がない。しかも、はっきり言えば今でも影山のことは嫌いだ。勝手過ぎる彼の暴走に散々引っ掻き回され、ひどい目に遭った。

「聞いていいですか？」

「何だ」

「どうして俺だったんですか？　今まで一人で捜査してきたのに、どうして今更俺を使おうと思ったんですか？　いろいろ聞きましたけど、全然納得できていません」

「川崎中央署に戻ってから、俺はずっと周りの人間を観察してきた……使える人間はいないかと探していた。お前は交番勤務だったけど、評判はいろいろ聞いてたよ。例の、警察学校時代の話もな。刑事として経験を積めば、やれるようになるかもしれないと思った」

「本気ですか？」

「ああ」

「ひどい話ですね」思わず顔が歪んでしまう。

「刑事に必要な能力は様々だ。観察力、推理力、強さ、粘り、正義感……お前は何に優れているのか、俺にもまだはっきり分からない。でも結果的に、俺の観察は正しかったな。最後はお前が、きっちり犯人を逮捕した。この件はお前の手柄になる。出世できるぞ」

「しかし――」

「お前、彼女はどうした」

「何とか……仲直りしました」

「だったら後悔してないな？」

「ええ」

「それならいい──もう、いいか」影山が溜息をついた。「俺の時間は終わった」

村上は口をつぐんだ。影山は既に目を閉じている。村上はゆっくりと立ち上がり、一礼して病室を出た。

面会時間の終わりが近いが、まだ待合室はざわついている。見舞い客同士が話し合ったり、暇を持て余した入院患者が缶コーヒー片手にスマートフォンに見入っていたり……時間の流れが少しだけ遅いように感じられた。

村上は、待合室の片隅にある自販機で缶コーヒーを買い、ベンチに座った。まだ暖房は入っているのだが全体にひんやりしていて、足元を冷たい風が吹き抜ける。手に持てないほど熱いコーヒーが救いだった。

スマートフォンを取り出し、花奈にLINEを送ろうかと思った。「人間力」って何だろう。もしも花奈が言うように、自分に「人間力」があるとしたら、影山に対してどう振る舞うべきだろうか。影山はおそらく、刑事としての能力は高い。しかし人間としては最低だ。今後も絶対に、好きになれそうにない。

とはいえ、あんな意固地な人間になってしまった原因があの事件だとしたら──事件は解決したのだ。犯人には法の裁きが下される。だったら影山も、今から刑事としてやり直せるのではないだろうか。

しかし彼は、間違いなく警察の仕事から身を引きたがっている。十年間追い続けた事件がこんな結末に終わり、張り詰めていた気持ちが一気に萎んだのかもしれない。自分だったら——同じように、警察を辞めることを考えるかもしれない。「支え」を失ったような気分になり、まともに仕事をする自信をなくしてしまうだろう。やる気も自信もない状態で仕事を続けるのは、不誠実ではないだろうか。自分に対しても、自分が守る市民に対しても。

同情すべきか？　あるいは。だからと言って、自分に彼の人生の行く末について口を出す権利があるとも思えない。それでも——人には、逃げてはいけない時がある。

気づくと立ち上がって、また病室に向かっていた。

そっと引き戸を開けると、影山は目を開き、天井を見上げていた。何か考えている様子だが、実際にどうかは分からない。

「影山さん」

声をかけると、影山がゆっくりとこちらを向いた。目が赤い。もしかしたら泣いていたのか、と村上は動揺した。それでも意を決して病室に足を踏み入れる。

「影山さん……いろいろ大変だったのは分かっているつもりです。俺に何か言う権利もありません。でも、一つだけ言わせてもらえますか」言葉を切り、影山の顔を凝視する。目には、絶望の色があった。躊躇《ちゅうちょ》したが、何とか続ける。「逃げないで下さい。逃げないで、やり直して下さい。俺は影山さんが好きじゃないけど……誰かが目の前で腐っていくのを見るのは嫌です。俺の前で腐らないで下さい」

頭を下げ、しばし待つ。頭を上げた時には、影山は向こうを向いていた。これ以上かける言葉もなく、病室を出る。

彼は、自分の言うことを聞くだろうか。何故か、戻ってくるだろう、という自信があった。十年間、一人で捜査し続けた執念は、簡単には消えないはずだ。

彼は根っからの刑事なのだ。

解説

若《わか》林《ばやし》 踏《ふみ》（ミステリ書評家）

タフでなければ生きていけないって、本当かい。

堂場瞬一《どうばしゅんいち》『刑事の枷』は、いまの警察小説の主人公達に求められている格好良さとは何か、という事を考えさせる作品である。孤高のヒーローが我が道を突き進み、ひたすら敵をやっつける。まあ、それは確かに痛快だし、胸のすくような思いがする事だろう。だが、孤高を貫く姿を描く事が、本当に強さを表す事に繫《つな》がっているのだろうか。本書に登場する刑事コンビの姿を追いかけていくと、そんな思いに駆られる。

『刑事の枷』は二〇二一年一月にＫＡＤＯＫＡＷＡより単行本として刊行された長編小説だ。物語の舞台は川崎《かわさき》市であり、冒頭では川崎中央署に勤務する村上翼《むらかみつばさ》刑事が公園のトイレにホームレスが人質を取って立て籠《こ》もる事件に対峙《たいじ》する場面が描かれている。ホームレスは包丁を子供に突き付けており、刑事達もうかつには手を出せない状況だった。だが、そんな中で一人の男が屋根から犯人を急襲し、人質を助け出す。それは村上と同じく川崎中央署の影山康平《かげやまこうへい》だった。人質は無事に助けたものの、身勝手な行動を取った影山に対して上司は厳しい言葉をかける。だが影山は気にする気配もなく、後始末を他の刑事達に押し付けて現場を立ち去ってしまう。

影山はふだん警察署にいる事は殆《ほとん》どなく、同じ署にいるにも拘わらず村上が現場で影山の姿を見たのもこの事件が初めてだった。先輩刑事の話では影山は県警本部の捜査一課にいたのだが、本人の希望で所轄の刑事課に異動してきたらしい。影山に興味を抱く村上だったが、周囲の刑事たちは口を揃えて村上に警告する。あの刑事には関わらない方が良い、と。ところが村上は思わぬ形で影山と関わりを持つ事になってしまう。影山が何故か村上に目を付け、個人的な捜査に無理やり付き合わせるのだ。

一匹狼の刑事とコンビを組み、若手刑事が振り回される。警察小説というジャンルにおける定型を踏襲した物語であると、表面上は捉《とら》える事が出来るだろう。影山のような一匹狼型の刑事キャラクターは、国内外を問わず多く作例があり、熱烈なファンがいるシリーズもある。海外の代表例はマイクル・コナリーの〈ハリー・ボッシュ〉シリーズだ。同作の主人公であるハリー・ボッシュは、強い正義感と揺るがぬ信念を持つゆえに組織と衝突しながら、捜査にひたむきな情熱を懸ける人物として描かれる。作者のマイクル・コナリーは私立探偵小説の古典作家であるレイモンド・チャンドラーを敬愛しており、ボッシュの造形にもチャンドラーが創造したフィリップ・マーロウをはじめとする米国私立探偵小説の主人公たちの面影がある。権力や体制に背を向け、己の信ずるものに従って行動する私立探偵小説の精神を、組織の内部で生きる者を描く警察小説に移植してみたらどうなるのか、という試みをマイクル・コナリーは行ったのだ。

話を戻そう。『刑事の枷』における影山康平も、一見すると典型的なワンマンアーミータイプの刑事キャラクターに思える。ところが小説を読み進めていくと、どうやら単なる一匹狼型刑事の物語ではない事がだんだんと分かってくる。影山康平がなぜ単独で捜査を行うのか、というより何を考えているのか、全く意図が読めないキャラクターとして描かれ続けるからだ。強引に単独捜査に付き合わされる村上は、影山がどうやら十年前に起きた未解決事件を追っているらしい事に気付く。だが、なぜ影山がその未解決事件に拘《こだわ》るのか全く分からず、影山本人も誰にも明かそうとしない。

　本書が他のワンマンアーミーの小説と異なる点はここだ。なぜ、その人物が孤立した存在で居続けようとするのか、ブラックボックスの状態で物語が進んでいくのである。無論、先ほど書いた十年前の未解決事件の謎があるものの、読者はそれ以上に影山康平という人物について知りたくて頁を捲《めく》るだろう。本作の最大の謎は、刑事の内面そのものなのだ。

　影山康平という人物の謎に迫るのは、本作で彼の捜査に付き合う村上翼である。単行本刊行時、WEBサイト「カドブン」に掲載されたインタビューで堂場は「いままで若い刑事だけを書いたり、中堅の刑事を主人公にしたりと、どちらか1人だけを書いてきたんですが、タイプの違う2人をからませたらどうだろう」という発想から、影山と村上のコンビが生まれた事を語っている。村上翼は若いにも拘わらず「太陽にほえろ！」や「特捜最前線」といった昭和の刑事ドラマを愛好しているという、少し変わった一面もある刑事だ。まだ青臭さも残る未熟な主人公が、心の奥底が知れない先輩刑事に翻弄《ほんろう》されながら如何《いか》なる変化を遂げていくのか、という成長小説としての側面も本書は持ち合わせている。

もちろん、バディものの要素を持った小説でもあるのだが、影山と村上の関係は実は バディと呼べるものになっているのかは怪しい。影山が行動の目的を一切喋《しゃべ》らず、村上は彼に対して常に不信感を抱きながら影山に付いていくからだ。相棒として必要最低限の信頼もないどころか、常に心理的な距離が影山と村上の間にはある。これは読者が影山というキャラクターをある程度、突き放した地点から眺める事に繋がっているのだ。ワンマンアーミーを描く警察小説や活劇小説は、時として過度にヒロイックなキャラクターになったり、場合によっては超人化が進んでしまう危険を孕《はら》んでいる。堂場はそうしたミステリ小説のヒーローが持つ陥穽《かんせい》におそらく自覚的で、だからこそ本書は他の一匹狼型刑事ものとはひと味違った物語になったのだろう。タフネスを誇示するだけがヒーローではない、という思いを小説のラストを読んで抱いた。

『刑事の枷』を発表した二〇二一年は堂場が作家デビューしてから二〇周年に当たる年だった。先ほど紹介した「カドブン」でのインタビューでは本書を「これまで書いてきた警察小説の集大成的なところがある」と自身で語っていたが、その後も〈警視庁追跡捜査係〉や〈警視庁総合支援課〉といったシリーズの続刊を手掛けており、警察小説を書くことに対する情熱はますます燃え上がっている気配がある。一方で警察小説以外のジャンルへの挑戦も旺盛《おうせい》に行っている。近年の収穫は河出書房新社より二〇二二年二月に刊行した『0　ZERO』だ。これは創作を巡る作家の自己言及的な側面のある小説で、こうした作家小説を堂場が手掛けた事に刊行当時、意外な印象を感じた。『刑事の枷』のような警察小説の本道を行く作品を書いてもらいつつ、予想もしないジャンルへの更なるチャレンジも期待したい。

本書は、二〇二一年一月に小社より刊行された
単行本を加筆修正のうえ、文庫化したものです。
本作はフィクションです。実在の人物・団体と
は一切関係ありません。

刑事《けいじ》の枷《かせ》

堂場瞬一《どうばしゅんいち》

令和6年 2月25日　初版発行

発行者●山下直久

発行●株式会社KADOKAWA
〒102-8177　東京都千代田区富士見2-13-3
電話　0570-002-301（ナビダイヤル）

角川文庫 24027

印刷所●株式会社暁印刷
製本所●本間製本株式会社

表紙画●和田三造

ISBN 978-4-04-114370-4　C0193

◇◇◇

角川文庫発刊に際して

角川源義

第二次世界大戦の敗北は、軍事力の敗北であった以上に、私たちの若い文化力の敗退であった。私たちの文化が戦争に対して如何に無力であり、単なるあだ花に過ぎなかったかを、私たちは身を以て体験し痛感した。西洋近代文化の摂取にとって、明治以後八十年の歳月は決して短かすぎたとは言えない。にもかかわらず、近代文化の伝統を確立し、自由な批判と柔軟な良識に富む文化層として自らを形成することに私たちは失敗して来た。そしてこれは、各層への文化の普及滲透を任務とする出版人の責任でもあった。

一九四五年以来、私たちは再び振出しに戻り、第一歩から踏み出すことを余儀なくされた。これは大きな不幸ではあるが、反面、これまでの混沌・未熟・歪曲の中にあった我が国の文化に秩序と確たる基礎を齎らすためには絶好の機会でもある。角川書店は、このような祖国の文化的危機にあたり、微力をも顧みず再建の礎石たるべき抱負と決意とをもって出発したが、ここに創立以来の念願を果すべく角川文庫を発刊する。これまで刊行されたあらゆる全集叢書文庫類の長所と短所とを検討し、古今東西の不朽の典籍を、良心的編集のもとに、廉価に、そして書架にふさわしい美本として、多くのひとびとに提供しようとする。しかし私たちは徒らに百科全書的な知識のジレッタントを作ることを目的とせず、あくまで祖国の文化に秩序と再建への道を示し、この文庫を角川書店の栄ある事業として、今後永久に継続発展せしめ、学芸と教養との殿堂として大成せんことを期したい。多くの読書子の愛情ある忠言と支持とによって、この希望と抱負とを完遂せしめられんことを願う。

一九四九年五月三日

角川文庫ベストセラー

軌跡 今野　敏

目黒の商店街付近で起きた難解な殺人事件に、大島刑事と湯島刑事、そして心理調査官の島崎が挑む。（「老婆心」より）警察小説からアクション小説まで、文庫未収録作を厳選したオリジナル短編集。

熱波 今野　敏

内閣情報調査室の磯貝竜一は、米軍基地の全面撤去を前提にした都市計画が進む沖縄を訪れた。だがある日、磯貝は台湾マフィアに拉致されそうになる。政府と米軍をも巻き込む事態の行く末は？　長篇小説。

鬼龍 今野　敏

鬼道衆の末裔として、秘密裏に依頼された「亡者祓い」を請け負う鬼龍浩一。企業で起きた不可解な事件の解決に乗り出すが……恐るべき敵の正体は？　長篇エンターテインメント。

陰陽 鬼龍光一シリーズ　今野　敏

若い女性が都内各所で襲われ惨殺される事件が連続して発生。警視庁生活安全部の富野は、殺害現場で謎の男・鬼龍光一と出会う。祓師だという鬼龍に不審を抱く富野。だが、事件は常識では測れないものだった。

憑物 鬼龍光一シリーズ　今野　敏

渋谷のクラブで、15人の男女が互いに殺し合う異常な事件が起きた。さらに、同様の事件が続発するが、その現場には必ず六芒星のマークが残されていた……警視庁の富野と祓師の鬼龍が再び事件に挑む。

角川文庫ベストセラー

監殺
古野まほろ

警務課内に組織された、警察の〝罪〟を取り締まる監察裏部隊「警務部警務課巡回教養班＝SG班」。警察内の異端児たちが、声なき者の恨みを力で晴らす。警察のリアルを知る著者による、前代未聞の監察小説！

女警
古野まほろ

地方都市の交番で起きた警部補射殺事件。部下である女性巡査は拳銃を所持して行方不明のまま。監察官室長・理代は真相を探ろうとするが……元警察キャリアの著者が鋭く斬り込む、組織の建前と本音。

ヘルドッグス
地獄の犬たち
深町秋生

関東最大の暴力団・東鞘会で頭角を現す兼高昭吾は密命を帯びた潜入捜査官だった！　彼が追う、警視庁を揺るがす重大機密とは。そして死と隣り合わせの兼高の運命は？　警察小説の枠を超えた、著者の代表作！

煉獄の獅子たち
深町秋生

関東最大の暴力団・東鞘会の跡目争いは熾烈を極めていた。現会長の実子・氏家勝一は、子分の織内に台頭著しい会長代理の暗殺を命じる。一方、ヤクザを憎む警視庁の我妻は東鞘会壊滅に乗り出していた……。

天国の修羅たち
深町秋生

高名なジャーナリストが惨殺された。警視庁の神野真里亜は、捜査線上に信じられない人物が浮かび上がったことを知る。独自に捜査を進めるうち、真里亜は警視庁を揺るがす陰謀に巻き込まれていた。

角川文庫ベストセラー

深海の寓話　森村誠一

元刑事の鯨井義信は、環状線で黒服集団に囲まれた女性を、乗り合わせた紳士たちと協力して救ったことをきっかけに、私製の正義の実現を目指す。犯罪の芽を摘んだ鯨井たちは、「正義」への考えを新たにする。

孤狼《ころう》の血　柚月裕子

広島県内の所轄署に配属された新人の日岡はマル暴刑事・大上とコンビを組み金融会社社員失踪事件を追う。やがて複雑に絡み合う陰謀が明らかになっていき……男たちの生き様を克明に描いた、圧巻の警察小説。

最後の証人　柚月裕子

弁護士・佐方貞人がホテル刺殺事件を担当することに。被告人の有罪が濃厚だと思われたが、佐方は事件の裏に隠された真相を手繰り寄せていく。やがて7年前に起きたある交通事故との関連が明らかになり……。

検事の本懐　柚月裕子

連続放火事件に隠された真実を追究する「樹を見る」、東京地検特捜部を舞台にした「拳を握る」ほか、正義感あふれる執念の検事・佐方貞人が活躍する、司法ミステリ第2弾。第15回大藪春彦賞受賞作。

検事の死命　柚月裕子

電車内で痴漢を働いたとして会社員が現行犯逮捕された。容疑者は県内有数の資産家一族の婿だった。担当検事・佐方貞人に対し不起訴にするよう圧力がかかるが……。正義感あふれる男の執念を描いた、傑作ミステリー。

角川文庫ベストセラー

蟻の菜園 ―アントガーデン―　柚月裕子

結婚詐欺容疑で介護士の冬香が逮捕された。婚活サイトで知り合った複数の男性が亡くなっていたのだ。美貌の冬香に関心を抱いたライターの由美が事件を追うと、冬香の意外な過去と素顔が明らかになり……。

臨床真理　柚月裕子

臨床心理士・佐久間美帆が担当した青年・藤木司は、人の感情が色でわかる「共感覚」を持っていた……美帆は友人の警察官と共に、少女の死の真相に迫る！　著者のすべてが詰まった鮮烈なデビュー作！

凶犬の眼　柚月裕子

マル暴刑事・大上章吾の血を受け継いだ日岡秀一。広島の県北の駐在所で牙を研ぐ日岡の前に現れた最後の任侠・国光寛郎の狙いとは？　日本最大の暴力団抗争に巻き込まれた日岡の運命は？『孤狼の血』続編！

検事の信義　柚月裕子

検事・佐方貞人は、介護していた母親を殺害した罪で逮捕された息子の裁判を担当することになった。事件発生から逮捕まで「空白の2時間」があることに不審を抱いた佐方は、独自に動きはじめるが……。

暴虎の牙 (上)(下)　柚月裕子

広島のマル暴刑事・大上章吾の前に現れた、最凶の敵。ヤクザをも恐れぬ愚連隊「呉寅会」を束ねる沖虎彦の暴走を止められるのか？　著者の人気を決定づけた警察小説「孤狼の血」シリーズ、ついに完結！